LA DERNIÈRE FEUILLE DE SALADE

THALIA DARNANVILLE

Roman

Paru aux éditions Sudarènes :

L'origine des maux, 2021 (roman)
Vies Mises en Lumières 2024 (Recueil collaboratif de nouvelles, au profit de l'association VML)

À la femme la plus importante de ma vie, sans qui rien ne serait, Michèle ma maman,

À Alain, mon papa, qui a également permis que je devienne celle que je suis aujourd'hui,

À la liberté de penser et à l'amour que vous m'avez offert comme cadeaux de vie.

1. Sarah - Vendredi

J'ouvre péniblement les yeux, la lumière m'éblouit. Où suis-je ? Mon estomac se contracte violemment, j'ai envie de vomir, mais rien ne sort de ma bouche. Je me mets à trembler de plus en plus fort quand une brulure aigüe dans ma jambe gauche m'arrache un cri.

Une femme s'approche de moi presque aussitôt. Elle injecte un produit dans une poche transparente reliée à mon bras :

— La douleur devrait s'estomper rapidement. Vous avez froid ?

Je fais signe que oui et elle installe une soufflerie chaude sous le drap léger qui me recouvre, calmant peu à peu mes frissons. Mon cerveau est tout embrumé. Que s'est-il passé ?

Dans cette grande salle blanche, mes yeux s'arrêtent sur une horloge : 21h30. Robin ! Mon Dieu ! Instinctivement, mes doigts partent à la recherche de mon téléphone pour les avertir. L'infirmière pose sa main sur mon bras :

— Madame, vous venez d'avoir un accident, ne bougez pas, m'annonce-t-elle d'une voix tranquille, mais ferme.

— Mon fils, mon fils, il faut que j'y aille !

— Calmez-vous et expliquez-moi la situation.

— Il m'attend à la crèche, vous ne comprenez donc pas ?

Elle me répond calmement :

— Votre mari a peut-être pu prendre le relai ? Ils l'ont sans doute contacté.

— Je ne suis pas mariée.

— Son père peut-être ?

Elle m'énerve avec ses questions.

— Il n'habite pas ici.

— Alors une personne proche qui aurait pu le récupérer ?
— Axelle peut-être.
— Une amie ?
— Une voisine.
— Dès que vous serez installée dans une chambre, vous récupèrerez vos affaires et vous pourrez l'appeler.
— Vous ne pouvez pas vous en occuper maintenant ? S'il vous plait.

Il faut absolument que je sache s'il va bien et si Axelle a pu s'en charger. En soupirant, elle finit par céder :

— Je vais voir ce qui est possible. En attendant, calmez-vous ; dès que vos constantes seront bonnes, vous quitterez la salle de réveil.

Impuissante, je la regarde s'éloigner.

Oh merde, j'aurais dû lui demander d'appeler également Rémi.

2. Axelle - Vendredi

Lorsque mon portable se met à sonner, je n'ai franchement aucune envie de bouger de mon canapé. Depuis que j'ai entendu que la lecture était bonne pour le moral, j'ai perdu tout complexe à m'y évader des journées entières. Je pose mon livre à contrecœur pour regarder de qui vient l'appel. Le numéro inconnu me pousse à décrocher ; j'ai répondu à une ou deux offres d'emploi dernièrement, on ne sait jamais.

— Axelle Rivière ?
— Oui, c'est moi.
— Bonjour, je me permets de vous déranger, car Robin Rochet est encore avec nous à la crèche et nous allons fermer. Sa mère est injoignable et vous êtes sa personne contact. Avez-vous la possibilité de venir le chercher ?

Forcément, j'aurais dû me douter qu'à cette heure-ci, ce ne serait pas un recruteur, mais plutôt un enfant en détresse, dont la maman avait, une fois de plus, été retenue à son travail. Être en retard est une seconde nature pour Sarah.

— Pas de soucis, j'arrive dans 5 minutes.
— Merci, je vous attends.

J'entends très distinctement mon livre, sur le bord de la table basse, qui pleure et me supplie de revenir, mais heureusement, Robin est adorable. Les aventures de Ishan et Delhia devront patienter. Je passe en express à la salle de bain et quatre minutes après, me voilà dehors, filant à la rescousse de mon petit Robin des bois, à trois rues d'ici. Je ne pensais pas qu'il faisait aussi doux aujourd'hui.

3. Sarah - Vendredi

Alors que les minutes s'égrènent interminablement, mes pensées redeviennent plus claires et mes souvenirs se remettent en place. La crise du petit déjeuner avant de déposer Robin à la crèche, l'arrivée au bureau, le café renversé que mes pieds ont évité de justesse, cet article que je dois absolument achever pour le bouclage de ce soir ; une journée assez banale en somme. Je revois Steeve me tendre ce sandwich infect à midi : je suis sure qu'il l'a fait exprès. Un jour il en profitera pour m'empoisonner et me voler mon poste.

Je me rappelle ensuite être montée dans ma voiture. J'allais une fois de plus arriver à la dernière minute pour récupérer Robin. Les routes sont encombrées, je me faufile entre les véhicules qui me klaxonnent, mais l'essentiel est d'être à l'heure.

Lorsque je tourne sur la rue Suchet, l'une des dernières qui me séparent de la crèche, mon téléphone vibre. Sans réfléchir, je me penche pour l'attraper.

Mais lorsque je relève les yeux, ma respiration se bloque, l'air me manque : je vais percuter la voiture qui freine brusquement devant moi ! J'en suis tellement persuadée que je vois la scène se dérouler dans mon esprit : ma tête part en avant violemment avant de rebondir sur l'appuie-tête, la pression dans ma poitrine, mes dents claquent sur ma langue, me laissant un gout de fer dans la bouche. J'écrase la pédale de frein, tout en fermant les yeux le plus fort possible, comme si cela pouvait me protéger.

Contre toute attente, rien ne se passe. J'ai miraculeusement réussi à m'arrêter à quelques centimètres de l'Audi noire qui redémarre. Ouf ! J'en oublie la vibration de mon téléphone et je roule prudemment sur les derniers mètres. Une place libre me tend les bras, m'évitant à nouveau de me mettre en warning au milieu de la rue et risquer une amende.

Une fois garée et sortie de ma voiture, ce maudit téléphone se rappelle à moi avec insistance. Filant à grandes enjambées vers la crèche, je l'attrape et découvre un numéro inconnu. Je clique machinalement sur la notification ; un message qui va me couter beaucoup plus cher que je ne l'imagine.

4. Axelle - Vendredi

Lorsque j'arrive à la crèche, à voir le large sourire qui se dessine sur son visage et ses grands yeux bleus pétillants de joie, je me sens érigée au rang de super-héros ! Il en faut peu à cet âge-là pour être heureux.

Il met sa petite main toute chaude dans la mienne, la serre avec force et douceur à la fois et je fonds devant cette boule d'amour inconditionnelle.

Sur le chemin du retour, j'atterris directement sur le répondeur de Sarah et lui laisse un message. L'instant d'après, je retombe en enfance, jouant au chat, au chien ou encore à la souris, quand je ne me transforme pas en carotte que Robin le lapin a décidé de s'offrir en plat de résistance à grand renfort de guilis.

À 19h, toujours pas de Sarah. Je laisse un message à Rémi pour qu'il vienne manger avec nous après son cours de guitare.

Après les meilleures pâtes du monde, une compote, un carré de chocolat et quelques fous rires, le repas s'achève. Je ne peux m'empêcher de regarder mon téléphone en espérant y trouver des nouvelles. Rémi veut retrouver sa tablette chérie et Robin réclame des câlins de sa maman ; il semblerait que les miens ne lui suffisent plus.

À treize ans, Rémi n'est plus tout à fait ce que j'appelle un petit garçon, c'est déjà presque un jeune homme. Il s'exprime avec la voix d'un monstre en mutation et son menton laisse deviner un léger duvet, qui n'enlève rien à la douceur de sa peau. Mais c'est aussi un grand sauvage, qui aime ses habitudes et son chez lui. Pour temporiser, je l'envoie chercher sa tablette, ainsi que le doudou et le pyjama de son frère. Il n'y a qu'un étage qui sépare nos deux appartements. Je les imagine un instant dormir dans leurs lits et moi dans le mien juste au-dessus d'eux, mais je chasse aussitôt cette pensée, c'est inenvisageable.

À 20h30, Robin réclame sa maman avec de plus en plus de force. Il est fatigué, énervé. Je tente de lui lire une histoire, mais me confronte à un mur de pleurs et de cris. Mes bras ne l'intéressent plus. La boule d'amour s'est soudainement transformée, bien avant les douze coups de minuit, en une caravane de colère et de tristesse.

Il en faut si peu à cet âge-là pour que ça dérape.

21h sonnent à l'église d'en face quand j'abdique et descends d'un étage pour que mes deux tortionnaires retrouvent leurs lits. Après tout, le canapé est plutôt confortable, vu le nombre de fois où je m'y suis assoupie en les gardant…

22h10, tout est enfin silencieux, même Rémi semble s'être endormi. Seul mon cœur s'emballe, en pensant à Sarah qui n'a toujours pas donné signe de vie.

5. Sarah - Vendredi

Je n'ai pas le temps de relever les yeux de mon téléphone qu'un grand silence m'enveloppe, doublé d'une lumière vive, presque aveuglante et je me retrouve flottant dans les airs. Je ne sens rien, n'entends rien, la vue est ma dernière alliée. J'ai l'impression d'être enfermée dans une bulle de coton qui me coupe de toute sensation, simple spectatrice de cette scène où je joue le rôle principal, une pâle copie de moi-même. Le temps est suspendu.

Les derniers souvenirs que j'imprime avant de perdre connaissance sont ceux du courant d'air qui me fait basculer contre une borne de station Vélo'v, le motard filant à toute allure qui fait une embardée et le bleu du ciel.

Étais-je morte sur ce trottoir ? Techniquement non, car je suis bien vivante dans ce lit d'hôpital. Ai-je fait une expérience de mort imminente, ce dont parlaient Raymond Moody et Élisabeth Kübler-Ross dans les livres de ma mère ? Même si cela me fascinait à l'époque, je n'y croyais pas vraiment, un peu comme une belle fable que l'on raconte aux enfants pour qu'ils s'endorment, sauf que là, il s'agissait d'histoires que l'on pouvait lire aux vieux pour qu'ils s'éteignent un peu plus sereinement.

Il faudra que je pose la question à l'infirmière lorsqu'elle réapparaitra, elle doit avoir un avis sur le sujet en travaillant dans ce service. D'ailleurs, cela fait une éternité qu'elle est partie pour appeler la crèche, elle pourrait au moins revenir me donner des nouvelles de Robin.

Plus le temps passe, plus un détail me tracasse : alors que les instants qui ont suivi le choc sont clairs et précis dans ma mémoire, je n'ai aucun souvenir du contenu du SMS reçu dans les secondes qui ont précédé ma chute. Je me revois pourtant devenir livide, suspendue dans mon élan pour traverser la route, comme si je venais d'apercevoir un fantôme.

6. Axelle - Vendredi

22h30, mon portable vibre, me tirant du sommeil dans lequel j'étais en train de sombrer : Sarah, enfin !

J'ai à peine le temps de la rassurer sur ses enfants qu'elle se lance dans une longue tirade sur son accident, son transfert à l'hôpital Lyon Sud, l'opération, l'installation trop tardive dans une chambre, et que, sauf imprévu, le médecin l'autorisera à sortir demain matin. Même si sa jambe reste douloureuse, une nuit en observation sera bien suffisante. Et encore, si elle n'avait pas eu ce mauvais coup à la tête qui lui avait fait perdre connaissance, elle serait partie depuis une éternité selon ses dires !

Lorsqu'elle reprend enfin sa respiration, je lui promets de m'occuper de Robin et de Rémi jusqu'à son retour chez elle et je raccroche avant de me rendre compte de la bourde que je viens de faire.

Pourtant, y avait-il une autre solution ? Aurais-je pu décemment dire à Sarah qu'elle se débrouille ? J'étais tellement soulagée d'avoir de ses nouvelles que je n'ai pas réfléchi au programme de mon weekend qui ne laisse aucune place à deux pièces rapportées et à une maman à mobilité réduite. J'appréhende la réaction de Julien quand il rentrera demain matin. Bien sûr, il a l'habitude que je rende service à Sarah en gardant ses enfants, mais nous attendions ce weekend depuis longtemps et je ne vois pas de bonne façon de lui annoncer que je ne serai pas totalement disponible.

7. Sarah - Vendredi

Je ne sais pas ce que je ferais sans Axelle. Elle est toujours là pour m'aider. Je n'ose pas imaginer ce qui aurait pu se passer si elle n'avait pas récupéré Robin. Où se serait-il retrouvé ? Au commissariat comme ils le disent dans le règlement de la crèche ? Et même si Rémi est plus grand, il n'a pas l'âge de se gérer tout seul. J'en frissonne encore.

J'ai de la chance qu'elle n'ait pas d'enfants, cela doit lui faire plaisir de garder les miens. Et elle s'est si spontanément proposée de m'aider ce weekend que je n'allais pas refuser. Avec mon attelle et mes béquilles, je suis loin de l'autonomie : porter Robin et monter les trois étages sans ascenseur relève d'une utopie.

8. Axelle - Samedi

La nuit fut difficile : Robin s'est mis à pleurer à 3h du matin en réclamant sa maman. Comment expliquer à un petit qui vient de faire un cauchemar dans lequel la personne la plus importante de sa vie est morte dans un avion en feu, qu'il n'aura que mes bras cette nuit pour le réconforter ?

Peu après, son frère s'est levé inquiet et je suppose qu'une grande partie de l'immeuble a profité du concert nocturne et a maudit Sarah de ne pas savoir faire taire le chant de son fils à une heure aussi indécente. Au bout d'une longue et éreintante bataille contre des démons imaginaires et un tyran de trois ans, le calme du sommeil avait repris possession des lieux.

Pour ma part, il me boude, prétextant qu'il n'y a pas assez d'espace dans ma tête et dans mon corps pour que le marchand de sable me dépose quoi que ce soit. En effet, le petit vélo qui avait déjà beaucoup tourné dans mon esprit en début de nuit avait repris l'ascension d'une montagne digne du Mont-Blanc.

Même si mon insomnie me donne l'illusion de retarder l'échéance, je vais devoir faire face à la frustration de Julien. Et s'il y a quelque chose que je déteste par-dessus tout, c'est bien le décevoir.

J'ai l'impression de faire mon maximum pour faire plaisir aux personnes, je m'adapte à ce que l'on attend de moi, pourtant cela ne convient jamais vraiment. Et à trop dépendre des autres, je me retrouve souvent dans des impasses : cette nuit en est la preuve. Je décevrai forcément Julien ou Sarah, et je n'en sortirai pas gagnante.

En me retournant pour la énième fois sur le canapé, je me surprends à prier pour que Robin ne se réveille pas trop tôt. Cependant, ce sont mes démons intérieurs qui font fuir mon sommeil.

J'ai fait un rêve horrible. Je revenais vivre chez mes parents, Julien m'avait quittée. Pas même pour une autre, non, juste pour moi, ou, pour être plus précise, à cause de celle que j'étais. Notre relation était un échec à tout point de vue et rien de ce que je faisais ou étais ne lui convenait. J'étais en ruine intérieurement. Je ne savais pas exactement ce que j'espérais en rentrant chez mes parents, peut-être un peu de réconfort et d'amour, mais rien de tout cela ne m'y attendait. Mon couple était selon eux le reflet de mon existence : un désastre humanitaire, tout comme ma vie professionnelle qui n'en finissait pas de chercher sa voie. En me réveillant en larmes, le sourire en coin de ma mère et sa petite phrase cinglante prononcée tout bas tournaient encore dans ma tête : « Tu n'as jamais réussi qu'une seule chose : décevoir tout le monde. Quand comprendras-tu que tu ne vaux rien ? »

Je m'en suis voulu immédiatement d'avoir fait ce rêve, d'avoir projeté de telles horreurs sur mes parents. Malgré nos différends, ce n'étaient pas non plus des monstres. Certes, ils avaient une vision de la vie et des convictions auxquelles je n'arrivais pas à coller. Ils auraient aimé que je suive leur modèle, en choisissant la médecine, le droit ou même éventuellement l'ingénierie. J'étais fille unique et tous leurs espoirs reposaient sur mes épaules. Malheureusement, je n'avais pas la bosse des maths et de la logique ce qui m'avait orienté par défaut vers une fac de lettres, la première usine à chômeurs selon eux. J'avais dû chercher un petit job étudiant "pour apprendre à travailler, ce que ne t'inculquera jamais l'université", disait mon père. J'avais assez vite trouvé une place dans une discothèque, ce qui ne redorait clairement pas mon blason. Cependant, tant que je payais mon loyer par mes propres moyens, ils n'avaient pas leur mot à dire.

Une fois mon master de langues étrangères appliquées en poche, et de multiples hésitations sur mes envies de carrière, j'étais rentrée dans le monde du travail sans grande conviction, en tant qu'assistante commerciale dans une boite de BTP, qui avait pour maigre intérêt d'être basée à une distance raisonnable de mon appartement de l'époque à Grange Blanche. J'avais miraculeusement tenu le coup jusqu'à ce que l'on me remercie en fin d'année dernière, dommage collatéral d'une série de licenciements économiques dû à la gestion financière catastrophique du directeur.

Au milieu de tout cela, Julien avait été la première vraie bonne surprise dans mes choix que mes parents trouvaient souvent trop éloignés des leurs. Je les décevais régulièrement et leurs regards, leurs soupirs ou leurs moues affectées pesaient bien plus lourd que tous les reproches qu'ils cachaient dans leur dos. Mon corps percevait des choses qu'ils s'évertuaient à contredire aussitôt et je ne pouvais plus me faire confiance. Était-ce moi qui interprétais mal, qui me faisais des idées ? À ce moment-là, je pensais que les adultes avaient la science infuse et que je devais les croire, même si je sentais exactement l'opposé.

Aujourd'hui encore, je suis persuadée que les autres savent mieux que moi ce qui me convient. Même si maintenant, il m'arrive de douter, parfois.

9. Sarah - Samedi

La nuit a été difficile malgré les médicaments. Je n'aime pas dormir ailleurs que dans mon lit et les matelas d'hôpitaux avec leur housse plastique qui rendent poisseux, n'ont rien pour me faire changer d'avis. Depuis le premier passage de l'infirmière, les pilules de couleurs et le petit déjeuner, le temps n'en finit pas de s'étirer. Si le médecin qui doit signer mon autorisation de sortie ne se dépêche pas, je vais devenir odieuse.

Heureusement, mon téléphone me tient compagnie. Je gère mes mails, je réfléchis aux jours à venir et à tout ce que je vais devoir mettre en place pour travailler depuis chez moi. Je déprogramme les réunions prévues en présentiel et demande à ce que l'on me transmette les fiches à traiter et le sujet des prochains articles à écrire. Je me force à envoyer deux ou trois messages sympas pour que certains collègues acceptent de m'aider pendant ma convalescence, un peu d'hypocrisie ne fera de mal à personne.

Cependant, je n'arrive pas à être aussi concentrée que je l'aimerais. Je repense au motard qui m'a percutée et la colère me monte. Tout est de sa faute ! C'était à lui d'être maitre de son véhicule. Comment a-t-il pu ne pas me voir, je ne passe pourtant pas inaperçue ! La rue était large, il faisait jour : rien ne plaide en sa faveur. Vingt fois je tente de fixer mon attention sur le travail, me raisonnant pour ne pas ressasser les évènements, mais mon esprit divague et me ramène sans cesse à hier après-midi, ainsi qu'à ma messagerie instantanée. Même si je retourne régulièrement la vérifier, comme si j'avais pu mal voir, la réalité ne change pas : le texto de la veille a été effacé, et il ne reste qu'un numéro inconnu en statut « hors ligne » et une stupide notification « supprimé ».

Je suis frustrée, je déteste ne pas avoir le contrôle. Je décide d'écrire un SMS pour demander à la personne de me le renvoyer, mais mon message n'est pas délivré, le téléphone est sans doute éteint. Je vais devoir patienter pour cela aussi.

Mais que font-ils dans cet hôpital ? Je croyais qu'ils faisaient en sorte de libérer les lits au plus vite. J'ai la poisse.

10. Axelle - Samedi

Il est 11h30 et je commence à trouver le temps long. Julien doit arriver pour manger et nous devons partir à 13h30 grand maximum. Je ne lui ai encore rien dit, car j'ai rappelé Sarah ce matin pour lui parler de notre rendez-vous en début d'après-midi durant lequel je m'absenterai un peu. Après tout, son état ne nécessite pas une garde-malade toute la journée à son chevet.

Je m'affaire à préparer un repas pour cinq personnes. J'ai récupéré tout ce dont j'avais besoin chez moi, et me voilà cheffe cuisinière pour famille nombreuse. Quand je pense que certaines femmes ont trois ou même cinq enfants, je me dis que je préfère presque ne pas en avoir. Je ne serais pas prête pour un chambardement pareil dans mon quotidien.

À 12h30, la table est dressée et mon portable sonne : Julien vient d'arriver à l'appartement et s'étonne de ne pas m'y trouver.

— J'ai dû dépanner Sarah depuis hier soir et j'ai préparé à manger chez elle, rejoins-moi.

— Comment ça la dépanner ? Elle rentre à quelle heure ?

— Elle ne devrait pas tarder, elle attendait juste le médecin pour sortir de l'hôpital.

— Qu'est-ce qu'elle a encore fait cette fois ? Elle a un peu trop contrarié l'un de ses collègues qui l'a poussée dans les escaliers ? réplique Julien d'un air taquin.

— Non, elle s'est fait renverser par une moto et a fait une mauvaise chute, pour une fois que ce n'est pas de sa faute.

— Pas de sa faute, bien sûr, tu cherches toujours à lui trouver des excuses, ça finira par te perdre. En tout cas, si elle va bien et qu'elle revient ce midi, c'est l'essentiel, je ne voudrais pas que nous soyons en retard.

Lorsque Julien arrive, nous nous mettons à table sans attendre Sarah. L'espace d'un instant, je nous imagine tous les quatre formant une famille et ma gorge se noue. Je mérite d'avoir des enfants. Sarah se débarrasse souvent d'eux en les faisant garder, pour retrouver sa chère liberté, et n'a pas d'homme à ses côtés, alors que moi… Je déglutis, ferme les yeux une demi-seconde et enferme cette pensée dans un lourd tiroir ; je m'en veux de l'envier.

J'espère qu'elle rentrera assez tôt.

À 13h, Sarah m'envoie un message, elle est sortie de l'hôpital. Il était temps.

À tour de rôle, nous montons nous préparer, avec une tension croissante. Même si la raison toute trouvée en est l'attente de Sarah, je ne suis pas dupe. Ce weekend est rempli d'enjeux pour nous deux, pour notre futur ensemble et cela le rend nerveux autant que moi, à moins que je ne projette mon anxiété grandissante sur lui. Mais nous évitons soigneusement le sujet, comme si cela allait pouvoir faire disparaitre les inquiétudes comme par enchantement.

La sonnette du bas retentit enfin pour que nous l'aidions à monter. Il est 13h30, Julien va m'en vouloir de nous mettre en retard, même pour quelques minutes.

Sarah est un vrai moulin à paroles. Déjà dans les escaliers, sa voix résonne pendant que Julien lui sert de béquille humaine. Des bribes de ses lamentations parviennent jusqu'à mes oreilles "Absolument infernal", "Inimaginable", "Je n'ai fait que ça, attendre", elle râle, encore et encore. Une fois le pas de sa porte franchi, elle redouble de véhémence, de mots qui s'agitent, s'écrasant les uns contre les autres pour former un amas de sons insupportables. Elle semble en vouloir à la terre entière d'arriver aussi tard, se plaint au lieu de s'excuser et de nous laisser partir : un comble.

Par chance, Robin pointe le bout de son nez et réclame un câlin de sa maman, notre sauveur ! Nous en profitons pour nous éclipser sans demander notre reste.

Alors que nous avons entamé la descente, j'entends la voix de Sarah qui m'interpelle :

— Tu penses que tu auras le temps de me faire quelques courses pour ce soir ? Je t'envoie la liste par message tout à l'heure.

Dans la voiture, Julien ne se prive pas d'y aller de son petit commentaire désagréable :

— Elle ne manque pas d'air ! Elle ne te remercie même pas pour tout ce que tu as fait pour elle, et en plus, elle te demande d'être sa servante !

— En même temps, tu l'imagines aller faire ses courses avec son attelle et les enfants ?

— Arrête de toujours la défendre, si tu n'existais pas, elle ferait autrement !

— Bien sûr, mais je suis là.

— Moi aussi je suis là, renchérit Julien d'un ton agacé. Et je passe au second plan.

— Mais non, tu vois bien que j'ai fait en sorte que nous soyons ensemble cet après-midi.

— Et si elle n'était pas arrivée à temps ?

— …

Je n'ai pas de réponse, enfin plus précisément, pas de bonne réponse. Si elle n'était pas rentrée, je n'aurais pas laissé les enfants seuls.

Il savoure mon silence, mais fait preuve de délicatesse en se retenant d'insister. Nous savons tous les deux qu'il a raison et que mon bourreau intérieur est déjà suffisamment sévère avec moi-même.

Au bout de quelques secondes, il embraye sur l'autre sujet du moment :

— Combien de personnes doivent participer ?

— Aucune idée, Rosa m'a informée que quelques couples avaient confirmé leur présence, sans être plus précise. Plus nous serons nombreux, plus nous nous fondrons dans la masse.

— … Mais moins nous aurons d'espace pour nous deux.

— Parce que d'ici à ce soir, tu penses qu'il n'y aura pas suffisamment de temps pour tout le monde ? Moi, je crois qu'il y en aura bien assez.

— Si tu commences déjà à vouloir te cacher derrière les autres, à quoi bon participer ? réplique Julien.

— Je n'aime pas être le centre de l'attention, c'est tout. Si j'ai accepté de venir, c'est parce que je sais combien c'est important, non seulement pour toi, mais pour nous deux.

— Alors, oublie Sarah et sois pleinement avec moi.

Je tourne la tête pour le regarder et je ne peux m'empêcher de le trouver beau. Les yeux rivés sur la route, il a cette esquisse de sourire qui me fait fondre. Sa barbe de deux jours lui rajoute un air de mauvais garçon sensible et tendre auquel il m'est impossible de résister. Moi qui pensais que la routine et l'habitude terniraient l'image du prince charmant et que la cécité amoureuse se dissiperait avec le temps… Je crois que c'est l'inverse qui m'arrive. J'espère tout de même que je ne finirai pas par le prendre pour un Dieu vivant ! Je lui murmure :

— Tu sais que je t'aime ?

— Moins que moi !

Je souris.

C'est à ce moment-là que le SMS de Sarah vient rompre le charme. Même quand elle n'est pas là, elle réussit à mettre son grain de sable dans l'engrenage. Heureusement, nous traversons déjà le Rhône et entrons dans Caluire.

À peine la voiture garée route de Strasbourg, Julien vole mon portable et l'éteint sans que je puisse l'en empêcher.

— Et maintenant, tu n'es plus qu'à moi ! me lance-t-il de son plus beau sourire.

Il ne désactivera pas mes pensées, mais il a raison sur un point : cet après-midi n'appartient qu'à nous deux, ou presque. Et Sarah attendra la fin de la journée même si je meurs d'envie de lui envoyer une réponse, au moins pour m'excuser de ne pas pouvoir lui rendre service avant ce soir.

11. Sarah - Samedi

Je suis contente d'être de retour à la maison. J'ai l'impression d'avoir été absente une éternité, alors que cela fait à peine plus de vingt-quatre heures. Les enfants sont tellement heureux de me revoir que cela me redonne le sourire. Ils regardent mon attelle digne d'un robot et je leur explique à nouveau ce qu'Axelle leur a déjà raconté avec ses propres mots. Cependant, après dix minutes de questions, de câlins et de délicates attentions, l'incident est presque devenu anodin et ils reprennent leurs activités comme si de rien n'était. C'est quand même fou qu'ils n'aient pas plus de compassion envers leur mère ! Non pas que j'aurais aimé les voir pendus à mon cou tout l'après-midi, mais je suis un peu déçue qu'ils ne fassent pas plus grand cas de ce que j'endure.

Pour ma part, je devine que mon accident ne va pas s'envoler de mes pensées de sitôt. Ne serait-ce que tout à l'heure, après être descendue du taxi, le simple fait de traverser la rue a fait ressurgir un flash d'hier. L'espace d'une seconde, ma vision s'est brouillée et une moto m'a percutée. Je me suis vue, comme dans un rêve très lumineux, projetée à terre, ma tête heurtant violemment le sol. Horrifiée, je distinguais du sang sortant de mon nez et de mes oreilles, tandis qu'une flaque rouge grossissait à côté de moi. L'instant d'après, les sons de la rue reprenaient : j'étais sur le trottoir, hors de danger, vacillante mais debout, avec mes béquilles pour seul soutien. Même si ce fut très fugace, l'empreinte de cette vision morbide me revient sans cesse, et fermer les yeux ne la fait pas disparaitre, bien au contraire. Je vais devoir apprendre à cohabiter avec cette version amplifiée et déformée de la réalité que me renvoie mon cerveau, avec ce qui aurait pu m'arriver. Satané Motard.

12. Axelle - Samedi

Nous sommes six couples. Des canapés sont disposés en rond dans la pièce, Rosa et Alberto nous invitent à y prendre place.

Rosa prend la parole en premier :

— Bonjour à toutes et tous. Pour celles ou ceux qui ne m'ont jamais rencontrée, je suis Rosa. J'ai travaillé pendant vingt-cinq ans en tant que sagefemme indépendante sur Lyon et depuis plus de dix ans maintenant, je me suis spécialisée dans l'accompagnement thérapeutique des projets de natalité, ainsi que des femmes qui se sentent en difficulté avec leur quotidien. Je propose des séances individuelles et j'ai plaisir à coanimer des groupes avec Alberto.

— Bonjour, je m'appelle Alberto. J'ai pour ma part une longue expérience en psychologie biodynamique ainsi que dans le suivi des couples dans les différentes étapes de la vie, dont la parentalité. J'organise des stages et je reçois aussi à mon cabinet. Je pratique également le chamanisme et m'en inspire régulièrement dans mes exercices.

Le premier temps qu'ils nous proposent est assez classique : chacun se présente, expliquant le parcours qui l'amène ici. Par chance, c'est Julien qui parle pour nous deux, m'évitant de me sentir gauche.

— Bonjour, nous sommes Julien et Axelle. En couple depuis six ans, nous essayons d'avoir un enfant depuis environ trois ans. Axelle a déjà fait quatre fausses couches et à chaque nouvelle tentative, l'appréhension prend de plus en plus de place et rend les choses plus difficiles. Rosa nous suit depuis bientôt un an.

Le cadre est posé, je n'aurais pas dit mieux, mais je me sens toute nue devant ces inconnus, aussi bienveillants qu'ils puissent être, vu qu'ils sont là pour la même problématique. Sur les couples qui se présentent ensuite, trois sont dans une situation similaire à la nôtre et les deux derniers se sont lancés dans le circuit de la PMA pour remédier à l'infertilité de l'un ou de l'autre.

Nous avons à peine commencé la séance que l'une des participantes, Karen, fond en larmes en racontant son parcours. Je suis mal à l'aise, sans doute parce que je n'aimerais pas être à sa place. Même si mon petit doigt me dit que je n'en suis pas à l'abri, je me retranche derrière mon masque rassurant de jeune femme sereine. Ce deuxième temps se veut un espace de parole libre, où chacun peut venir déposer devant le groupe le poids des deuils et des échecs qu'il souhaite partager. Je n'ai pas envie de participer à ce déballage. J'observe les autres s'exprimer, me demandant comment le fait de les entendre parler de ce qu'ils traversent va pouvoir m'aider à ne pas faire une nouvelle fausse couche. Pour ne pas être la seule à ne rien dire ni m'attirer les foudres de Julien, je respire profondément et je finis par me lancer d'une voix faible qui cache mal la boule de peur au fond de mon ventre :

— Je suis fatiguée de ces échecs successifs, j'ai parfois envie de tout laisser tomber.

Le silence s'installe, tout le monde attend que je continue, mais je bloque. Je suis consciente que c'est un peu sec, pourtant la suite ne vient pas.

Rosa arrive à mon secours, pour me relancer :

— Quelle est la sensation en toi après la perte de ces bébés ?

Je ne sais pas comment elle fait ça, régulièrement, elle parvient à appuyer sur le bouton magique en moi qui me pousse à me dévoiler.

— À chaque fausse couche, j'ai l'impression que le monde s'écroule autour de moi. Je me sens nulle, incapable de faire ce pour quoi mon corps est programmé. Je me demande ce que j'ai fait de travers, ou ce que je n'ai pas fait, je repense à la journée où j'ai porté trop de tables lourdes, ou à ce verre de vin que j'ai bu alors que j'ignorais encore que j'étais enceinte. Je m'accable de reproches, comme si m'autoflageller allait pouvoir arranger la situation.

Je me rends compte que j'observe les lattes du plancher en m'exprimant, comme si je dialoguais avec moi-même. Lorsque je relève la tête, tous les regards sont braqués sur moi et le feu des projecteurs me fait rougir. Je n'arrive plus à prononcer un mot. J'ai beau essayer de me convaincre que ces personnes ne me jugent pas, qu'elles peuvent peut-être même sentir de la compassion pour moi, j'ai envie de rentrer dans un trou de souris et de disparaitre. Mon regard se porte sur le nœud plus foncé qui ressort du bois et je parviens à reprendre la parole.

— Après la première, on me disait que c'était fréquent, que cela arrivait à une femme sur quatre et qu'il n'y avait pas lieu de s'inquiéter pour la suite, mais j'étais certaine que quelque chose clochait en moi. Comme si tout le monde me montrait du doigt en murmurant que c'était de ma faute, que j'avais un défaut de fabrication et que j'échouais là où toutes les mères avant moi avaient réussi.

— En oubliant que beaucoup d'entre elles étaient passées par ce que tu traverses, intervient Rosa.

Peu importe ce que les autres ressentent, cela ne change absolument rien à ma propre peine. Pourquoi suis-je venue écouter tout ça ? L'envie de la contrer prend le dessus et je réplique :

— Peut-être, mais personne n'en parle dans la vie de tous les jours, on ne voit que ces mamans épanouies avec leur gros ventre, ou qui affirment que la naissance de leur enfant était le plus beau jour de leur existence.

— Et c'est justement pourquoi nous sommes ici aujourd'hui, pour que vous preniez conscience que vous n'êtes pas seuls, que cette situation est beaucoup plus fréquente qu'il n'y parait ; pour que vous touchiez du doigt les mécanismes en vous, qui vous tirent vers le bas, ces mécanismes d'autosabotage qui vous font vous dévaloriser et perdre confiance. Même si chacun a un chemin qui lui est propre, vous pouvez aller écouter ce qui vous coupe dans votre désir d'enfant, pour l'accueillir et si possible le transformer.

Et voilà Rosa qui nous ressert son blabla. J'espérais que sa tirade soit finie, mais après une courte pause, elle reprend.

— Pourquoi croyez-vous que dans beaucoup de couples qui se décident à adopter après une longue période infertile, la femme tombe enceinte dans les mois qui suivent, lorsque la pression s'est envolée ? Le corps médical n'a pas le monopole des solutions dans la conception d'un enfant.

13.　Sarah - Samedi

Vu le peu d'attention que me témoignent les enfants, j'en profite pour ouvrir mon ordinateur. Un collègue a déjà répondu à mon mail de ce matin ; lui aussi doit avoir une vie personnelle palpitante le weekend !

Je décide d'avancer sur l'article à rendre avant lundi soir.

Mon dernier sujet est parfait pour me remonter le moral : Katrina a été prise en photo avec un beau brun ténébreux au cours d'une fête arrosée, alors qu'elle vient tout juste de célébrer ses cinq ans de mariage et les trois ans de sa fille en grande pompe ! Je savoure déjà l'effet que mon article aura sur elle et sur son entourage. Qu'elle redescende un peu sur terre au lieu de se la jouer princesse.

Je tente un premier jet :

« À peine sortie des couches, si tant est qu'elle y ait touché un jour, Katrina, femme d'un acteur en vogue, a trouvé une nouvelle occupation à ses soirées trop calmes ! Derrière ses airs de mère attentionnée, elle ne sait plus quoi faire de son temps libre : pas de courses, pas de ménage, pas de cuisine pour une femme comme elle. Alors, quand son mari part sur des tournages, après avoir savouré un moment de jeu quotidien avec sa fille, l'heure est à la fête et ces messieurs n'ont qu'à bien se tenir ! Si certains rampent devant elle, d'autres redressent la tête fièrement pour l'impressionner. Et vous pouvez être sûr qu'elle n'y est pas indifférente. »

Au bureau tout le monde est d'accord sur la ligne éditoriale qui fait le succès de notre revue. Nous savons pertinemment que les articles les plus lus, les numéros les plus achetés, sont ceux à sensations. Les magazines people sont là pour faire le buzz, pour révéler les détails croustillants au grand public, pour choquer, faire rêver ou s'indigner. Et quand le réel ne suffit plus, nous créons de l'illusion, de l'espoir, du « et si moi aussi j'étais riche et célèbre… » tout en sachant que cela n'arrivera jamais, même si tout le monde voudrait y croire, moi la première.

Je cherche la petite phrase qui accroche. Peu m'importe si elle a désiré coucher avec ce mec, mon unique but est de la montrer sous un jour nouveau, et faire vendre. Et puis surtout, je suis payée pour cela ! Alors je ne vais pas m'en priver.

Je tente une autre approche plus personnelle, moins frontale et un peu plus subtile :

« Est-ce que toutes les femmes ne rêvent pas d'une vie comme la sienne ? Une heure de jeu avec son enfant le matin, une heure de fitness, puis un délicieux repas que nous n'aurons pas préparé, un après-midi shopping ou coiffeur, un baiser et quelques câlins à notre adorable progéniture avant de sortir pour la soirée faire de nouvelles conquêtes… Tout cela pendant que notre homme travaille pour ramener à la maison assez d'argent pour déléguer toutes les tâches qui ne nous plaisent pas. Juste les bons moments… Katrina pour sa part a l'air de s'y complaire, mais pas sûr que son mari soit du même avis… En tout cas, aucune de nous n'aimerait être dans sa peau de princesse quand ce dernier rentrera de son tournage ; son maquillage à cinquante euros la séance risque d'en prendre un vilain coup. »

Je trouve tout de suite cela beaucoup mieux ! La descendre de son piédestal de femme parfaite donne davantage de valeur à mon statut de mère célibataire se battant sur tous les fronts en même temps.

Je n'ai pas le temps de savourer mon plaisir que Robin me saute dessus ; mon ordinateur glisse de mes cuisses. Je tente de le rattraper d'une main maladroite mais il bascule sur le sol avec un son mat qui me fait craindre le pire. Mon sang ne fait qu'un tour, mon cœur tambourine à tout rompre dans ma poitrine, mes mâchoires se crispent et mes poings se serrent… Surtout, respirer, je dois rester calme et respirer, ne pas déverser le flot de colère qui m'envahit en imaginant la mort potentielle de mon seul outil de travail. À côté de moi, je vois Robin qui fait sa tête de chien battu, ses yeux menacent de déborder, il sait qu'il a fait une bêtise. Alors que je lui ouvre les bras pour faire la paix, il se serre fort contre ma jambe blessée pour s'excuser…

Un cri qui se transmute en un hurlement explose au fond de mes entrailles.
— Putain, mais c'est pas possible d'être aussi débile ! À peine sortie de l'hôpital que tu veux déjà m'y renvoyer, hein ? T'es pas capable de faire attention à ta mère ! T'en as rien à foutre de moi ! C'est ça, hein ? C'est pas croyable !
J'ai beau me rendre compte que je dépasse les bornes, le flot d'injures se déverse sans que je ne puisse rien y faire. Ma rage est telle que j'attrape fermement ses petits bras, je sens mes doigts qui l'enserrent et je me mets à le secouer, de plus en plus fort, comme une poupée de chiffon. Mon regard mauvais fixé sur lui, je le vois rapetisser face à ma haine qui ne cesse de grandir. Je n'ai que faire de sa voix mièvre qui me supplie de ne pas lui faire mal et qui répète inlassablement "pardon". Même

ses larmes de crocodile ne me font aucun effet. Je vais l'écraser comme un pauvre insecte malfaisant qui me pourrit l'existence.

Subitement, j'ai l'impression de me regarder agir, spectatrice d'une scène sur laquelle je n'ai aucune prise. Je me vois dérailler, perdre pied, laissant le flot de la colère me submerger totalement. La réalité a disparu autour de moi, je suis juste l'expression de ma violence brute, réflexe animal que je ne contrôle pas. Je suis incapable de m'arrêter.

Dans un état de sidération, je lâche prise et enfouis mon visage dans mes mains. Que suis-je en train de faire ? Je dois me reprendre, je dois me reprendre, je dois me reprendre…

J'inspire profondément entre deux hoquètements et me frotte les yeux avant de les rouvrir : Robin est là, devant moi, avec son air d'avoir fait une grosse bêtise, ne sachant pas s'il va se mettre à pleurer.

Tout cela n'était donc pas réel ? Est-ce bien vrai que ces atrocités n'ont eu lieu que dans mon imagination ? Je laisse échapper un long soupir de soulagement ; mon fils vient de fondre en larmes, simplement effrayé par mon cri de douleur et avec la culpabilité de m'avoir fait mal. Je l'attire contre moi, tellement rassurée de ne pas avoir succombé au monstre que je devine encore respirer sournoisement au fond de mes entrailles. Mon dieu, comment puis-je avoir des pulsions si horribles ? Quelle mère lamentable ! La honte de moi-même m'envahit et mon cœur se comprime dans ma poitrine jusqu'à devenir aussi insignifiant qu'un petit pois desséché. Je me déteste par le simple fait que ces pensées aient pu se former dans mon esprit. Je me suis toujours refusée de ressembler à mon père, cet être dur et intraitable qui hurlait et nous battait à tout bout de champ, mon frère et moi. La moindre excuse était bonne pour passer ses nerfs et nous n'avions qu'à la boucler, car plus nous protestions, plus il tapait fort et longtemps. Les marques de ses grosses mains, la fois où il nous avait surpris à jouer au docteur avec le fils du voisin sont gravées à tout jamais dans ma mémoire. De ces châtiments, j'ai appris à me blinder de toutes les attaques extérieures, à serrer les dents et à cacher mes émotions.

Le modèle de ma mère n'était pas plus reluisant ni séduisant à suivre. Soumise et résignée, elle regardait ailleurs et laissait faire, alors qu'elle aurait dû être là pour nous protéger. Elle connaissait le prix qu'il en coutait de s'interposer face à mon père et elle faisait profil bas pour ne pas attirer son attention et sa violence. Elle était lâche, faible et insignifiante. L'unique détail qui me permettait de ne pas la détester autant que lui résidait dans les instants de tendresse qu'elle nous manifestait après les tempêtes paternelles. Elle pansait les blessures de nos corps et de nos cœurs, à défaut de nous les éviter.

Une chape de fatigue s'abat soudainement sur moi. Je m'allonge sur le canapé, avec Robin qui se blottit doucement contre moi. Des larmes coulent silencieusement le long de mes joues et je perçois l'immensité de ma solitude face à mes enfants, face à cette vie que je dois affronter seule, qui ne me soutient pas, qui ne me rend jamais la tâche facile, mais me fait sentir combien je dois me battre pour survivre, pour que demain soit, si possible, moins pesant qu'hier. Chaque personne est-elle un monstre en puissance ? Je ferme les yeux, je tente de chasser toutes ces pensées hors de mon cerveau en ébullition et m'imprègne de la chaleur du petit corps de Robin contre le mien. Heureusement qu'au milieu de ce parcours ingrat de mère célibataire, apparaissent ces courts instants de douceur.

J'en oublierais presque qu'Axelle ne m'a pas toujours pas répondu.

14. Axelle - Samedi

Au moment de la pause, Julien m'observe du coin de l'œil lorsque je m'éclipse aux toilettes, il sait très bien ce que je vais faire. Je récupère mon portable et lis le message de Sarah. C'est une longue liste de courses, avec des choses plus ou moins urgentes. Je lui réponds que je m'arrangerai pour lui acheter tout cela en fin de journée, ce qui, je le sais pertinemment ne sera pas du gout de Julien.

À la reprise, Rosa nous invite à créer un groupe de femmes et Alberto rassemble les hommes dans un autre coin de la pièce. Rosa nous donne comme thématique de réflexion : « Pourquoi voulez-vous être mère ? »

Les réponses sont assez spontanées et classiques, même si j'ai failli lancer un « Pour faire comme tout le monde » histoire de voir les réactions, mais je me suis abstenue et je crois que j'ai bien fait.

La seconde thématique me semble plus dérangeante :

« Et si vous n'aviez jamais d'enfants ? »

Je ne peux m'empêcher de répondre un peu trop rapidement :

— Impossible, j'en aurai forcément.

— Peut-être, mais fermez les yeux et laissez-vous aller au contact de la personne que vous êtes, au-delà de votre désir d'enfant, au-delà de la mère que vous voulez devenir. Approchez de la femme en vous qui vit par elle-même, qui sourit, qui rêve, qui marche, qui avance, celle que vous avez toujours été, qui a des étoiles dans le regard. Quels sont tous les autres projets qui vous font pétiller et qui vous donnent envie de vous lever le matin ?

Elle laisse un temps de silence, puis reprend :

— Le but de votre existence ne devrait pas être d'avoir des enfants, mais d'être au plus près de vous-même, de vos émotions, de vos aspirations. Lorsqu'ils rentrent dans vos vies, ils n'ont pas pour rôle de remplir votre quotidien et de vous donner une raison de vivre, ils sont simplement là pour faire un bout de chemin à vos côtés. Un jour, ils partiront de la maison et vous serez à nouveau face à vous-même, et à qui vous êtes réellement. Ils ne sont pas sur terre pour vous combler en tant que parents ; c'est à vous d'être disponibles pour eux, pour les aider à grandir et à être autonomes.

Devant cette réflexion, un précipice s'ouvre sous mes pieds, irritant et effrayant à la fois. Que serais-je si je n'ai pas d'enfants ? Pas une seule fois je n'ai envisagé ma vie sous cet angle.

Petite, j'étais celle autour de qui tout tournait, ma mère était entièrement dédiée à moi et j'avais l'impression d'être son unique raison de vivre. Implicitement, je me voyais faire de même, sans me rendre compte que j'avais grandi et qu'elle avait repris un autre rôle, maintenant que je n'étais plus à la maison.

La fin d'après-midi se poursuit sous un voile opaque, derrière lequel je ne suis plus présente. Mon attention est ailleurs, tout en moi refuse de prendre part à ce qui se déroule dans la pièce.

Il est 18h quand la séance se termine, il est plus que temps pour moi ; j'ai besoin de m'extraire de tout ça. L'un des couples suggère d'aller boire un verre ensemble dans le quartier et Julien accepte aussitôt. Je ne peux m'empêcher de me raidir et de lui lancer un regard suppliant. Je n'en peux plus et Sarah attend toujours ses courses.

— Allez, juste un petit moment, ça nous fera du bien, tente-t-il de me convaincre.

— Si ça ne te dérange pas, je vous rejoins, je ne serai pas longue.

Cette fois, c'est le regard de Julien qui vient chercher le mien d'une façon peu amoureuse.

— Et si pour une fois tu la laissais attendre ?

— Julien, je ne peux vraiment pas, pas aujourd'hui, comprends-moi. Je reviens d'ici une heure maximum, promis.

Je lis dans ses yeux qu'il n'en croit rien, mais je décide de ne pas en tenir compte. J'ai trop besoin de m'échapper du groupe.

— Je t'aime, à tout de suite.

Je lui souffle un baiser en prenant les clés de la voiture et me dirige vers la sortie. Mais Rosa m'intercepte :

— Axelle, j'ai remarqué que tu étais très tendue vers la fin. Si tu le veux, nous pourrions en reparler lors d'une séance individuelle, avec ou sans Julien comme tu préfères. Je sens bien que certains sujets sont très sensibles pour toi et le groupe n'est probablement pas le cadre le plus sécurisant pour y plonger.

Je sors mes griffes à l'intérieur, tente de faire bonne figure et lui réponds que je l'appellerai bientôt.

Ce n'est que lorsque je suis dehors que je respire enfin normalement.

15. Sarah - Samedi

La fin de journée me semble longue à mourir. Oh, je sais, je ne suis pas à l'article de la mort, même si j'ai eu l'impression de la voir de très près. Je regarde les minutes qui défilent sur l'horloge au-dessus du frigo, et je suis persuadée qu'une vilaine fée retient le mécanisme pour que le temps passe plus lentement.

Après avoir boitillé jusqu'au coin cuisine pour me faire un café, toute seule comme une grande, je fais une tentative d'allumage de mon ordinateur, la tasse fumante à côté de moi. Je respire longuement son odeur pour me donner le courage d'affronter le pire et j'appuie sur le bouton de démarrage.

Et là, oh miracle, le bureau complètement encombré de fichiers m'accueille presque instantanément. J'en sauterais presque de joie si je le pouvais, pourtant je me dis qu'il est préférable que je reste tranquillement assise sur mon canapé. À bien y regarder, j'ai tout de même l'impression qu'un angle de l'écran est un peu plus pâle, mais bon, cela ne m'empêchera pas de travailler, c'est l'essentiel. Mon weekend est sauvé !

J'ouvre le dernier document, bien décidée à faire filer les heures comme des flèches. Mais mon engouement retombe très vite. Autant j'étais inspirée tout à l'heure, autant à présent c'est le syndrome de la page blanche, alors même qu'elle est déjà partiellement remplie. C'est plutôt moi qui me sens vide.

Le fait de ne pas pouvoir me déplacer comme je le veux me frustre profondément. Comment réussir à se faire plaisir en restant enfermée chez soi à surveiller ses enfants toute la journée ? Et puis je déteste être dépendante des autres personnes, j'ai l'impression d'être inutile et encombrante pour moi-même.

J'ai à peine passé quatre heures à la maison que je ne rêve déjà que de liberté et d'action.

Mais cela ne dure pas car mon rôle de mère revient sur le devant de la scène : Robin s'est mis à hurler. Je parie que c'est encore un coup de son frère qui n'a pas voulu lui laisser toucher sa guitare… Finalement, je préférais presque me sentir inutile.

16. Axelle - Samedi

Il est 19h15 quand j'arrive enfin chez Sarah.

Je me répands en excuses pour justifier mon délai de réponse et pour ne pas être venue plus tôt, mais elle ne fait aucune réflexion. Soit dit en passant, elle ne se donne pas davantage la peine de me dire merci et c'est sans doute ce qui me contrarie le plus.

Je fais de mon mieux pour faire disparaitre dans les placards tout ce que je lui ai ramené, telle une petite fée du rangement. Assise sur son canapé, elle me regarde à peine.

— Je t'ai acheté quelques plats tout prêts en plus, comme ça, tu n'auras qu'à les réchauffer, je t'en laisse un sorti pour ce soir si tu veux.

Elle lève la tête de son magazine, un léger sourire aux lèvres. J'ai marqué des points.

— Très bonne idée, cela m'évitera de te déranger pour ça aussi, je t'en demande déjà tellement. Est-ce que tu peux juste allumer le four avant de partir ?

— Bien sûr, pas de soucis. Rémi pourra t'aider pour le reste, je pense ?

— Oui, ne t'inquiète pas.

C'est alors que Robin déboule dans le coin cuisine et se serre fort contre ma jambe en criant :

— Accelle !

Ce petit bonhomme a une façon si naturelle de montrer son attachement que mon cœur fond instantanément. Son visage est enfoui dans le bas de ma robe :

— C'est beau et tout doux, me dit-il en tirant sur le tissu.

Je me sens rougir. Au moment où je lui passe la main dans les cheveux, sa mère l'appelle d'une voix autoritaire :

— Robin, tu peux dire à ton frère de venir m'aider ?

À regret, il lâche ma jambe et trottine vers le couloir. Sarah, l'air satisfaite, le regarde s'éloigner, puis retourne son attention vers moi. Je lui trouve les traits plus tirés que d'habitude, soucieuse. En même temps, avec l'accident, ce n'est pas très étonnant.

— Tu sembles épuisée, tu es sure que tu n'as besoin de rien d'autre ?

— Ne t'en fais pas, avec une bonne nuit de sommeil, cela devrait aller mieux. À demain.

— À demain, dis-je en refermant doucement la porte d'entrée.

J'ai répliqué machinalement, mais j'espère qu'elle ne va pas trop me solliciter, parce que cela va vite faire monter la moutarde au nez de Julien. Heureusement qu'il repart lundi, cela me laissera davantage de liberté. Parfois, je rêve de pouvoir me dédoubler pour faire plusieurs choses simultanément, cela règlerait bon nombre de mes tracas.

Tiens, voilà justement Julien qui m'appelle, il doit s'impatienter.

— Je sors à l'instant de chez Sarah, je vous rejoins.

— Pas la peine, on vient de demander l'addition, répond-il du tac au tac.

— Alors je viens te chercher et on ira manger quelque part.

— L'un des couples va me déposer, ils habitent également à confluence. Je suis là dans vingt minutes. À tout à l'heure.

Pas une seule pointe d'humour, cela ne dit rien qui vaille.

Effectivement, il n'est pas de bonne humeur en arrivant. Et le fait de passer devant la porte de Sarah quand il monte jusqu'à chez nous ne doit rien arranger. Alors que je suggère de ressortir pour manger, il me lance de façon cynique :

— Parce que tu dois rapporter un menu pour Sarah ?

— Arrête, tu sais bien que non. J'ai simplement envie que l'on prenne un peu de temps tous les deux.

— Après le coup que tu viens de me faire aujourd'hui ? Sarah, Sarah et encore Sarah. Et si sur le chemin du restaurant, elle t'appelle pour une autre de ses urgences, on fera demi-tour ?

— Heureusement que ce n'est pas un homme, sinon, je jurerais que tu es jaloux !

J'espérais détendre un poil l'atmosphère, mais ma pointe d'humour tombe à plat.

— Écoute, je peux comprendre que tu en aies marre qu'elle prenne autant de place, mais c'est tout de même une situation particulière.

— Bien sûr, mais avec elle, c'est toujours pareil. La dernière fois, c'était sa cheffe malade qu'elle a dû remplacer au pied levé un samedi soir pour un gala ; la fois d'avant, c'était sa voiture qui était en panne et tu lui as prêté la mienne sans même me demander ; encore avant, c'était son grand qu'elle a emmené aux urgences en te laissant le petit sans s'inquiéter de notre emploi du temps. Elle a toujours une bonne raison pour s'immiscer entre nous et cela arrive pratiquement tous les weekends.

— C'est vrai qu'elle a souvent besoin d'aide, mais être une mère célibataire n'est pas une situation évidente.

— Et être un couple qui n'arrive pas à avoir d'enfant, tu crois que c'est plus enviable ?

Je ne me souviens pas l'avoir vu si mordant, lui qui d'ordinaire tourne les problèmes à la dérision ou tente de trouver le bon côté des choses. Je dois le raisonner, lui montrer mon point de vue pour qu'il comprenne pourquoi je réagis ainsi.

— Je n'ai jamais dit ça. Tu ne crois pas que j'en souffre moi aussi ? J'essaye juste de mettre mes soucis de côté par moments et d'aider mes amis.

— En allant garder ses enfants ! Ça te suffit peut-être, eh bien, pas moi. À voir tes réactions d'aujourd'hui, j'ai l'impression que tu n'en veux pas !

— Comment peux-tu oser me balancer une chose pareille ?

— Alors, arrête de ne penser qu'aux autres. Il est urgent que tu réorientes tes priorités vers toi et vers nous.

— Tu sous-entends vers toi ? Tu n'as qu'à être davantage présent à la maison, cela nous aiderait sans doute.

— Je n'attends que ça, de retrouver un poste de directeur dans un centre plus proche d'ici. Mais cela ne tient pas qu'à moi, tu le sais parfaitement.

Entre nous, la tension est palpable. Julien, qui d'habitude bouge en permanence, est beaucoup trop immobile. De fines rides se forment tout autour de ses lèvres serrées et son regard devient sévère. Il est évident que ma tactique ne marche pas, cela ne fait qu'envenimer les choses.

— Je suis désolée, cet après-midi, je me suis sentie si mal que je ne voulais plus parler de tout ça, même si ces personnes avaient l'air bienveillantes. C'était insupportable de me retrouver confrontée à ces moments pénibles ; et puis, le côté introspection m'a terrifiée. Je crois que j'ai besoin de temps, et aussi de toi, de nous deux.

— Excuse-moi, je crains tellement de ne jamais arriver à avoir d'enfant que je t'agresse. J'ai peur que tu changes d'avis, que tu abandonnes face aux difficultés que nous traversons. J'aimerais tout tenter pour que cela fonctionne.

Julien a décroisé les bras, il me tend timidement une main en signe de réconciliation. Il ne m'en faut pas davantage pour respirer à nouveau plus librement et venir me lover contre sa poitrine en lui susurrant :

— Moi aussi je veux la même chose.

17. Sarah - Samedi

Après avoir débarrassé la table, Rémi aide son petit frère à se brosser les dents, l'envoie me faire un baiser et referme sa porte de chambre non sans avoir pris soin de brancher sa veilleuse. Lorsqu'il revient vers moi, il a un regard que je ne lui connais pas.

— Maman ?

— Oui Rémi ?

— Pourquoi Marc n'est pas venu vivre avec nous quand Robin est né ?

Je pressens que ce n'est pas la seule question qu'il veut poser et je n'ai pas particulièrement envie d'aller sur ce terrain-là.

— Tu te souviens, il a eu cette proposition de poste à Madrid, c'était une chance qu'il ne pouvait pas refuser.

— Mais si on aime son enfant, on fait en sorte de rester avec lui, non ?

— Ce n'est pas toujours aussi simple malheureusement.

Rémi se dirige vers l'évier, revient avec l'éponge et nettoie la table. Il le fait avec beaucoup plus de précision que d'habitude, comme si certaines taches étaient trop rebelles.

Il retourne chercher le chiffon et prend tout son temps pour éliminer les dernières traces d'humidité. Il balaye la pièce du regard tout en triturant son pyjama, je sens bien qu'il veut me demander autre chose, mais que cela ne sort pas. En même temps, je ne suis pas d'humeur loquace, j'attrape donc mon magazine sur la petite table à côté de moi, espérant couper court à son besoin de parler.

— Robin, c'est quand ses prochaines vacances avec Marc ?

Zut, c'est reparti.

— Dans un peu plus d'un mois.

Rester sur des réponses brèves est l'une de mes meilleures esquives.

Rémi tourne autour de moi, je le sens qui s'éloigne et se rapproche, alors surtout, je ne lève pas le nez.

Mais cela ne suffit malheureusement pas.

— Maman ?

— Mmm ?

— Et est-ce que moi aussi un jour, je pourrai passer des vacances avec mon père, comme Robin ? C'est pas juste que lui, il puisse le voir et pas moi !

L'assaut est frontal et ne me laisse aucune issue.

— Tu sais bien que la situation n'est pas la même et que…

— Que quoi, qu'il ne m'a jamais aimé ?

— Non, ne dis pas de bêtises. Il n'était pas prêt à avoir un enfant avec moi et n'a pas voulu prendre part à ton éducation.

— Pourtant je suis là ! Il avait qu'à y réfléchir avant !

Rémi est devenu tout rouge, ses yeux sont brillants de tristesse probablement autant que de colère. J'ignore totalement comment m'y prendre pour le calmer, je n'ai jamais été douée pour désamorcer les conflits ou apaiser les autres. Il me faut malgré tout lui donner une réponse.

— Mon chéri… Les histoires de grands sont compliquées tu sais, mais ce n'est pas de ta faute. C'est une affaire entre lui et moi.

— Donc tout le monde s'en fout si moi je veux le connaître ? J'ai pas mon mot à dire, c'est ça ?

Même s'il avait déjà posé des questions sur son père, jamais il n'avait énoncé aussi clairement son envie de le rencontrer. Je ne suis pas du tout à l'aise avec ça et préfère rester évasive sans pour autant lui opposer un refus frontal.

— Je ne sais pas trop ce qu'il est devenu, je verrai ce qui est possible, d'accord ?

Je lui tends la main, espérant qu'il se contente de cette réponse, au moins pour le moment. Par chance, cette minuscule ouverture a sur lui l'effet d'une victoire. Il s'approche de moi comme si j'étais le père Noël, même s'il n'y croit plus depuis longtemps :

— Merci Maman, dit-il en me faisant un gros bisou sur la joue.

À peine est-il sorti que ma poitrine se serre. Je retourne instantanément quatorze ans en arrière, avant qu'il ne soit arrivé pour chambouler mon existence. La haine est toujours intacte. Je pense que Rémi n'a rien perçu, mais mon cœur s'est mis à battre beaucoup plus fort et mes mains sont devenues moites. Je sens au fond de mon estomac un reflux acide, une envie de vomir qui me monte à sa simple évocation. Je revois son visage comme si c'était hier. À cette époque, dans mon corps, une horloge s'est brisée, laissant le temps figé dans les limbes de la rancœur, dans un espoir déçu, dans une absence d'avenir.

Une larme perle sur ma joue, je respire profondément pour évacuer ces émotions. Si seulement le passé pouvait rester là où il est au lieu d'être déterré.

Je replonge dans ma solitude et ma douleur d'être devenue trop tôt une mère, célibataire de surcroît. Je suis face à ma jeunesse gâchée, à mes vingt-et-un ans que je voyais s'envoler en fumée à cause de cette minuscule barre bleue qui venait de s'afficher sur le test. Et comble de malchance, il était tard pour que je puisse y faire quoi que ce soit, impossible de fuir ce rôle que la vie m'imposait et pour lequel je n'étais pas prête et dont je ne voulais pas.

    Encore une fois, j'ai dû me blinder devant les remarques désobligeantes qui se murmuraient dans mon dos, face aux camarades de fac insouciants qui n'imaginaient absolument pas ce que je traversais et qui étaient tout sauf tendres avec moi. J'ai dû apprendre à me débrouiller par moi-même, sans aucun modèle parental auquel me raccrocher, sans figure paternelle pour prendre le relais, pour me permettre de souffler ou même juste pour dormir correctement ne serait-ce qu'une nuit. J'étais désespérément seule, livrée à moi-même avec un nourrisson qui me demandait beaucoup plus que je n'étais capable de donner.

18. Axelle - Samedi

À table, nous éludons les sujets qui fâchent et je retrouve Julien égal à lui-même.

Personnellement, je préfère les saveurs asiatiques, mais nous sommes dans son restaurant favori, la pizzeria Napoli, de l'autre côté de Perrache. La cuisine y est savoureuse : tout est fait maison de père en fils et les pizzas sont excellentes. La soirée est finalement agréable, d'ailleurs, c'est l'un des endroits où nous passons toujours de bons moments simples et ce soir ne fait pas exception à la règle. Le fils du patron, Franco, vient nous saluer, nous offrant au passage un limoncello.

L'air est doux en ressortant. Je lui demande s'il a envie de faire une petite marche digestive, mais il se met à bâiller en me prenant par la main.

— Demain ?

C'est vrai que sa journée a été longue, entre la route du matin et l'atelier, aussi je négocie un léger détour par les bords de Saône pour savourer le moment. J'aime ces temps suspendus, où il n'y a rien de particulier à faire, juste à être présent à ce qui est. Ces instants sont trop rares, comme si nous n'avions plus le loisir de profiter des choses simples de la vie, alors qu'elle n'attend que notre attention pour nous éblouir. J'observe les arbres en fleurs, je respire leur léger parfum de printemps, je me laisse envahir par leur douceur et je souris.

Remplie de cet amour inconditionnel et de cette connexion à la nature, je serre plus fort la main de Julien qui me regarde à nouveau avec tendresse. J'aime me sentir belle dans ses yeux et je sais toute l'importance qu'il porte à mon apparence.

Aujourd'hui, j'ai mi la jolie robe bleue qu'il m'a offerte l'année dernière pour mon anniversaire, c'est indéniable que cela me va beaucoup mieux que mes vieux habits pourtant si confortables. S'il rentrait à l'improviste pendant la semaine et qu'il me découvrait sur mon canapé à lire en mode relax, il aurait l'impression qu'on lui a échangé sa femme. Depuis que je ne travaille plus, je me relâche complètement et je ne crois pas que cela lui plairait. Je suis persuadée que c'est passager et que tout reviendra dans l'ordre quand je reprendrai un nouvel emploi. Cela ne fait pas encore six mois que je suis au chômage, il n'y a pas d'urgence. À moins que Julien ne finisse par retrouver une opportunité dans la région lyonnaise. Car son exil qui se voulait temporaire dure depuis bien trop longtemps à mon gout. Je regrette parfois qu'il ne soit pas resté directeur adjoint au foyer Saint-Vincent d'Oullins. Il gagnait moins d'argent, avait moins de responsabilités, mais nous étions ensemble au quotidien.

Nous sommes à peine arrivés qu'il se faufile dans le lit et sombre comme une masse, alors que je me sentais pétillante de bonnes énergies. Même si ce n'est que partie remise, je suis frustrée. En guise de chant nuptial, je vais profiter de sa respiration lente et monotone.

Le dimanche est mon jour préféré, car le temps nous appartient. Je me lève en douce pendant qu'il dort encore, je sors acheter des croissants, avant de le réveiller, un plateau généreusement chargé dans les bras. Il adore prendre le petit déjeuner au lit. Moi, les miettes qui s'éparpillent de partout en me piquant les fesses et la tasse qui menace de tomber à tout moment, ce n'est pas mon truc, mais j'aime le regarder faire, tel un Pacha dans son palais. Je suis étonnée de voir son habileté à manier cet art sans que rien ne s'échappe de cette table miniature mouvante. Il est devenu maitre en la matière, ce qui est loin d'être mon cas.

En préparant le déjeuner, le visage de Sarah s'impose à moi et je me sens honteuse de ne pas lui prêter main forte au lendemain de son accident. Mais j'ai promis à Julien que cette journée serait seulement à nous deux, alors je serre les dents et me concentre sur mon plat de lasagne.

Vers 15h, nous sortons nous promener au parc de Gerland : il fait doux et il y a une exposition temporaire en plein air dont Julien a entendu parler et qui finit ce soir. C'est sa dernière chance d'en profiter. Il a toujours une multitude d'initiatives pour le weekend et si je ne suis pas tellement force de proposition, j'adore partir à la découverte. Le vernissage dans un garage abandonné de la semaine passée n'est certes pas mon meilleur souvenir, mais on ne peut pas tout aimer. Espérons que cette œuvre monumentale composée de petits riens du quotidien soit à la hauteur de son excitation à s'y rendre.

Verdict ? Julien ne cesse de parler durant tout le trajet retour ! Aujourd'hui, le détour pour emprunter les quais du Rhône ne le dérange absolument pas, alors j'en profite. Il s'arrête parfois de marcher pour faire de grands gestes, mimant certains détails de cet amoncèlement d'objets qu'il a étudié sous tous les angles. Mon homme est drôle à voir. Les gens qui nous croisent ne peuvent s'empêcher de s'en amuser, mais il ne remarque rien, tout absorbé qu'il est par son enthousiasme.

À travers le prisme de ses yeux et de ses mots, ce que nous avons observé prend une toute autre envergure, à tel point que j'ai l'impression que nous ne sommes pas allés au même endroit, tant nos expériences divergent. Je me contente de sourire et d'opiner du chef, ajoutant de petits sons polis pour ponctuer son discours, ce qui semble lui convenir parfaitement. Il est tellement absorbé par son engouement qu'il ralentit à peine lorsque je fais une halte devant une bordure de fleurs aux couleurs printanières. Je le rejoins après quelques secondes en trottinant.

En regardant Julien faire son spectacle, je ne peux m'empêcher de rire de son naturel expressif et je ressens une certaine satisfaction d'avoir su résister à la tentation de venir en aide à Sarah. La sérénité de notre journée en dépendait grandement. Bon, je dois avouer que mon portable était en mode silencieux (je soupçonne Julien de l'y avoir mis à mon insu) et je n'ai vu son appel manqué que deux heures plus tard. Comme elle n'avait pas laissé de message, j'ai supposé que ce n'était pas si important. Pourtant, au fond de mon ventre, un léger sentiment de culpabilité a fait son nid, je m'en veux de ne pas avoir été en mesure de lui répondre alors qu'elle sortait tout juste de l'hôpital.

19. Sarah - Dimanche

Il fait tellement beau que je décide de sortir, même si Axelle ne répond pas. Rémi aidera son petit frère et nous irons lentement, à mon rythme. Heureusement que le parc pour enfants n'est pas loin, car j'ai horriblement mal aux bras lorsque nous y parvenons. Les trois étages à descendre à pied y sont pour beaucoup. Il ne faudra pas que cela dure trop longtemps. Je m'assieds sur un banc, contente de poser mes béquilles, et les regarde évoluer ensemble sur les jeux. J'ai de la chance que Rémi aide son petit frère, qu'il ait ce côté protecteur avec lui. Souvent, il attend en bas de la structure en bois, prêt à intervenir au moindre pas de travers et parfois, il grimpe avec lui, revenant quelques années en arrière.

Je n'ai pas l'habitude de rester sans rien faire, mais je manque complètement d'énergie et aujourd'hui, je ne me voyais pas transporter mon ordinateur avec les béquilles. Je me contente d'observer les gens qui m'entourent.

La plupart des personnes sont assises, tandis que d'autres aident les plus petits à monter, à sauter ou à évoluer d'un jeu à l'autre. Tout à coup, l'un des enfants se met à hurler. Il doit avoir trois ans et se bat avec un garçon qui le dépasse d'une bonne tête. Deux parents s'approchent en courant et le père du plus grand attrape avec fermeté le bras de son fils et l'éloigne. À entendre ce qu'il lui crie, il semblerait que ce ne soit pas la première fois qu'il s'en prenne à un plus petit. Le jeune se débat et tente de se défaire de l'emprise musclée, mais rien n'y fait, au contraire, cela renforce la fureur qui se déchaine contre lui. Alors que le soleil m'éblouit, je perçois la grosse main du père s'abattre sur l'enfant qui se retrouve projeté sur le jeu en bois juste à côté. La petite tête vient frapper brutalement la poignée qui en dépasse. J'en reste pétrifiée, horrifiée. Je tente de me mettre debout, indignée que personne ne réagisse pour porter secours au garçon, mais ma jambe se rappelle à moi douloureusement et je retombe sur le banc en grimaçant, incapable de me déplacer.

En relevant les yeux, je me rends compte qu'il n'est plus allongé sur le sol et que son père et lui se sont calmés. Je ne comprends pas. Je sais pourtant bien ce que j'ai vu ! Je fais signe à Rémi de s'approcher et lui demande s'il a observé la même chose que moi :

— C'est plutôt toi qui t'es cogné la tête Maman, me répond-il en souriant bêtement.

Et il s'éloigne à nouveau comme si je lui avais fait une blague.

Mais ce n'en était pas une et mon souvenir reste très clair. J'aimerais effacer cet évènement, en vain : il me renvoie soudain à l'impression que j'avais eu de me faire renverser en revenant de l'hôpital, et l'épisode de violence sur Robin.

Je pressens que tout cela se ressemble, mais cela n'a absolument aucun sens. Suis-je en train de devenir folle ? Est-ce en lien avec mon coup sur la tête durant l'accident ?

Je suis tellement confuse que je passe l'heure suivante sur mon téléphone à chercher des expériences similaires à la mienne. L'avantage avec Internet, c'est qu'il est possible de trouver à peu près tout ce qui est imaginable. Son inconvénient, c'est que l'authenticité des informations est très aléatoire et discutable.

En moins de cinq minutes, je parcours des récits contenant des similitudes, certains beaucoup plus loufoques que les autres. Ces gens qui affirment avoir vu la lumière divine et qui se prennent pour un messie m'ont toujours horripilée et la simple idée d'en faire partie d'une façon ou d'une autre à mon insu m'est insupportable. Cependant, je ne peux cesser de fouiller la toile.

Dans ma tentative de rationalisation, je note que la plupart des personnes en question ont subi un traumatisme antérieur à la survenue de ces manifestations : accident, agression, perte violente d'un être cher dans des circonstances particulièrement perturbantes, choc émotionnel intense, ou expérience de mort imminente.

Certains entendent des sons, voient des éclats de lumière, d'autres des images, ou sont victimes d'hallucinations. Je découvre également que certains auraient accès à une réalité parallèle, une multitude de chemins de possibles qui se déroulent au même moment dans différents espaces-temps, en fonction des décisions que nous prenons à chaque instant. L'idée, bien que totalement surréaliste, m'interpelle, car la vision de la tête fracassée de cet enfant m'a semblé tout aussi tangible que ce que je vis dans mon quotidien. Pourtant, je dois bien me rendre à l'évidence qu'en dehors de mon cerveau, cela n'a pas réellement eu lieu.

J'atterris sur un article de journal qui pose habilement la question suivante : « *Si l'on se penche sérieusement sur notre état de veille et notre sommeil, pouvons-nous être certains que nos rêves en sont vraiment ? Et si notre existence se déroulait pendant que nous imaginons dormir ? Et si tout ce que nous considérons comme la réalité n'était en fait qu'un doux songe ?*

Ne commencerions-nous pas à envisager notre passage dans ce monde d'une autre façon ? »

Cet article, ainsi que tout ce que je viens de lire, produit sur moi un effet fort désagréable. Mon estomac se noue et se contracte, me procurant une légère nausée. Ma vue se brouille devant l'émotion qui pointe le bout de son nez et une idée horrible s'empare de moi. Se pourrait-il que tout ce que je vis depuis mon accident soit le fruit de mon imagination, l'œuvre bien léchée de mon cerveau coincé dans un corps immobilisé sur un lit d'hôpital ? Comment puis-je être sure que je ne rêve pas ? Un courant d'air froid me passe dans le dos, cette sensation glaciale m'enserre le cœur de son incertitude. À quoi bon me pincer, je suis persuadée que, même dans les songes, cela fait mal.

Lorsque Robin vient me tirer le bras pour me dire qu'il veut rentrer et qu'il me regarde droit dans les yeux, je n'ai plus envie de douter. Comment l'illusion pourrait-elle être aussi palpable, aussi ressemblante ? J'ai besoin d'y croire et je m'y accroche de toutes mes forces.

20. Axelle - Dimanche

Ce soir, je lance l'opération séduction du mois. Avec Julien, plus la lingerie est minimaliste, plus les effets sont palpables, je ne vais donc pas peser lourd sur la balance une fois habillée. J'ai préparé un repas léger pour limiter les somnolences précoces et tout est orchestré pour converger vers la chambre à coucher ou le canapé du salon. Une potentielle nouvelle fenêtre de fécondité vient de s'ouvrir et je ne voudrais pas la manquer. Depuis quelques mois, pour garder une part de romantisme, j'ai volontairement arrêté de l'en informer. C'est ma façon de moins nous mettre la pression et de ne pas rendre les choses mécaniques, même s'il ne doit pas être totalement dupe.

Mais après avoir débarrassé le repas, il file dans la salle de bain et s'y enferme. Si je pense d'abord qu'il a prévu une toilette de chat ou sa douche pour être frais et disponible pour mon plan, je déchante vite. Il n'a absolument rien anticipé et a décidé de prendre un bain : j'entends la musique qui accompagne chacune de ses séances de trempage prolongé.

Déçue, je m'étends sur le canapé et me rabats sur la télé, il n'est pas près de réapparaitre. Je me sens décalée avec ma dentelle. Lorsqu'il s'extrait enfin de son hammam improvisé, je suis piquée par sa réflexion :

— T'es encore devant une série ?

Alors je lui réponds sur le même ton :

— Et toi, tu sors seulement de ton bain ?

— T'inquiète, il te reste de l'eau chaude.

— Le canapé aussi est chaud.

Après une seconde d'arrêt devant cette remarque inattendue, il me jauge avec un air coquin :

— Et toi ?

Il s'approche et soulève un peu mon haut avant de me lancer :
— Ah, c'est donc ça, c'est le bon moment…

Malgré son sourire, j'aurais préféré qu'il n'aborde pas les choses sous cet angle, un peu de romantisme n'aurait pas été de refus. L'image d'un paon gonflé à bloc en train de faire sa parade nuptiale s'impose dans ma tête, et je me sens plus ridicule que sexy.

Lui ne semble pas avoir perçu mon malaise et fait glisser son peignoir… Cela me redonne instantanément de l'énergie. J'aime son corps nu. Ses formes sont harmonieuses, ses muscles sont bien dessinés sans pour autant être arrogants et sa pilosité discrète ne vient en rien ternir le tableau. Je me trouve bien insignifiante à côté de sa silhouette si joliment sculptée. Par chance, il ne me le fait jamais remarquer. D'ailleurs, ses doigts tout comme ses yeux parcourent mes courbes avec une attirance non feinte. Ses mains sont rapides à me dévêtir, prenant soin de ne laisser que l'essentiel sur ma peau. Il caresse la dentelle du bout des doigts avant que sa langue ne s'en mêle. Il prend son temps et j'aime ça. Bientôt, mes derniers remparts sont tombés et nos corps dansent un peau à peau dont l'harmonique vient réchauffer mon ventre. Je frissonne, mais ce n'est pas de froid. Ses doigts, qui descendent le long de mon dos, s'échappent au dernier moment de la ligne qui est toute tracée. Les yeux pétillants, il me regarde avec un sourire tendre et malicieux à la fois. Il sait que plus il me fait attendre, plus je le désire et il ne s'en prive pas. Ses mains ne cessent de me parcourir, se rapprochant toujours davantage de leur but, frôlant, puis revenant de façon de plus en plus insistante, jusqu'à venir se lover en moi. Nos respirations qui se font plus fortes ne peuvent dissimuler notre plaisir mutuel qui monte crescendo. Je l'appelle silencieusement, je le veux tout entier. Nos corps s'épousent maintenant parfaitement et il m'entraine dans son rythme. Je frissonne de la lenteur dans laquelle il sait, dans un premier temps, laisser infuser notre désir. Puis elle fait peu à peu place à plus d'exubérance et de fougue. Nos respirations suivent une cadence qui s'accélère de plus en plus, jusqu'à ce que son plaisir fasse exploser le mien.

Quelques secondes plus tard, je ne peux m'empêcher d'espérer qu'au-delà de nos orgasmes, une étincelle de vie s'allumera. Espérer et désespérer en même temps.

21. Sarah - Dimanche

Une fois les enfants couchés, je me retrouve en tête à tête avec mon téléphone. Toutes les émotions du weekend m'auraient presque fait oublier le SMS effacé. Je n'ai pas reçu de réponse à mes textos : encore un espace où je suis impuissante, encore un mystère qui m'attire dans un monde étrange et insaisissable. Je tente un nouvel appel, mais une annonce très impersonnelle prononcée par une voix dénuée d'humanité m'accueille aussitôt et me propose de laisser un message après le bip. Le téléphone est toujours éteint. C'est peine perdue. J'abandonne pour ce soir, frustrée.

À moins que... Et si la personne m'avait bloquée, pour être sure que je ne puisse pas entrer en contact avec elle ? Bien sûr, j'aurais dû y penser plus tôt ! Je suis frémissante d'espoir. Je file récupérer en douce le portable de Rémi et je reviens dans le salon en boitant. Il n'aime pas que j'y touche sans lui en parler, mais il n'en saura rien, il dort. Mes mains tremblent d'excitation, mon cœur bat plus fort, je suis tendue vers ce nouvel espoir. Je pianote le numéro, fébrile, et je lance l'appel.

Alléluia ! J'avais raison ! Cette fois-ci, à l'autre bout, des sonneries retentissent. Une, deux, trois... Décroche ! Quatre, cinq, six... Allez ! Sept, huit, répondeur... Nonnn ! Je n'ai vraiment pas de chance. Je me dépêche de raccrocher avant que l'enregistrement ne commence.

Et tout à coup, je me sens bête. Et si la personne rappelle Rémi ? Je peux effacer le numéro de l'historique du téléphone de mon fils, mais à aucun moment je n'ai eu la présence d'esprit de masquer mon identité avant d'appeler, quelle idiote ! Je prie désormais pour qu'elle ne donne pas suite. Elle pourrait tout à fait l'assimiler à l'un de ces nombreux démarchages dont il est impossible d'éviter le harcèlement. Je déchante rapidement en comprenant que l'heure tardive décrédibilise totalement cette option.

Après avoir égrené quelques scénarios ne tournant ni à mon avantage ni à celui de Rémi, je finis par me détendre : il est relativement peu probable qu'elle tienne compte d'un numéro inconnu qui n'a pas laissé de message.

22.   Axelle - Lundi

21h. Alors que je paresse sur le canapé, un roman à la main, je suis dérangée par la sonnerie de mon portable. À contrecœur, je me penche pour l'attraper. Je n'ai pas le temps de dire quoi que ce soit que j'entends déjà :
— Allo Axelle ?
Je soupire.
— Bonjour Maman, tu vas bien ?
— Oui oui.
— Et papa ?
— Très bien, comme toujours ! Et toi ?
— Ça va.
— Julien aussi ?
— Oui, super, il est parti ce matin à Moulins pour la semaine, comme d'habitude.
— Il a de l'ambition ce garçon, avoir accepté un poste si loin de Lyon pour monter en grade, tout le monde ne serait pas prêt à le faire. Je l'admire beaucoup.
Elle ne rate jamais une occasion de le mettre en valeur, alors qu'elle me réserve un tout autre traitement :
— Et toi à ce propos, comment ça avance tes recherches ? Tu as enfin décroché des entretiens ?
— J'ai répondu à des annonces ces dernières semaines, j'attends des retours. Mais tu sais, en ce moment, il n'y a pas grand-chose de très intéressant qui sorte.
— Détrompe-toi, il y a plein de multinationales qui recrutent ! Par contre, avec ton master, j'espère que tu vises plus haut que cette petite boite de BTP dans laquelle tu t'endormais. C'est une bénédiction qu'ils aient eu des soucis financiers, tu

vaux tout de même mieux que ça. Si tu veux, je t'enverrai des offres.

— C'est gentil Maman, mais ne t'inquiète pas, je gère.

Elle laisse passer un blanc qui en dit long sur ce qu'elle en pense. Elle me croit incapable de me débrouiller seule et de trouver un travail qui soit honorable à leurs yeux. Et même si je dois bien reconnaitre que ces temps-ci, je ne suis pas très motivée dans mes recherches, il faudrait que je sois folle pour l'en informer.

— Et sinon, toujours pas de bonne nouvelle à nous annoncer ?

— Non, toujours pas Maman, tu sais bien qu'on veut prendre notre temps.

— Prendre votre temps, c'est bien une expression de votre génération ça ! Je t'ai eue à vingt-trois ans, alors avec tes trente-trois ans, je n'appellerais plus ça prendre son temps, mais plutôt en perdre. Et puis, c'est pas comme si cela faisait six mois que vous vous connaissiez ! On aimerait bien avoir des petits enfants avant d'être trop vieux pour s'en occuper !

— Vous n'êtes même pas encore à la retraite, je ne vois pas quand vous pourriez venir.

— Paris n'est pas si loin, 2h de TGV, c'est vite fait. D'ailleurs, quand est-ce que vous passez quelques jours chez nous ? Cela fait trop longtemps que nous ne vous avons pas vus. Est-ce que tout va bien avec Julien ? Ça nous ferait tellement plaisir de le revoir, il est toujours si charmant. C'est vraiment la meilleure chose qui te soit arrivée de l'avoir rencontré, et d'avoir su le garder.

Allez, encore une façon détournée de me dire que je ne suis pas très douée. Est-ce qu'un jour elle me laissera tranquille avec ses attentes étouffantes ? Je soupire puis me pare de mon plus beau sourire pour qu'il s'entende bien au bout du fil.

— Bien sûr que tout va bien, mais tu sais, avec tous ses kilomètres pendant la semaine, on ne peut pas dire qu'il ait très envie de bouger pendant le weekend. Ne t'inquiète pas, on regardera ça rapidement, promis. Embrasse Papa pour moi.

Elle m'énerve à me demander sans cesse si nous allons avoir un bébé. Comme si ce n'était déjà pas assez difficile comme ça. Elle doit être persuadée que nous n'en voulons pas, bien que nous lui répétions le contraire régulièrement. Même si c'est ma mère, il est hors de question que je lui parle de mes fausses couches, elle serait tout à fait capable, au lieu de me soutenir, de me dire que cela ne l'étonne pas, vu que j'échoue dans tellement d'aspects de ma vie… Cela me rend triste de ne pas pouvoir partager ces épreuves avec elle, mais je me console en me répétant que ça ne m'apporterait probablement rien de bon.

La seule personne avec qui j'ai pu me confier à ce sujet, en dehors de Julien et de Rosa, c'est Morgane, mon amie de Paris qui m'avait appelée alors que j'étais au fond du trou après le premier échec. Je n'avais pas réussi à retenir mes sanglots au moment où elle m'avait posé cette question si anodine de "Comment vas-tu ?". Ce sont parfois des mots très basiques qui déclenchent instantanément les émotions qui sont sur le point de déborder. Elle avait su m'écouter, être là pour moi en toute simplicité lorsque j'en avais besoin, un précieux réconfort. Puis, peu à peu, nous nous sommes éloignées, sans véritable raison, ou peut-être la distance et le tourbillon de nos vies bien remplies. D'ailleurs, cela me fait penser qu'elle m'a laissé un message la semaine dernière et que je ne l'ai pas rappelée. Ce n'est pas par manque de temps, mais plutôt par négligence, et je crois que je ne saurais pas par quoi commencer, cela doit faire six mois que nous ne nous sommes pas parlé. Peut-être demain, peut-être.

23.   Sarah - Mardi

10h13, mon téléphone retentit, mon cœur se serre... Et si c'était...

En regardant l'écran, je déchante aussitôt, c'est mon chef. Je n'aurais pas pensé qu'il ait la délicatesse de prendre de mes nouvelles en personne.

— Allo ?

— Allo Sarah ?

— Bonjour Francis, vous allez bien ?

— Oui oui, merci merci, et vous surtout ? J'ai reçu votre mail avec votre arrêt de travail : vous êtes entière ou en pièces détachées ?

— Ma jambe gauche est un peu cabossée, mais ça va, je serai vite sur pied, ne vous en faites pas.

— Tant mieux, tant mieux, car vous nous êtes indispensable, me lance-t-il en insistant particulièrement sur ce dernier mot. Vous savez à quel point vos écrits sont importants pour le magazine, on ne peut pas se permettre de ne pas vous avoir dans nos pages ! Les lecteurs seraient déçus.

— Merci, vous êtes gentil.

— Non non, pas du tout, ne me remerciez pas, du moment que vous continuez à travailler et à nous envoyer vos articles acerbes, vous me verrez le plus heureux des hommes. Quelle chance que vous ne vous soyez pas cassé les deux bras, ça aurait été difficile de taper sur votre clavier.

Son discours me fait l'effet d'un coup de poignard dans le dos. Alors que je pensais lui faire une fleur en poursuivant au mieux mes activités, j'ai la désagréable impression d'être prise en embuscade. Alors, certes, j'accepte de travailler durant mon arrêt, mais sa pression me révolte. Mais comment pourrais-je répliquer ? Étant mère célibataire, j'ai besoin de cet emploi et il le sait pertinemment. Je tente d'être aussi avenante que possible, j'ai tout à perdre à me le mettre à dos.

— Ne vous en faites pas, même si je ne suis pas physiquement à l'agence, je me suis organisée pour maintenir une certaine continuité dans mes activités.

Je suis sure qu'il n'a pas entendu l'adjectif "certaine" dans ma phrase et qu'il va me noyer sous les demandes urgentes. Étant donné que je suis chez moi, il doit se dire que je gaspille moins de temps à discuter avec les autres employés et les trajets.

— Ah parfait parfait, je n'en attendais pas moins de vous.

Il m'énerve à répéter ses mots deux fois de suite, je ne sais pas s'il pense paraitre cool, mais cela ne fait pas du tout cet effet sur moi.

— Bon, allez allez, je vous laisse, reposez-vous bien surtout et revenez-nous vite, ce serait dommage de perdre votre prime d'assiduité à cause d'un arrêt prolongé.

Connard... Il me prend pour une tire au flanc ou quoi ? Je me démène toute l'année et tout ça pour quoi ? Pour l'entendre me menacer de la sorte ! Pourquoi n'ai-je pas pensé à enregistrer l'appel, j'aurais eu de quoi me défendre en cas de besoin. Mais là, je suis juste bonne à acquiescer et à mettre mon poing dans la poche. Je ne peux pas me permettre de faire une croix sur mon salaire.

Comme si cet accident ne suffisait pas à me saper le moral... Pourtant, il va bien falloir garder la tête haute et laisser croire que tout va bien alors que la pression s'installe.

Un appel n'arrivant jamais seul, une demi-heure s'est à peine écoulée que mon cœur se remet à faire un sprint en entendant la mélodie s'échapper de mon portable.

— Madame Rochet ?

— Oui, c'est moi.

— Ici la gendarmerie nationale de Lyon. Je vous contacte au sujet de votre accident de vendredi dernier. Nous aimerions vous poser quelques questions et prendre votre déposition, suite à la déclaration de l'hôpital. Pouvez-vous passer cet après-midi vers 15h ?

Bien que cette perspective ne m'enchante pas, je ne veux pas continuer à ruminer cette histoire et j'espère que leur en parler m'aidera à tourner doucement la page.

24. Axelle - Mardi

Le coup de fil d'hier avec ma mère m'a donné mauvaise conscience. J'éprouve le besoin de me remettre à mes recherches d'emplois, malgré une motivation plus que limitée, pour ne pas dire inexistante. Mon plus gros problème ? Je ne trouve aucune offre qui m'attire. Mes antécédents me poussent vers des postes d'assistante commerciale par facilité ou vers du secrétariat bilingue et tout ce qui me tombe sous les yeux me semble inintéressant : le BTP, le transport de marchandises sont des filières très masculines où je ne me suis jamais tellement sentie à ma place. Pour le reste, c'est l'inconnu et cela m'effraie, j'ai l'impression que je ne serai pas à la hauteur. Je rêve de mieux, de plus grand sans avoir la moindre idée de la forme que cela pourrait prendre et j'ai la certitude que rien ne me correspondra. Les offres défilent devant mes yeux : à la mairie ? Je n'y connais rien en politique. Dans une école d'ingénieurs ? J'ai toujours détesté les sciences. Dans une entreprise de boissons ? C'est à tous les coups un univers trop masculin, comme le BTP. À chaque annonce, je trouve une bonne excuse pour ne pas candidater. Je ne suis pas dupe, ma mauvaise foi n'est pas loin, tapie dans l'ombre, cependant je lui cède le devant de la scène avec une facilité déconcertante. Ma mère a peut-être raison, je vais finir femme au foyer sans ambition. À condition de réussir à avoir un enfant…

L'appel de Sarah est salvateur, m'obligeant à me décentrer sur des problèmes qui ne sont pas les miens.

— Salut Axelle, je te dérange ?

— Non, pas du tout. Est-ce que tu as besoin de quelque chose ?

— Oui, j'ai rendez-vous cet après-midi pour faire ma déposition au commissariat et je ne sais pas comment m'y rendre. Est-ce que tu pourrais m'emmener ?

— Bien sûr ! Je finis ma paperasse ce matin et ensuite je suis à ta disposition.

J'en fais peut-être trop, elle va croire qu'elle peut tout me demander. En même temps, cela me donne une excellente excuse pour interrompre le décorticage des annonces.

— Parfait. Je t'attends à 14h30 chez moi, on ira avec ma voiture.

En raccrochant, je m'imagine un instant travailler dans un commissariat : non, je peux oublier ça tout de suite, c'est trop insécurisant comme endroit avec tous les gens louches qui doivent y transiter en permanence et je suis sure qu'il faut passer des concours.

25. Sarah - Mardi

Je ressors du Commissariat un peu déboussolée. Cela ne fait que quatre jours que j'ai eu cet accident, j'ai pourtant l'impression qu'il s'est écoulé une éternité. Me replonger dans cet instant précis ne m'a fait aucun bien, au contraire. Je n'avais que peu de détails à leur fournir, tout s'est passé si vite. Je sors de ma voiture, je regarde mon téléphone et hop, me voilà en train de voler sur le trottoir. Si je peux décrire l'homme en moto ? Bah, une personne de corpulence moyenne dont je n'ai pas vu le visage, car il avait un casque, forcément. Il était juché sur un deux roues dont je ne me souviens pas vraiment de la couleur, sombre je crois, encore moins de la marque, je n'y connais absolument rien. J'étais seule et je n'ai aucune idée quant à de potentiels témoins. Le policier qui s'est occupé de moi était gentil, c'est déjà ça, mais franchement, je ne vois pas en quoi cela va pouvoir les aider à retrouver ce type. Ils m'ont tout de même expliqué qu'ils allaient regarder sur les caméras des alentours, avec l'heure de l'accident, mais qu'il ne fallait pas trop espérer malheureusement.

En traversant la route pour rejoindre Axelle qui m'attend, garée un peu plus loin, je frôle l'arrêt cardiaque : une voiture arrive à toute allure dans la rue et freine au dernier moment devant le passage piéton, faisant crisser ses pneus ! À une demi-seconde près, je me retrouvais de nouveau à l'hôpital avec la deuxième jambe dans le plâtre. Quel con ! Je lui crie dessus, je m'agite dans tous les sens pour laisser sortir la colère qui me submerge et je manque de perdre l'équilibre. Je me retiens in extrémis sur l'attelle et la béquille, ce qui me tire un hurlement de douleur. À ce moment précis, l'idiote c'est moi, j'ai failli me faire mal toute seule ! Les gens qui passent me regardent comme si j'étais une folle évadée d'un asile. J'aimerais les voir dans ma situation ! Je boitille jusqu'au trottoir avant de me retourner, avec l'envie de faire un doigt d'honneur au conducteur qui n'a pas daigné bouger de son véhicule pour s'excuser. Or, étrangement, la voiture n'a pas redémarré, elle semble même à l'arrêt, silencieuse. À bien y regarder, il n'y a personne à l'intérieur ! Non... Comment est-ce possible ? Elle est là, simplement garée en double file avec ses feux de détresse. Merde, j'ai eu une nouvelle hallucination ! La colère disparait instantanément et la honte me fait monter le sang à la figure. La transpiration imbibe mon chemisier en une fraction de seconde, perlant tout le long de mon dos et sur mon front. Les passants n'avaient peut-être pas tout à fait tort me concernant. Je baisse la tête et je repars en direction d'Axelle, qui par chance est trop éloignée pour avoir vu quoi que ce soit.

26. Axelle - Jeudi

La semaine est bien occupée, entre les allers-retours à la crèche pour Robin, quelques passages chez Sarah pour une aide ponctuelle, des courses ou du dépannage, le trajet au commissariat et ma bonne conscience qui m'envoie manger avec elle le midi et lui préparer une partie de ses repas du soir. J'ai même pris plaisir à concocter un gros gâteau au chocolat et à voir la gourmandise briller dans les yeux des enfants.

Je l'ai prévenue que je ne serai pas disponible le weekend, pour éviter les demandes de dernières minutes et profiter pleinement de la présence de Julien. Et à en croire la liste des tâches qu'elle m'a énumérées peu après, je pense que j'ai bien fait d'anticiper !

Je ne suis pas fan d'aller faire ses courses, mais j'adore emmener Robin à la crèche. Il est attachant et lorsque je marche avec sa petite main dans la mienne, je suis tout simplement heureuse, sans avoir à me projeter dans le futur. Il m'apporte une bouffée de spontanéité joyeuse caractéristique de l'enfance, qui illumine ma journée.

De retour à l'appartement, la question de ce que je serais si je n'étais pas une maman revient inexorablement dans mon esprit, de manière insidieuse et persistante. Plus j'essaye de la chasser, plus elle s'impose à moi, immense et terrifiante. J'ignore ce que je veux pour moi-même et cela me fait toucher du doigt une anxiété qui prend toute la place. Je devrais être heureuse avec tout ce que j'ai déjà : un mari attentionné, une amie qui m'aide à me sentir utile dans cette période de chômage, ses enfants que je garde régulièrement qui sont adorables avec moi et ce petit Robin qui me nourrit de son amour pétillant et spontané. Ma vie n'est pas parfaite, d'ailleurs, est-ce que cela existe vraiment, je ne crois pas, mais je n'ai pas de quoi me plaindre. Pourtant, un étau vient parfois m'enserrer la poitrine, une brulure qui me dévore et me donne envie de me fuir moi-même.

Plutôt que d'appeler Rosa pour en parler, j'ouvre mon roman et je m'évade vers Los Angeles avec le protagoniste, une ville que j'adorerais visiter. Je ne trouve pas le courage d'aller affronter mes démons, comme elle me le répète régulièrement, alors je vis par procuration.

27. Sarah - Jeudi

Je me débrouille plutôt bien cette semaine. J'ai le temps de me pencher sur les articles à boucler pour le prochain numéro, sans être dérangée en permanence par les collègues ; le télétravail a parfois du bon ! Il n'y a que les enfants et Axelle pour venir m'interrompre, ainsi que mes pensées bien évidemment, le motard étant constamment tapi dans un recoin de mon cerveau, non loin de la surface.

Ma dernière chronique en date traite d'un couple affichant publiquement que leurs deux filles étaient moins importantes que leur relation amoureuse. Je me régale, je suis certaine que la polémique sera au rendez-vous.

Je cherche le meilleur plan d'attaque :

« *Pour Marlène et Richard, c'est "Nous d'abord, nos enfants ensuite".* »

Cela me semble assez accrocheur comme titre. Je tente de poursuivre.

« *Ils ne s'en cachent pas, leur progéniture ne constitue pas pour eux une priorité absolue.*

Marlène affirme qu'une "vie épanouie passe avant tout le reste, et que les enfants ne doivent pas être une entrave à notre bonheur, ils doivent le compléter. Non pas qu'il faille les délaisser, mais ils seront plus heureux dans une famille sereine et équilibrée."

D'ailleurs, si l'on reprend le fameux adage « Aime ton prochain comme toi-même », qui implique qu'il faut déjà s'aimer soi-même avant de pouvoir aimer l'autre, on ne peut que constater que cette position est bien plus vieille que nous.

Marlène et Richard l'ont bien compris et mis en pratique : pour une vie heureuse, toujours se faire passer en premier !

À bien y réfléchir, ils n'ont pas tort, car lorsque les enfants seront grands, il ne restera que leur couple pour égayer leur quotidien.

Kate Stanley a également adopté cet adage, la transformant en femme libre et épanouie. Tout en étant mère célibataire, elle ne se prive jamais des plaisirs que l'existence lui offre. [NB : Ajouter une photo]

Vous hésitez encore ?
C'est sans doute que votre train de vie n'est pas le même...
#lorsquejeserairicheetcelebre »

28. Axelle - Jeudi

Peu de temps après mon retour de la crèche avec Robin, Rémi nous rejoint en douce avant de redescendre chez lui. Je profite de l'occasion pour le questionner sur l'ambiance à la maison depuis l'accident.

— Bof, normal.

Mais Robin intervient :

— Nan, c'est pas vrai, Maman elle nous demande toujours trop plein de choses. Faut tout faire quand t'es pas là. Tu voudrais pas habiter avec nous, ce serait super !

Je souris en nous imaginant en ménage à quatre avec sa mère.

— Tu sais, l'opération l'a fatiguée et elle ne peut pas trop se déplacer avec sa jambe, c'est normal qu'en ce moment elle vous sollicite.

— Soli quoi ? me questionne Robin.

— Qu'elle ait besoin de votre aide.

Mais Rémi n'est pas d'accord :

— Tu parles, grogne-t-il, elle a pas trop de mal à bouger quand on n'est pas là. C'est juste qu'elle en profite.

— Tu exagères un peu, c'est pas simple d'avoir des béquilles ou d'avancer sur un pied.

— En tout cas, pour aller me piquer mon téléphone, ça la fatigue pas.

— Te piquer ton téléphone ?

— Ouais, l'autre jour, une dame m'a appelé en me disant que j'avais essayé de la joindre mais c'était pas vrai. Quand j'ai raccroché, j'ai vu que quelqu'un avait composé son numéro un soir en douce, alors faut pas chercher à savoir qui c'était.

— T'es sûr ? Pourquoi Sarah aurait-elle utilisé ton portable plutôt que le sien ?

— La dame m'a dit qu'elle s'était trompée quand je lui ai donné mon prénom. Mais elle avait une voix bizarre, je suis sûr que c'était pas une erreur.

— Tu en as parlé à ta mère ?

— Non, je la connais, elle va nier en bloc et m'inventer un truc débile comme l'autre jour au parc, alors pas la peine.

— L'autre jour au parc ?

— En plus, tu veux que je lui dise quoi ? De toute façon, j'ai décidé d'en savoir plus et demain, avec un copain, on l'appellera depuis son portable pour choper son nom.

— Je ne crois pas que ce soit une bonne idée, il serait sans doute plus sage d'en parler avec ta mère pour tirer ça au clair. Je lui en touche deux mots si tu préfères ? Elle avait forcément une raison pour le faire.

— Si tu lui racontes, je te dis plus rien !

Me voilà bien embarrassée ; je ne veux pas perdre sa confiance, mais le laisser gérer seul cette situation ne me semble pas adapté.

— Et pourquoi ne pas la contacter depuis mon portable ? Tu viens demain après l'école et on s'en occupe ? Et comme ça, je ne dis rien.

Et surtout, je vérifie ce qui se passe et que ce n'est qu'un malentendu.

— OK. Je finis à 16h, tu seras là ?

— Sans faute, je t'attendrai.

Je lui fais un clin d'œil et Robin, qui s'était étonnamment fait oublier, revient sur le devant de la scène en me racontant ses petites histoires de la crèche.

29. Sarah - Jeudi

18h12, c'est le branle-bas de combat dans l'appartement : Axelle débarque avec les deux enfants. Après un rapide câlin de Robin, les garçons se mettent à se crier dessus pour une carte déchirée. J'ai envie de me boucher les oreilles quand Axelle intervient à ma place pour calmer les énergies ; c'est fou comme elle sait s'y prendre avec eux, ils lui obéissent beaucoup mieux qu'à moi. C'en est presque frustrant.

Lorsque la tension retombe et qu'Axelle revient vers moi, elle a une drôle de tête. Ce n'est pas qu'elle soit mal coiffée, même si elle est beaucoup moins apprêtée quand Julien est absent, c'est plutôt quelque chose qui vient lui enlever cette énergie sautillante dont elle déborde en temps normal. Je la trouve soudain trop sérieuse. Il y a forcément quelque chose. Avec mes visions à la con, j'espère qu'elle ne va pas s'approcher des grands couteaux de cuisine, sinon, je risque de la voir se trancher la gorge sans préavis ! J'essaye de prendre cela à la légère, mais en vérité je n'y arrive pas. J'ai toujours l'appréhension d'une nouvelle hallucination, d'une bombe imaginaire qui va m'exploser en pleine figure.

Je tente d'ignorer cette sensation et je fais comme j'en ai si bien l'habitude : je parle de moi.

— Alors Axelle, bien dormi cette nuit malgré le vent ? Moi, j'ai l'impression de ne pas avoir fermé l'œil. Entre les volets qui grincent et ma jambe, c'est vraiment pas terrible. Heureusement que j'ai pu faire une sieste. Vivement que les quinze jours d'attelle soient passés pour que je puisse retrouver un semblant de vie normale.

— Le médecin t'a donné de bonnes nouvelles ?

— Non, pas particulièrement, c'est juste le temps moyen qu'il m'a indiqué avant de pouvoir enlever ce machin.

— Le plus dur est derrière toi, c'est l'essentiel.

— C'est plus facile à dire qu'à penser ; à chaque fois que je dois bouger, cela vient se rappeler à moi. En plus, les enfants n'ont pas envie d'y mettre du leur quand je leur demande de l'aide, ce qui n'arrange rien.

Je regarde vers le couloir.

— Et Rémi ? Il doit bien te donner un coup de main ?

— Il est surtout dans son monde et on dirait qu'il ne voit rien de ce qui se déroule autour de lui, l'adolescence est en train de le happer tout cru.

C'est justement à ce moment-là que le téléphone de Rémi se met à sonner. Je sursaute malgré moi. Depuis que j'ai passé cet appel, je ne peux m'empêcher d'y penser à chaque fois que sa mélodie retentit. Mais c'est son meilleur copain, Hugo, qui a encore besoin de son aide pour les devoirs. Axelle a dû sentir mon tressaillement et me regarde étrangement.

— Tout va bien ? On dirait que tu as vu un fantôme, me lance-t-elle.

— J'en vois beaucoup en ce moment des fantômes, alors un de plus ou un de moins.

— Tu es sérieuse ?

Cela m'a échappé tout seul, mais je ne vais pas commencer à lui raconter mes hallucinations, sinon, elle va me prendre pour une folle.

— Mais non, je plaisante. D'ailleurs, quand est-ce qu'il revient ton fantôme de mari ?

— Demain soir. Il a eu des places pour un spectacle de théâtre à 20h30, ce qui me permet de le récupérer un peu plus tôt que les autres semaines.

— Ha, tant mieux pour toi.

Un silence s'installe et je me dis qu'il serait temps qu'elle parte. Mais elle reprend :

— Au fait, il y a une rencontre prévue à la crèche mardi prochain, ils m'ont donné ce papier, en me précisant que ce serait bien que tu puisses être présente.

À sa façon de me regarder, je devine qu'elle va jouer à la maman en m'expliquant ce que je dois faire, et déjà la moutarde me monte au nez. Comme si elle savait mieux que moi comment être mère !

— Qu'est-ce qu'ils organisent cette fois-ci ? Une vente de gâteaux ?

— Non, je crois qu'ils veulent sensibiliser les parents au type d'accompagnement qu'ils proposent, afin que les enfants puissent le prolonger dans leur quotidien en dehors de la crèche.

— Houuu, cela m'a l'air particulièrement intéressant...

En plus, avec ma jambe, j'ai une excellente excuse pour ne pas y aller. Axelle me dépose le document sur la table, elle doit déjà savoir que je ne m'y rendrai pas, même si elle n'en laisse rien paraitre.

— Ce serait peut-être bien que tu y sois ; avec ton arrêt de travail, tu as le temps. Et je suis sûr que Robin serait heureux que tu viennes avec lui à la crèche et que tu connaisses mieux son environnement.

Je préfère ne pas répondre, même si elle n'a pas tout à fait tort. Et comme si ce n'était pas suffisant, la voilà qui se mêle de ma relation avec mon ainé.

— Tu ne trouves pas que Rémi change beaucoup en ce moment ? On sent qu'il n'est plus un petit enfant. Il grandit, se pose plein de questions et devient de plus en plus autonome.

Je flaire le danger. Est-ce que Rémi lui a parlé de son père ? J'espère qu'elle ne va pas s'en mêler et lui proposer son aide. Je tente de noyer le poisson.

— Oh, tant qu'il ne prend pas de drogue ou d'alcool, je n'ai pas à m'en faire.

— Il est trop raisonnable pour ça. Il a la tête sur les épaules et une grande détermination. Il ira loin, comme sa mère.

En tout cas, hors de question qu'il suive les traces de son père. Je me mets à bâiller de façon exagérée pour lui faire comprendre qu'il est l'heure de me laisser et elle s'éclipse gentiment. Elle est tellement influençable et prévisible.

30. Axelle - Vendredi

Je me suis réveillée en sueur à 3h du matin, le cœur battant à tout rompre. Je tombais du haut d'un building, après avoir essayé de fuir un monstre à deux têtes qui me poursuivait pour me mettre en pièces. Pour faire plus débile, j'aurais pu chercher longtemps ; pourtant, la chute dans le vide et le contact de mon corps qui heurte le sol avec une extrême violence restent vibrants dans ma chair comme si j'avais réellement explosé en morceaux. L'intensité que peuvent parfois contenir mes rêves est vraiment troublante, je suis imprégnée par ces sensations profondes et persistantes plus puissamment que si je les avais véritablement vécues.

Au bout de quelques minutes, le tambour dans ma poitrine ralentit enfin. Je me lève pour chasser les ombres qui continuent de planer autour de moi ; l'eau que je bois me réveille tout à fait. Des pensées affluent, le petit vélo dans ma tête s'est remis en marche ; me rendormir va relever du miracle. J'aimerais avoir Julien pour me rassurer et m'apaiser, pour me blottir contre lui. À défaut, je reprends mon livre et m'évade dans un univers parallèle, espérant que le sommeil m'appellera rapidement.

En me réveillant, je me sens un peu lourde, les nuits hachées ont sur moi un effet délétère. Les images de mon rêve me reviennent et je ne réussis à les chasser qu'en m'activant. Aussi, je décide de nettoyer l'appartement, Julien le trouvera impeccable en arrivant ce soir et ce détail le mettra à coup sûr de bonne humeur. Il n'aime pas voir trainer les objets, tout doit être à sa place sous peine d'être rangé manu militari dans un élan autoritaire silencieux, quand il n'est pas accompagné d'une petite réflexion à mi-voix pour que je comprenne bien que cela n'avait rien à faire là. Chacun ses manies…

Après avoir mangé devant une série, mon humeur n'est toujours pas revenue au beau fixe. Je repense soudain à Rémi et mes ruminations s'envolent au profit d'un problème à résoudre : comment vais-je engager la conversation avec cette inconnue, pour apprendre des choses sur elle sans la braquer ? Je ne sais pas s'il a déjà une idée là-dessus, j'aurais dû lui demander.

Le coup du démarchage téléphonique serait vain, elle ne lâcherait aucune info. Lui faire croire qu'elle a gagné un lot dans un magasin pour qu'elle vienne le récupérer me traverse l'esprit, mais impossible de monter quelque chose qui tienne la route alors que nous ignorons tout sur elle et ses habitudes. Et si ça se trouve, elle habite très loin d'ici.

À de nombreuses reprises, je manque d'aller en toucher deux mots à Sarah, mais je n'en fais rien. Elle ne verrait certainement pas d'un bon œil que je m'immisce dans ses affaires. De plus, elle a déjà assez de choses à gérer et je peux bien faire ça pour Rémi.

Je suis encore en train de réfléchir lorsqu'il frappe à la porte. Finalement, il a simplement pensé l'appeler et lui demander son nom. Ce n'est pas une proposition très élaborée, mais je n'ai rien trouvé de probant. De toute façon, rien ne pourra l'obliger à parler si elle ne le veut pas.

— Allo ?

C'est, contre toute attente, une voix masculine qui répond. Mince, cela n'était pas prévu. J'improvise.

— Oh ! Excusez-moi, je me suis peut-être trompée de numéro.

— Non, non, c'est bien le portable d'Alice, mais elle a oublié son téléphone.

Alice, nous avons déjà son prénom, génial ! Il poursuit :

— Vous voulez que je lui laisse un message ou qu'elle vous rappelle ? Elle ne devrait pas tarder.

J'hésite un instant.

— Oui, demandez-lui de me rappeler s'il vous plait.

— Très bien, je lui transmettrai. De la part de qui ?

— Une collègue de travail.

— Ha, vous êtes à la crèche avec elle ?

— Exactement, je m'appelle Sophie.

— Parfait, elle vous recontacte tout à l'heure.

— Merci beaucoup Monsieur.

Alors que je m'apprête à raccrocher, je tente un coup de bluff.

— En fait, peut-être pourrez-vous m'aider, auriez-vous son adresse mail personnelle ? Cela me permettrait de faire partir mon mailing avant de finir ma journée.

— Oui, bien sûr, vous avez de quoi noter ? C'est alice.sinclair@yahoo.com.

Je le remercie et mets fin à la conversation. Rémi me saute au cou d'avoir réussi un pareil exploit. Cela dépasse toutes nos espérances ! Pourtant, cela ne nous avance pas beaucoup sur les motivations de Sarah.

Rémi s'interroge :

— Si c'est une personne de la crèche de Robin, et qu'elles se connaissent, pourquoi elle l'aurait appelée un dimanche soir depuis mon portable ? Ça n'a pas de sens.

— Il n'y en a pas qu'une seule en France, on n'est pas sûr que ce soit celle de ton petit frère.

— Tu as raison, on pourra demander à Robin ce soir s'il la connait.

Je vois qu'il a l'œil vif et brillant, un vrai Sherlock Holmes en herbe. Cela me donne de l'assurance et je rebondis sur sa proposition :

— Ou on peut les appeler maintenant ?

— Avec quel prétexte ?

— Laisse-moi faire…

Je cherche le numéro de la crèche dans mon portable et je me lance :

— Bonjour, est-ce que je peux parler à Alice Sinclair s'il vous plait ?

— Je suis désolée, elle est déjà partie, est-ce que je peux vous aider ?

Bingo ! Rémi jubile.

— Savez-vous quand est ce qu'elle sera là pour la recontacter ?

— Oui, elle est prévue au planning de lundi matin pour l'accueil.

— Merci beaucoup, bonne fin de journée.

Rémi ne tient pas en place, nous allons même la voir dans trois jours, étant donné que j'emmène Robin. Je trouverai bien une excuse pour lui parler. Avec un sourire complice, je lui demande :

— Tu commences les cours à quelle heure lundi ?

— Assez tard pour t'accompagner, me répond-il tout heureux.

Puis il s'interrompt, pensif.

— Par contre, on n'a plus besoin qu'elle te rappelle.

— T'as raison, je vais enregistrer son numéro pour ne pas décrocher.

Je souris, j'ai bien fait de prendre le prénom d'une des filles de la crèche de Robin, cela semblera plus réaliste. C'est une chance que je commence à les connaitre.

31. Sarah - Vendredi

Fin d'une semaine studieuse. Je crois que je m'habituerais bien à ne pas croiser mes collègues à longueur de journée. Je devrais demander à faire du télétravail, même si ce n'est pas particulièrement encouragé par la direction. Ils disent que cela nous stimule davantage de parler entre nous des articles et des thématiques à mettre en avant. À mon avis, cela exalte surtout les ragots et les faux semblants, et permet aux râleurs de se plaindre qu'ils sont constamment débordés.

Je me rends compte que je suis arrivée à faire des horaires presque raisonnables tout en bouclant la totalité des attendus. Est-ce que cela implique que les personnes compétentes le sont davantage lorsqu'elles ne sont pas entourées d'incapables qui quémandent en permanence de l'aide ou de l'attention ? Je n'ai aucun doute là-dessus ; les vampires des temps modernes sont bien pires que ceux d'antan. Est-ce que la direction comprendra un jour la réelle valeur de chacun de nous ? Comment vais-je réussir à supporter tout cela à nouveau après deux semaines d'absence.

Lorsque Rémi revient à la maison, il est particulièrement joyeux. Je me demande s'il n'y a pas une fille derrière cette étonnante bonne humeur. Il est des plus discrets à ce sujet, mais je dois reconnaitre à sa décharge que je ne lui ai jamais posé la question. En grandissant, je trouve difficile de savoir comment lui parler pour qu'il ait envie de se confier. Lorsqu'il était petit, il venait parfois se coller contre moi au moment de l'histoire du soir et me racontait sa journée, la maitresse, les copains, les querelles entre filles et garçons. Mais depuis son entrée au collège, je le vois de plus en plus comme un étranger : ce que nous partageons concerne essentiellement nos emplois du temps et les aspects pratiques du quotidien. Je ne connais pas ses amis, je ne suis même pas sure qu'il en ait invité un ici ces derniers mois.

Je me risque à lui demander :

— Comment s'est passée ta semaine ?

Je sais, c'est assez bateau, mais je n'ai pas trouvé mieux.

— Ça va, me répond-il sans se forcer à argumenter davantage.

— Tu devrais proposer à un copain de venir ce weekend… Ou une copine si tu préfères.

Il me regarde comme si je débarquais d'une autre planète ou que je parlais dans un langage inconnu. Cela ne me ressemble pas, effectivement, mais il faut bien commencer un jour, non ?

Devant son silence ahuri, je m'empresse de compléter :

— Ce n'est pas parce que j'ai une attelle que tu n'as pas le droit de voir des amis. C'est vrai que j'ai davantage besoin de tes services ces derniers jours, mais si tu invites quelqu'un, cela fera d'une pierre deux coups !

— Oh, t'es lourde Maman, je fais ce que je veux avec mes copains. Et si j'ai pas envie qu'ils viennent ici, ça te regarde pas. C'est MA vie !

À quoi est-ce que je m'attendais, franchement ?

— Tout à fait, mon chéri, tu n'as aucune obligation, c'était juste au cas où cela te fasse plaisir. Ce n'était absolument pas pour te surveiller.

Il fait sa petite moue qui veut me dire « ouais ouais, c'est ça, comme si j'allais te croire » qui a le don de m'irriter.

J'ai loupé mon angle d'attaque, c'est peine perdue.

Il faudrait que je demande à Axelle si elle sait quelque chose à ce sujet.

32. Axelle - Vendredi

J'ai dû me résigner à faire une croix sur notre sortie au théâtre de ce soir qui me réjouissait tant : Julien est rentré beaucoup trop tard. Et en prime, il était tellement épuisé qu'il n'a même pas porté la moindre attention à tous les efforts que j'avais faits dans l'appartement. Après un rapide baiser, il a posé ses affaires dans l'entrée et s'est affalé sur le canapé avec une assiette que je lui avais laissée pour diner. Il ne m'a absolument rien demandé concernant ma semaine, et mes questions n'ont reçu que des bribes de mots sans grand enthousiasme qui, au final, ne m'ont rien appris. Il n'a même pas fait la moindre référence au spectacle manqué et au fait qu'il aurait, éventuellement, pu être désolé pour moi. Il semblait ailleurs, comme si son corps était rentré, mais que son esprit était resté quelque part en chemin. Je n'ai pas insisté, j'ai bien senti que cela ne servirait à rien. Dix minutes après, il était dans le lit, douché et prêt à s'endormir.

Je déteste les weekends qui commencent ainsi ; je l'attends toute la semaine et lorsqu'il est de retour, il n'est pas vraiment avec moi, je dois encore prendre mon mal en patience et mettre de côté mes envies de partage. Et malheureusement, ce n'est pas la première fois que cela arrive. J'ai beau savoir que son travail est fatigant et que les trajets n'arrangent rien, je n'en suis pas moins frustrée. Je voudrais qu'il prenne soin de moi, qu'il passe davantage de temps à mes côtés, et non auprès de ses collègues et des enfants dont il gère le quotidien difficile.

Lorsqu'il revient, j'ai l'impression de ne pas l'intéresser, de faire partie des meubles. Je suis consciente que j'exagère, mais cette situation me semble trop injuste. J'en viendrais presque à me demander si… Je frissonne de l'imaginer avec une autre femme à Moulins ; non, ce n'est pas son style. Bien sûr nous traversons une période difficile avec cette grossesse qui se fait un peu trop désirer, mais de là à aller trouver refuge dans les bras d'une amante, il n'en serait pas capable. Même si je ne suis pas totalement sereine, le petit vélo dans ma tête ralentit légèrement et je profite de cette accalmie pour le suivre dans la chambre.

Par chance, demain, nous n'avons rien de particulier de prévu, nous allons pouvoir être à notre rythme.

À 10h30, impatiente qu'il sorte du sommeil, je me blottis contre lui pour le réveiller en douceur. J'aime sentir son dos contre ma poitrine, ses fesses contre mon ventre, remplissant le creux entre mes cuisses. Il fait assez chaud pour dormir nu et nos deux corps se complètent parfaitement bien dans cette configuration. Je tente quelques caresses légères pour éveiller ses sens, ma main passe le long de sa jambe, contourne sa hanche, remonte sur son bras. Sa peau est douce et son simple contact suffit à me faire grimper sur mon petit nuage. Je frotte mon nez dans son cou et respire son odeur. Elle m'est familière et me rassure.

Même si je m'imaginais pouvoir rester éternellement ainsi, à 10h50, je finis par me lever, incapable de tenir au lit plus longtemps : Julien ne semble pas vouloir se réveiller tout à fait et j'ai faim. Pour le reste, je devrai patienter, il n'était malheureusement pas réceptif.

Les croissants tirent Julien hors de la chambre, car aujourd'hui, j'ai choisi de ne pas lui amener de plateau, et l'odeur se répand dans l'appartement lorsque je les fais tiédir sur le grille-pain.

J'ai enfin retrouvé l'homme dont j'ai l'habitude, ce qui me rend le sourire instantanément. Après un brunch improvisé, nous décidons de sortir nous promener. J'ai découvert cette semaine une toute nouvelle boutique qui vend des plantes exotiques magnifiques et Julien n'y résistera pas, même si nous en avons déjà trois différentes chez nous, dont les noms m'échappent constamment. Il s'est pris de passion pour tous ces végétaux étonnants depuis son séjour en Indonésie alors qu'il était encore étudiant. Il avait rapporté des centaines de photos de végétation en tout genre, pétillantes de couleurs et de formes inattendues, et en avait, après de longues heures de mise en page, fait imprimer un album de toute beauté qu'il garde précieusement et présente à nos invités à la première occasion. Je n'irais pas jusqu'à dire que c'est la première chose qu'il m'a montrée lorsque je l'ai rencontré et qu'il m'a ramenée chez lui, mais je ne serais pas très loin de la vérité. Il a été beaucoup plus prompt à dégainer son catalogue botanique qu'à me dévoiler son intimité, même si je dois dire que je n'étais pas la plus dégourdie à ce sujet non plus. Depuis, nous avons bien changé je l'avoue. Nous avons tous les deux pris de l'assurance, et bien que ces derniers temps soient un peu plus difficiles entre nous, c'est désormais la fluidité qui régit nos corps enlacés et non la gaucherie ou la timidité. Au bout de dix années, nous avons réussi à faire évoluer les élans passionnés du début vers une harmonie de la force tranquille. Ses envies rejoignent ou réveillent souvent les miennes et nous nous complétons plutôt bien.

Depuis que nous sommes sortis de la maison, je le sens comme un enfant qui attend un cadeau. Je lui ai promis une surprise et il n'a de cesse de me questionner pour découvrir de quoi il s'agit. Mais je reste impassible durant les trente minutes de marche qui nous séparent du quartier Saint Jean et je ne lâche aucune information, à son grand désarroi. Devant la boutique, je vois ses yeux pétiller d'excitation. Je crois que s'il n'y avait personne pour nous observer, il aurait fait une petite danse, comme pour remercier le ciel lors de l'arrivée de la pluie providentielle sur les terres arides ! J'ai réussi mon effet.

Il pousse la porte et rentre dans la caverne d'Ali Baba ; j'aurais presque peur qu'il veuille tout acheter, mais je le sais assez raisonnable pour éviter les excès. Une belle jeune femme est installée derrière le comptoir et nous adresse un large sourire. Alors qu'elle s'approche pour nous proposer des renseignements, je constate qu'elle est enceinte. Julien l'a remarqué également et avec son air de gentleman, lui fait un compliment sur le futur heureux évènement. Je ne peux m'empêcher de sentir un pincement au cœur qui éteint instantanément ma joie. Elle n'y est pour rien, mais je la déteste déjà, juste parce qu'elle souligne ce que je ne peux pas offrir à Julien. Je le vois, dans sa façon de la regarder, qu'il n'attend que ça. Le pire, c'est qu'elle est rayonnante avec son ventre rond ; la vie est injuste. En détournant les yeux vers la végétation qui m'entoure, j'espère silencieusement qu'elle ne sera pas comme Sarah avec ses enfants. En tout cas, pour ma part, lorsque j'en aurai, je ne me comporterai jamais de cette façon.

Tout en nous parlant de plusieurs plantes qui attirent l'attention de Julien, elle nous raconte que le Paradis Tropical avait été ouvert par son grand-père, un passionné qui avait depuis longtemps atteint l'âge de passer la main. Mais assez récemment, il n'avait plus trouvé la force de continuer et s'était vu contraint de mettre la clé sous la porte. Sa petite fille n'avait pas eu le cœur de laisser s'envoler cet héritage de toute une vie et avait pu in extrémis reprendre la suite, soutenue par un papi fatigué, mais heureux. Le timing n'était pas parfait avec sa grossesse, mais elle était dans son élément et sentait qu'elle avait fait le bon choix. Après cela, comment ne pas être sous le charme…

Julien a craqué sur un Hoya bella, également appelé fleur de porcelaine ou de cire. Ses fleurs sont juste magnifiques, de petites coroles blanches en étoiles, que l'on dirait recouvertes d'un duvet de velours, et qu'une couronne tirant sur le violet/rose vient compléter. J'espère seulement que leur parfum ne sera pas trop prenant dans l'appartement, car s'il est agréable, il me semble aussi relativement fort.

C'est l'homme le plus heureux du monde qui ressort de la boutique. À côté, je fais grise mine même si je puise dans mes talents de comédienne pour ne pas trop le laisser paraitre. Mais ce que je redoute finit assez vite par se produire lorsqu'il me lance :
— Il y a des femmes qui semblent nées pour avoir des enfants. La vendeuse en est un parfait exemple, son bébé n'est pas encore là qu'elle incarne la maternité et la plénitude à la perfection.
Je me retiens de répliquer qu'à travers ses mots, il insinue que d'autres ne sont pas faites pour ça. Je suis amère et je déteste la blessure que cela ouvre dans ma poitrine et dans mon bas ventre.
Mon silence le fait se retourner.

— Oh, je ne t'ai pas remerciée pour cette délicieuse surprise.

Et il dépose un doux baiser sur mes lèvres ; il n'a absolument rien remarqué de mon irritation, ce qui me montre une nouvelle fois à quel point il se désintéresse de moi ce weekend. Je baisse les yeux sur sa plante, et déjà, je sens que nous n'allons pas être copines toutes les deux ; la vendeuse y a laissé trainer trop de phéromones.

33. Sarah - Samedi

Cet après-midi, les enfants font trop de bruit à la maison, ils commencent à me rendre folle. Avant de vouloir en jeter un par la fenêtre, je décide que nous allons prendre le gouter dehors pour nous aérer la tête. Je suis sur le point d'appeler Axelle pour qu'elle m'aide à descendre, mais je me ravise au dernier moment. J'ai déjà l'image de Julien qui me vient, avec la colère qui lui fait sensiblement gonfler les veines du cou et du front ; il faut que j'apprenne à faire sans elle de temps en temps, particulièrement le weekend, elle me l'a suffisamment martelé depuis jeudi.

Rémi me soutient dans la descente d'escaliers et finalement, nous nous en sortons plutôt bien tous les trois.

À l'approche du parc de jeux dans lequel nous sommes allés dimanche dernier, une angoisse sourde monte en moi. Je respire profondément et tente de ne rien laisser paraitre. Mais Rémi devine tout de suite que je ne suis pas dans mon état normal. Il a une sorte de sixième sens qui m'étonne à chaque fois. Il penche la tête pour m'observer.

— Ça va Maman ?

Comme si j'allais lui dire la vérité.

— Ma jambe me tire un peu, je ne vais pas rester longtemps debout.

À voir son regard en biais, je ne suis pas sure qu'il ait avalé mon excuse, mais au moins il n'insiste pas. Je lui donne le porte-monnaie et avec Robin, ils filent vers la boulangerie.

Je m'installe sur un banc et ferme les yeux. Pendant quelques secondes, je m'imagine à nouveau comme avant ce fichu accident : prête à courir partout, mille idées à la seconde et une confiance en moi absolue. C'est à cet instant que je me rends compte que je ne me suis pas simplement faite renversée physiquement. C'est tout mon être qui a été ébranlé. Je me mets à douter et à avoir peur, alors que je ne me posais jamais de questions. Ne pas appeler Axelle tout à l'heure en est une preuve tangible. Je n'aurais, en temps normal, pas hésité à la solliciter. Je me trouve faible et vulnérable, et déteste ça. Je respire plus profondément, en espérant que d'ici une semaine tout soit redevenu comme avant, sans trop y croire.

Rémi a pris un éclair au café et Robin au chocolat, comme d'habitude.

— Et pour toi Maman, un cookie, à condition que tu m'en donnes un petit bout !

— Marché conclu.

— À moi aussi ? demande Robin avec ses grands yeux gourmands tout ronds.

— Bien sûr !

Alors que nous dégustons notre gouter de fête, Rémi se met à nous parler d'une élève de sa classe qui n'arrête pas de dire du mal d'un de ses copains.

— Elle mériterait qu'on lui fasse pareil pour qu'elle comprenne.

— Est-ce qu'un adulte l'a déjà prise sur le fait ?

— Non, mais de toute façon, elle s'en fiche de risquer des retenues, et elle dit que ses parents n'en ont rien à faire ; alors elle continue de s'acharner sur lui. Tu pourrais pas écrire un article sur elle dans ton magazine pour la dénoncer ?

Je souris ; pour lui, je suis encore la mère toute puissante et cela m'attendrit.

— Ça ne se passe pas tout à fait comme ça, Rémi. Mais si tu veux, je pourrais aller en parler avec les parents de ton ami, ou avec le proviseur.

— Nan, laisse tomber, ça aggraverait les choses et en plus on aurait l'air de cafteurs.

— Il faut mieux être des cafteurs que des boucs émissaires.

— Et puis de toute façon, t'auras pas le temps.

J'entends à peine la fin de sa phrase : il a baissé le ton et tourné la tête. Déjà, il entraine son frère vers les jeux, mettant ainsi un terme à la conversation. Les ados ne sont vraiment pas tendres entre eux ni avec leurs parents d'ailleurs.

Lorsque nous repartons, je suis rassurée : aucun flash à recenser de toute la journée. En repassant en face de la vitrine de la boulangerie, Rémi me pousse le bras pour me rappeler qu'il n'y a plus de pain à la maison. Heureusement qu'il pense à tout. Je reste à l'extérieur. Pendant qu'ils attendent d'être servis pour la seconde fois de l'après-midi, des pneus crissent un peu plus loin dans la rue. Je frissonne. Un gars a failli emboutir la voiture devant lui et sort la tête par la fenêtre en haussant la voix. Il allie ses mots aux appels de phares et aux coups de klaxon énergiques. Mais le second conducteur n'est pas en reste : il descend de son véhicule et commence à l'insulter, en lui lançant des « Tu voulais que je l'écrase le chat qui traversait » et des « T'avais qu'à pas me coller sale con » ou encore des « Elle a rien ta bagnole, méfie-toi que ce ne soit pas ta face qui prenne cher » avant que le premier ne lui décoche un violent coup de poing dans la mâchoire.

— Hé ho, Maman, tu viens ?

Rémi et Robin sont ressortis de la boulangerie et m'attendent.

Je me retourne vers eux et ne peux m'empêcher de commenter :

— Les gens deviennent fous.

— Oui, on a entendu depuis l'intérieur ! Heureusement qu'ils sont pas sortis des voitures, je suis sûr qu'ils auraient pu se cogner dessus ces deux-là.

Les derniers mots de Rémi me font l'effet d'un uppercut dans l'estomac. Encore une hallucination ! Je reste abasourdie. Rémi s'approche de moi, inquiet.

— Ça va Maman ?

Je suis incapable de lui mentir, mais je ne peux pas non plus lui dire la vérité.

— Je ne me sens pas très bien, je vais rentrer me reposer.

Il me regarde comme si j'étais une petite chose fragile, et pour la première fois, je réalise à quel point il a grandi, il n'est plus le bébé que je connaissais. Il devient un jeune homme débrouillard. J'ai presque l'impression qu'il n'aura bientôt plus besoin de moi. Robin glisse sa main dans celle de son grand frère et trottine en silence à ses côtés, ignorant ce qui se passe. Heureusement qu'à cet âge-là on ne comprend pas encore le monde des adultes, son insouciance me donne envie. Rémi lui donne en douce le crouton de la baguette de pain. Comme si je n'avais pas vu ! J'esquisse un sourire et les laisse à leur connivence. Je suis contente qu'ils s'entendent bien et qu'ils puissent compter l'un sur l'autre.

Une fois les enfants couchés, je me pose dans le canapé pour réfléchir. Comment faire la différence entre la réalité et mes visions ? Je me fais duper à chaque fois et cela m'énerve au plus haut point, tout autant que cela m'inquiète.

La première chose qui me vient, c'est que lorsque je détache mes yeux de la scène, le réel reprend sa place. Un peu comme si un univers parallèle s'était ouvert et me happait, déviant toute mon attention au profit d'un ailleurs. Je sais donc déjà comment en sortir, enfin, je suppose. Mais est-ce si facile que cela ? Pourrais-je m'en extraire moi-même à mon gré ? Et surtout, je voudrais déceler des indices annonçant un possible dérapage, pour ne pas me laisser tromper, pour regarder consciemment ce qui se déroule sans en être la marionnette. Cependant, je ne trouve rien de particulier. Il n'y a pas de flou artistique autour de la scène pour lui donner un aspect étrange, pas de petite musique bizarre qui viendrait, comme au cinéma, m'avertir de ce qui va arriver. Mon film à moi ne prévient pas, il attaque de façon sournoise. À moins que je n'aie pas réussi à déceler l'indice caché.

Ce que je ne peux pas contrôler m'irrite profondément, et en ce moment, c'est de plus en plus fréquent.

34. Axelle - Samedi

En pleine nuit, je sursaute violemment dans le lit. Mes joues sont mouillées et un mélange de tristesse et d'angoisse m'empêche de reprendre une respiration normale.

Julien bouge à côté de moi :
— Ça va ?
— Je viens de faire un cauchemar.

Il se rapproche de moi et me serre dans ses bras. J'ai envie de lui en parler, les phrases défilent dans ma tête, mais les mots ne sortent pas de ma bouche. Je veux qu'il me console, me rassure, qu'il me dise que je serai une bonne mère, pas comme ce monstre dont j'ai rêvé. Ce monstre qui ne sait pas prendre soin de ses enfants, qui les délaisse, qui leur crie dessus et qui ne les supporte plus. C'est impossible que je devienne ainsi ! Julien, j'ai besoin de toi…

Je suis toujours silencieuse lorsque la respiration régulière et profonde de Julien me fait comprendre qu'il s'est déjà rendormi. Je me retrouve seule avec moi-même, incapable de replonger dans le sommeil.

Mon petit vélo est reparti à toute vitesse dans ma tête. J'entends résonner la voix de ma grand-mère qui me disait « Tu verras quand ce sera les tiens, ce sera différent ». À ce moment-là, j'étais bien loin de toutes ces considérations, mais cela me fait soudainement l'effet d'un boomerang. Est-ce que le fait de m'occuper de Rémi et Robin mieux que Sarah, implique forcément que je serai une bonne mère ? Après tout, je ne suis avec eux que par intermittence, et ce petit pas de côté qui me désengage de leur éducation la majeure partie du temps, ne remet-il pas totalement en question le rôle que j'incarne auprès d'eux ? Comment puis-je être certaine que je ne tomberai pas dans les mêmes ornières que Sarah, ou que ma propre mère ? Lorsque je les compare toutes les deux, je vois l'ombre de deux monstres. Elles ne se ressemblent en rien, mais ont, l'une comme l'autre, des travers que je refuse de reproduire. Ma mère voulait tout maitriser, ne me laissant aucun choix, et Sarah délaisse ses enfants pour que d'autres prennent le relai. À bien y regarder, sont-elles si différentes ? Au-delà de la distance que met Sarah autour d'elle, je ne peux que constater qu'elle tient à ce que tout soit sous contrôle et file droit.

J'ai conscience que la maman parfaite n'existe pas et que nous avons tous nos défauts. Mais comment savoir lesquels seront les miens avant que cela ne se produise, comment faire pour éviter les écueils dans lesquels il est si facile de tomber en tant que parent ? J'ai soudainement peur de ne pas être à la hauteur. Et si je devenais encore pire qu'elles ? Suis-je vraiment faite pour ça ?

La nuit et l'insomnie ne me réussissent pas, je vois tout en noir ! Arrête ça Axelle !

Je me lève pour chasser ces fantômes de mon esprit. Après un passage aux toilettes et un verre d'eau, je me pose sur le canapé du salon avec mon livre ; cela permettra à mon cerveau de se focaliser sur autre chose.

35.   Sarah - Dimanche

Malgré ma promesse de ne rien lui demander ce weekend, je ne vois pas comment l'éviter.

En me levant, je me suis rendu compte que mon téléphone n'avait pas chargé durant la nuit. J'ai eu beau le débrancher et le rebrancher plusieurs fois, faire bouger l'embout pour contourner un potentiel faux contact, rien n'y a fait. Le cordon fait un vilain coude qui laisse apparaitre les nombreux fils métalliques sous sa couche de protection blanche. Je crois qu'il est bon pour la poubelle — au recyclage, me reprendrait Rémi. Et pas de bol, le sien n'a pas le même type de connecteur, celui de secours est au fond d'un tiroir à mon bureau, et nous sommes dimanche. C'est rageant ! Comme si ce fil avait volontairement attendu qu'on soit précisément un dimanche pour me jouer un sale tour ! Et je n'imagine absolument pas une journée sans mon téléphone, ce serait inhumain. Déjà que je suis handicapée, alors si on me coupe du reste du monde, je ne survivrai pas. Bon, j'exagère un peu, mais la perspective de la déconnexion n'est clairement pas à mon gout. C'est hors de question.

Je sais pertinemment que je ne devrais pas la déranger, je le lui ai promis vendredi, mais ce n'est qu'un tout petit rien, elle ne pourra pas me le refuser. Ce n'est pas comme si je la sollicitais pour un long service ; bonjour, au revoir et voilà, l'affaire sera réglée.

Pour faire taire ma pseudo-culpabilité d'interférer dans son weekend, j'appelle Rémi et lui demande s'il peut y aller. Contre toute attente, il accepte aussitôt à la façon d'un diable qui sort de sa boite, alors que je préparais déjà mes armes pour le convaincre. Aurait-il compris tout l'enjeu de me rendre ma "fenêtre sur l'extérieur" afin d'avoir lui aussi son espace de liberté ?

Il revient cinq minutes plus tard avec le précieux sésame. J'ai envie de l'embrasser, mais me contente de lui dire merci.
— Elle ne t'a pas trop mal reçu ?
— Pas du tout, pourquoi ?
Toujours avec ses pourquoi qui m'énervent...
— Tu as également vu Julien ?
— Ben ouais, pourquoi ?
...
Pour rien. Je branche mon téléphone et il retourne à ses occupations en me lançant :
— Elle m'a dit que tu pouvais lui rendre demain, elle en a pas besoin aujourd'hui.

Je ne sais pas pourquoi, je l'aurais parié !

36. Axelle - Lundi

Julien est reparti très tôt pour Moulins ce matin. J'aurais eu tant de choses à partager avec lui ce weekend, mais à chaque fois que je m'apprêtais à parler, les mots s'étranglaient dans ma gorge, j'en étais incapable. Pourtant, nous n'avons jamais eu de problèmes de communication jusqu'à maintenant, j'étais même fière de notre facilité à échanger, cette fluidité me semblait naturelle et précieuse à la fois. Mais à présent, rien ne veut sortir, je fais un blocage complet et je m'en veux terriblement. Heureusement, il est presque l'heure que j'aille emmener Robin à la crèche, cela m'évitera de ressasser encore et encore.

Lorsque j'ouvre ma porte, je découvre Rémi devant, écouteurs sur les oreilles et mon chargeur à la main. Je lui retourne son sourire complice. J'aime cette connivence entre nous qui fait que nous nous comprenons au-delà des mots. Je pose le fil bien enroulé chez moi, descends chercher Robin et nous sortons tous les trois.
— Tu attendais depuis longtemps ?
— Quelques minutes, je ne voulais pas que Maman s'étonne que je parte en même temps que vous, elle aurait trouvé ça louche. Pas besoin de lui donner plus d'occasions de se retourner le cerveau et de me fliquer.

Je le sens anxieux et excité à la fois ; ces quelques minutes sur le palier ont dû lui paraître interminables.
— Tu n'aimes pas qu'elle s'intéresse à toi ?
— Si, mais bon, elle a toujours une façon bizarre de me parler, un peu comme si elle me posait des fausses questions pour que je lui dise je ne sais quoi d'autre et ça me bloque. Je le

sens, elle est pas franche avec moi. Par exemple, toi, tu vas droit au but et du coup, j'ai pas envie de te remballer.

En le regardant s'exprimer aussi ouvertement, je trouve dommage qu'il n'arrive pas à faire de même avec sa mère, cela faciliterait tellement leur relation.

— Je crois surtout qu'elle ignore comment s'y prendre avec toi. Elle a peur que tu te braques. Tu grandis, tu changes, c'est nouveau pour elle tout ça et elle a du mal à s'adapter au jeune homme que tu deviens. Essaye de lui laisser sa chance.

— Ouais, ben c'est pas toi qu'est en face d'elle quand il lui faut une réponse et moi, je sais pas faire.

— Tu t'en sors pourtant très bien avec moi. Imagine que c'est moi qui te parle la prochaine fois, ça t'aidera peut-être.

— Alors là, y'a pas moyen que je vous confonde, vous avez vraiment rien en commun. Toi, tu…

Il ne termine pas sa phrase. Je le devine légèrement mal à l'aise au moment même où nous arrivons devant la crèche et cela coupe court à notre discussion.

Nous pénétrons dans le bâtiment et j'embrasse Robin qui m'enlace de ses petits bras avant de disparaitre dans sa salle d'activités. La fille de l'accueil, Céline, n'a plus besoin que je me présente, elle me connait aussi bien que Sarah, voire mieux sans doute, parce que je reste parfois à échanger, à poser des questions sur la façon dont cela se passe pour Robin. Aujourd'hui, après quelques paroles banales, je lui demande si Alice est présente ce matin.

— Oui, elle est juste là, dit-elle en me montrant une femme d'une cinquantaine d'années, brune qui s'occupe des plannings disposés sur le tableau de l'entrée.

Je la remercie et nous nous approchons d'elle avec Rémi.

— Bonjour, savez-vous comment va se dérouler la réunion de demain soir s'il vous plait ?

J'espère qu'elle ne va pas me renvoyer vers quelqu'un d'autre, elles doivent toutes avoir des infos, même partielles.

— Bien sûr, vous pensez y participer ?

— Non, pas moi, mais la maman de Robin Rochet.

J'ai la nette impression que l'évocation de son nom ne la laisse pas indifférente, mais après un léger instant de flottement, elle reprend de façon très détendue, presque désinvolte :

— Elle a bien reçu le document que nous avons distribué la semaine dernière ?

— Oui, mais ayant du mal à se déplacer en ce moment, je préférais vous demander quels en étaient les enjeux, l'importance d'y participer, ou si une autre réunion serait programmée prochainement.

Nouveau silence, mais beaucoup plus court. Elle semble chercher comment me répondre.

— Madame Rochet ? Je me souviens, j'ai entendu dire qu'elle s'était fait renverser, j'espère que ce n'est pas trop grave et qu'elle va mieux.

— Elle se remet doucement, merci.

— Les réunions sont toujours très intéressantes pour les parents, mais je comprendrais si elle ne se déplaçait pas. Je pourrais aussi fixer avec elle un rendez-vous individuel si cela lui convient davantage, car nous ne l'avons presque jamais vue lors des rencontres que nous organisons.

— Merci, je lui ferai part de votre proposition.

— Elle peut appeler l'accueil et demander à bloquer un créneau de trente minutes avec Alice.

— Très bien. Je vous souhaite une bonne journée.

— Vous de même.

En disant cela, elle avait regardé Rémi avec une grande intensité ; il était impossible de savoir ce qu'elle pensait, mais elle semblait aspirée dans un autre monde.

Une fois ressortis de la crèche, je l'accompagne vers son collège, pour débriefer. Sans que j'aie besoin de lui poser de questions, il se tourne vers moi, l'air sérieux :

— Elle avait une drôle de façon de me regarder avant qu'on parte, j'étais mal à l'aise. On aurait dit qu'elle voulait lire en moi.

— Elle ne connait que ta maman et ton petit frère, elle a dû se demander si tu étais le fils de Sarah ou le mien.

— Peut-être, mais je n'aime pas cette femme.

Je souris. Il est entier dans ses réactions, c'est quelque chose que j'apprécie chez lui, même si je devine que cela ne lui facilitera pas toujours la vie.

— Tu en as tout à fait le droit !

Il laisse passer un temps de silence. Il essaye certainement de compiler les maigres informations que nous avons obtenues ce matin.

— Je suis déçu, je ne sais pas trop ce que j'espérais, mais finalement, cela n'a rien d'étrange. Elle voulait peut-être simplement prendre des nouvelles de ma mère.

— Oui, elle connaissait ta maman et était au courant pour son accident, cela se tiendrait.

J'ai quelques doutes là-dessus, mais je préfère les garder pour moi, car bien qu'elle m'ait semblée hésitante, je n'y trouve aucune raison valable. Je reprends :

— De toute façon, je parlerai à ta mère du rendez-vous qu'elle lui propose, on verra ce qu'elle décide.

— OK, tu me diras si tu as d'autres infos !

— T'inquiète, si je découvre un mystère, j'avertirai mon ami Sherlock au plus vite.

— Merci, à plus ! me répond-il amusé.

Je souris en le regardant finir seul les derniers cent mètres qui le séparent du collège, en ayant pris soin de remettre ses écouteurs sur ses oreilles. Il est vraiment attachant.

37. Sarah - Lundi

Ma jambe me fait mal depuis que je me suis levée. L'infirmière qui vient refaire mon pansement m'assure que c'est tout à fait normal. La plaie est saine et c'est l'un des désagréments de la cicatrisation que de tirer et de démanger. J'ai beau lui expliquer que ce ne sont pas des démangeaisons qui m'incommodent, elle n'a pas l'air de s'en inquiéter. Si la douleur ne passe pas, j'appellerai l'hôpital demain, quoi qu'elle en dise. Je vois bien qu'elle ne s'intéresse nullement à moi, mais plutôt au planning de ses visites, pour terminer le plus tôt possible. Elle est rapide et précise dans ses soins, je ne peux pas lui enlever cela, mais côté contact humain, c'est une autre affaire. Je me résume à un morceau de jambe à nettoyer et panser, le reste ne compte pas, surtout pas mon cerveau ou mes paroles, encore moins mes inquiétudes qui sont à faire taire à tout prix à coup de "ne vous en faites pas madame, tout va bien". Un instant, je me dis qu'elle serait plus à sa place en faisant de la maçonnerie : les murs, eux ne viennent pas se plaindre lorsqu'on les répare. J'arrive à en sourire, ce n'est déjà pas si mal.

Lorsqu'elle referme la porte de mon appartement, je soupire ; heureusement que ce n'est pas toujours la même qui change mon pansement, je crois que je pourrais devenir méchante avec elle. J'espère qu'elle ne reviendra pas. Mais à peine cette pensée m'a-t-elle traversé l'esprit que j'entends un cri dans l'escalier et un bruit sourd. J'ai soudainement un flash de l'infirmière étendue dans les marches, avec des angles de bras et de jambes fort peu naturels qui me donnent des frissons et me hérissent les poils.

Je me lève aussi vite que mon attelle me le permet et me dirige vers l'entrée :
— Vous allez bien ?
Pas de réponse. Je n'entends aucun bruit, l'escalier est silencieux.
— Vous vous êtes fait mal ?
L'infirmière est-elle inconsciente tout en bas ou est-ce encore un tour de mon imagination ? Je suis sur le point de refermer la porte lorsqu'un son très léger me parvient. Impossible d'en deviner l'origine. C'est sans doute un voisin chez lui. Je reste indécise quelques secondes, mais la mauvaise conscience me ronge. Et si j'avais induit sa chute par mes pensées négatives ? C'est totalement absurde, mais je n'arrive pas à m'en défaire. J'attrape mes béquilles et je descends pour en avoir le cœur net. Arrivée tout en bas, non sans avoir pesté contre moi-même une bonne dizaine de fois, il n'y a personne, forcément ! Je suis idiote de m'être laissé embarquer dans de telles pensées délirantes. Je ne suis pas une sorcière s'adonnant à la magie noire ni un marabout d'Afrique. Au contraire, j'en serais plutôt la victime dernièrement, avec toutes mes hallucinations. Désabusée et lasse, je remonte péniblement les interminables marches qui me séparent de mon appartement.

Axelle n'est pas venue déjeuner avec moi. Il faut dire que nous n'en avions pas parlé, mais elle m'en avait donné l'habitude la semaine passée, et je dois avouer que cela avait un côté pratique de ne pas devoir cuisiner.

À 13h, je lui laisse un message, j'espère qu'elle pourra aller m'acheter un nouveau chargeur cet après-midi, le magasin sera ouvert. Je me demande à quoi elle peut bien occuper ses journées en étant au chômage ; je l'imagine devant des séries, à flemmarder sur son canapé, insouciante. Insidieusement, je réalise que je l'envie de ne rien avoir à penser ou à faire d'important, sans mari à la maison durant la semaine, ni enfants pour la déranger. Je jalouse cette oisiveté qui me fait tant défaut. La connaissant, je suis certaine qu'elle ne se rend même pas compte de la chance qu'elle a.

38. Axelle - Lundi

Lorsque je rentre chez moi, l'odeur du Hoya bella m'agresse littéralement. La vendeuse nous avait pourtant bien informés sur le parfum que dégageait cette plante, mais je ne pensais pas qu'il m'incommoderait à ce point. Il doit sentir plus fort durant la journée ou alors je m'y étais habituée en restant à l'intérieur. Le beau temps me décide à aller me poser au parc pour lire, reprendre mes recherches d'emploi et fuir l'envahisseur olfactif. En passant devant la boulangerie, j'y choisis mon repas de midi, ce n'est pas si souvent que je pique-nique et cela m'a fait soudainement envie.

Je termine tout juste ma salade composée lorsque je reçois le message de Sarah. J'irai acheter son chargeur avant d'aller récupérer Robin, mais d'ici là, mon dessert au chocolat m'attend.

J'apprécie l'ambiance qui règne dans le parc. Ce matin, quelques personnes âgées sont venues tuer le temps et ce midi, deux couples partagent amoureusement un déjeuner, des hommes ou des femmes seules cherchent un coin de calme pour leur pause et quelques rares enfants avec leur maman ou leur nounou courent ici et là en riant. Je prends plaisir à observer les petits détails qui transparaissent dans les relations et à inventer des vies à chacun. Tout part d'une attitude ou un geste anodin, comme un tic, à tirer sur une jupe trop courte ou une façon de regarder partout autour et je construis à chacun une histoire avec un passé et un présent, avant que le futur ne les emporte. Si je m'observais de loin, je me demande quel style de vie je projetterais sur moi. Je souris en pensant qu'elle serait sans doute très différente de la réalité. Je pourrais m'imaginer débordante de désirs et d'ambitions alors que dernièrement je fais du sur-place, incapable de savoir ce qui m'attire, ce qui m'anime. Tout à coup, le parc me semble beaucoup moins accueillant. Je rassemble mes affaires et me lève. Je vais aller chercher ce chargeur maintenant et j'aviserai pour la suite du programme.

Le magasin n'est qu'à dix minutes à pied ; sur le chemin, j'apprécie la chaleur du soleil sur mon visage. C'est au printemps que je le goute avec le plus de plaisir, quand il recommence à pointer le bout de son nez, et qu'il n'est pas trop piquant. Il me donne l'impression qu'il est l'heure de sortir de terre, comme toutes les fleurs qui poussent à son appel.

L'instant d'après, le Hoya bella se fait une place dans mes pensées et je ne peux retenir une bouffée d'irritation. Même lorsque je suis dehors, cette plante m'agresse, c'est tout de même incroyable.

La boutique n'est pas très fréquentée à cette heure-ci, mais à mon arrivée, les deux vendeurs sont occupés. Pour patienter, je fais le tour des portables dernier cri, me demandant pourquoi autant de personnes veulent à tout prix changer celui qu'ils ont avant même qu'il ne fonctionne plus. Le fait de susciter l'envie autour de soi peut-il prendre autant d'importance ? C'est vraiment un comportement que je ne comprends pas. Personnellement, cela me convient parfaitement de passer inaperçue. Attirer l'attention me met profondément mal à l'aise, Julien me taquine parfois avec cela lorsque nous sortons. Il aimerait que j'aie un peu plus de pétillant, un petit grain de folie pour venir le surprendre et rompre le ronronnement de notre relation déjà bien installée, à l'image d'un vieux couple tombé dans la monotonie des habitudes. Malheureusement, mon naturel est bien loin de pouvoir le satisfaire à ce niveau-là. Je me fais belle pour lui et il sait l'apprécier, mais ce n'est pas dans mon tempérament de créer de l'inattendu et du clinquant. Mon regard dévie sur les deux jeunes qui sont à la caisse. La fille semble avoir perdu quelque chose et commence à agiter ses mains, dans un ballet allant de ses poches à son sac. Elle ne dit rien, mais je sens bien qu'elle se retient, ses lèvres bougent légèrement, comme si elle se parlait à elle-même. J'ai envie de m'approcher pour lui proposer de l'aide, mais je ne crois pas qu'elle accueillerait cela d'un bon œil. Je me mets à chercher du regard autour de moi, sans but précis, simplement pour me donner l'impression d'être utile. Pourtant, je ne suis d'aucun secours, et je vais même paraitre suspecte si je continue. L'ami qui l'accompagne tente de la rassurer et sort sa carte bancaire.

— Non, ce n'est pas à toi de le payer, murmure-t-elle.

— Ne t'inquiète pas, tu me rembourseras quand tu l'auras retrouvé.

— Mais… Et si on me l'a volé et vidé mon compte ?

Je ne peux m'empêcher de les observer et de capter leurs échanges. Il met sa main sur son bras, la regarde dans les yeux et après quelques secondes, elle lui sourit. Quant à moi, je brode mentalement autour de la scène, me demandant si elle n'est pas en train de le mener en bateau, juste pour qu'il lui paye ce portable qu'elle désire tellement, mais qu'elle n'aurait pas les moyens de s'offrir… Ça me donnerait presque envie de la baffer pour la faire sortir de son petit jeu si bien huilé de midinette. Mais le vendeur m'interrompt dans mes pensées déviantes : c'est mon tour.

39. Sarah - Lundi

Un hurlement se fait entendre du bout de l'appartement. C'est Robin qui vient de faire un cauchemar, un de plus. Ces derniers temps, ils sont de plus en plus fréquents, et au-delà de la fatigue que cela lui génère, je suis inquiète sur ce qu'il doit traverser émotionnellement et dont il ne dit rien. Rémi, qui pianote encore sur son téléphone au lieu d'être dans son lit, accepte d'y aller pour m'éviter un déplacement. Ma jambe est plus douloureuse depuis ce matin et il se montre particulièrement conciliant. L'envie de rendre service est-elle une option intégrée dans le package de ce que l'on nomme "grandir" ? Quoiqu'il en soit, son petit frère l'adore et je sais qu'il réussira facilement à l'apaiser.

Alors qu'il vient de disparaitre dans le couloir, j'aperçois son téléphone sur le fauteuil… Et si j'y jetais un œil pour savoir si mon interlocuteur mystère avait essayé de le rappeler ? Rémi ne m'en a rien dit, forcément, il ignore tout de ma tentative ; et comment pourrais-je lui poser la question sans être obligée de lui dévoiler ce que j'ai fait et dont je ne suis pas fière ?

Je l'attrape, le déverrouille et l'appli qu'il venait tout juste de consulter apparait sur l'écran. Une longue série de commentaires plus ou moins admiratifs, moqueurs ou même haineux défile devant mes yeux. Je lis le tout premier de la liste :

« Tu t'es mis tt le bahut à dos, 10/10 en connerie », suivi de « Arrête de faire ta biatch », « Tu vas le payer, tu s'ras bientôt en PLS ». Aucun prénom n'était cité, juste une initiale "N", qui ne laissait aucun doute sur son identité. Tous y étaient allés de leur petit commentaire. Tout ça en moins d'une heure ! Les réseaux sociaux sont vraiment impitoyables. En faisant défiler les posts, je découvre, au beau milieu de ce déchainement, les mots de mon fils :

« Lâche mon pote, c'est quoi ton blème ? » Mon cœur se serre, comment a-t-il pu prendre part à ce jeu malsain ?

La lumière s'éteint dans la chambre de Robin et j'aperçois une silhouette au fond du couloir. Zut ! Je repose précipitamment l'objet de mon délit et me redresse, comme si de rien n'était. Mais Rémi ne s'approche pas. Il reste immobile, le dos appuyé contre le mur, dans l'obscurité. Que lui arrive-t-il ? Je perçois des sanglots très légers avant de le voir s'effondrer sur le sol ! Je me lève d'un bond et cours vers lui, affolée, m'arrachant une grimace de douleur. Lorsque je me retrouve au-dessus de son corps, mon cerveau met un instant à réaliser qu'il s'agit de celui d'une jeune fille, aux longs cheveux bruns attachés dans la nuque, dont les poignets laissent échapper un filet rouge sur le carrelage. Ses yeux sont fermés et ses joues sont baignées de larmes. Mon Dieu, est-ce Elle ?

Le luminaire s'allume au-dessus de moi et mon fils me regarde comme si j'étais une extraterrestre.

— Maman, mais qu'est-ce que tu fais là ? T'es tombée ?

Puis-je décemment lui raconter que j'ai vu la fille sur qui il vient d'écrire un post, en train de se vider de son sang dans notre appartement ? Il me prendrait pour une folle et il aurait carrément raison. Il va pourtant bien falloir que je lui réponde d'une manière ou d'une autre. Je décide de repousser l'échéance de quelques précieuses secondes pour retrouver un cadre légèrement plus confortable que le couloir.

— Aide-moi à revenir sur le canapé s'il te plait.

Il met son bras sous mon épaule et je retourne en boitant dans le salon.

— Mais qu'est-ce qui t'a pris ? Je t'ai entendue courir depuis la chambre.

Je lis dans son regard qu'il est réellement inquiet pour moi. Je me vois déjà en train de détourner le sujet comme je sais si habilement le faire en temps normal, mais quelque chose m'arrête. Comme si une main invisible s'était posée sur mes lèvres, bienveillante et ferme à la fois, pour me montrer un autre chemin. Je m'assieds, relève ma jambe sur le tabouret et expire lentement. J'ai le ventre noué : mon fils est face à moi, attentif et ouvert, et je deviens une petite souris. Est-ce vraiment lui qui a du mal à se confier ? Ne serait-ce pas plutôt l'inverse ? Je respire profondément et je me lance :

— Depuis mon accident, il m'arrive d'avoir des flashs.

Je marque une pause. Rémi me regarde encore plus intensément, mais je ne me sens pas jugée et cela me donne l'énergie de continuer.

— Tu te souviens de la fille de ta classe dont tu m'avais parlé au parc ?

Il me répond d'un signe affirmatif de la tête, mais je devine son trouble.

— Je l'ai vue s'écrouler dans notre couloir, inconsciente, les poignets entaillés.

— Tu déconnes ? lâche-t-il en ouvrant de grands yeux.

— Non, je ne "déconne" pas, mais surveille ton langage !

— Pardon, pardon, mais c'est quoi ce truc glauque que tu me racontes ? Ça t'est venu comme ça, de nulle part ?

— J'ai découvert ton post juste avant de…

— Attends, parce que t'as fouillé dans mon téléphone ? Tu m'espionnes ?

— Non, pas du tout, c'était...

— Et l'autre soir, c'était déjà pour ça que tu l'avais utilisé ? Pour me fliquer ?

Je me raidis, il s'en était rendu compte, mais ne m'avait rien dit...

— Rémi, ce n'est pas ce que tu penses, je cherchais une information que je ne trouvais pas sur le mien, mais cela n'a absolument rien à voir avec toi, je te l'assure.

Son regard a changé, il est devenu dur et défensif. Je crois qu'il ne m'écoute plus, il est sur le point d'attaquer. Et moi, je m'enfonce dans des justifications qui ne m'amèneront nulle part. Il faut que je me sorte de là tout de suite. Je me penche pour lui toucher le bras, qu'il retire aussitôt.

— Rémi, je ne comprends pas grand-chose à ces flashs, pourtant ce que je peux te dire, c'est que je suis inquiète des conséquences que tous ces commentaires pourraient avoir sur elle. Au fond de toi, je suis persuadée que tu ne veux pas réellement lui faire du mal, mais ce petit jeu est dangereux.

— T'es vraiment mal placée pour me faire la morale. Tu dis que c'est ma faute, mais toi, tu passes ton temps à faire des articles méchants sur des gens qui t'ont rien demandé. Alors, tes conseils, tu sais quoi, tu peux te les garder !

Et dans le même élan, il se lève, attrape son téléphone et disparait dans le couloir.

Qu'aurais-je bien pu lui répondre ? À bien y réfléchir, il n'a pas tout à fait tort, même si je suis payée pour cela... Suis-je un exemple ?

La douleur dans ma jambe me tire de mes pensées. Mon attelle est tachée, la cicatrice a dû se rouvrir, il ne manquait plus que ça ! L'idée que ce soit du sang de cette jeune fille qui ait coulé sur mon pansement me traverse l'esprit, mais cette fois, mon imagination va vraiment trop loin. Je lui ordonne de se taire et grimace à la perspective d'une probable prolongation de mon immobilisation, qui n'a absolument rien de réjouissant.

40. Axelle - Mardi

Je ne sais pas comment je vais m'en sortir avec cette petite chose fragile qui prend toute la place dans l'appartement. Elle me vole mon oxygène et me fait sans arrêt penser à cette si jolie femme enceinte qui se pavanait avec son gros ventre devant Julien dans le magasin. Son odeur entêtante captive toute mon attention et me détourne de mon quotidien. Même si le printemps me donne envie de profiter du grand air, je ne veux pas vivre dehors éternellement.

Aujourd'hui, au saut du lit, le ras-le-bol se transforme en mal de tête : je décide que ce sera elle ou moi, mais que l'une de nous devra quitter cet appartement et que Julien devra faire son choix. Parce qu'à ce rythme-là, je vais finir par la passer par la fenêtre ! J'ose à peine imaginer si, en plus de sentir fort elle faisait du bruit, le mélange explosif que cela créerait !

Sans tenir compte du soleil déjà bien vigoureux malgré l'heure matinale, je déloge le Hoya bella pour l'accrocher dehors à la rambarde de fer derrière la vitre. Elle n'est qu'en sous-location chez nous, alors elle n'a qu'à bien se tenir ! Et tant pis pour Julien. Il ne revient que vendredi, en attendant, c'est moi la chef ici, même s'il vaudrait mieux pour moi qu'elle ait retrouvé sa place à son retour… Je sais d'avance ce qu'il en penserait et j'en prendrais pour mon grade. La vendeuse lui a bien expliqué que c'était une plante d'intérieur et qu'elle n'aimait le soleil que très modérément, car ses feuilles ne résisteraient pas très longtemps en plein été. Je me rassure en me disant que nous ne sommes encore qu'au printemps, que cet emplacement est ponctuel. Lorsque ses fleurs seront fanées, je l'accueillerai à nouveau dans notre foyer. Sainte-Marie, même si je ne vous prie jamais, faites que leur fin soit proche ! D'ici là, le Hoya bella est persona non grata !

41. Sarah - Mardi

Ce matin, l'ambiance entre Rémi et moi est glaciale au petit déjeuner, il ne m'a pas adressé un mot. Il est déjà tard et Robin, sentant probablement la tension, n'a rien trouvé de mieux que de renverser son bol de chocolat ! Devant les habits dégoulinants et le carrelage luisant d'un dégradé de marron peu enviable, je pousse un cri de colère. Il ne manquait plus que ça ! Découragée, je regarde l'étendue des dégâts sans réussir à passer à l'action.

Lorsqu'Axelle frappe à la porte quelques instants après, Rémi en profite pour s'éclipser et je la bénis de me sortir de ce pétrin.

— Pour le sol, laisse comme c'est, je viendrai nettoyer après avoir emmené Robin, me lance-t-elle depuis la chambre où elle est en train de le changer en une fraction de seconde.

Je ne sais pas comment elle fait pour être toujours d'humeur égale. En même temps, elle a bien moins de soucis que moi avec sa vie simple et ordonnée. J'aimerais bien la voir dans ma situation ; est-ce qu'elle s'en sortirait de la même façon, aussi parfaitement équilibrée et zen ou serait-elle pire que moi ?

Lorsqu'elle revient dix minutes plus tard, elle prend le temps de s'occuper de la cuisine, si bien que tout redevient impeccable. Pour la remercier, je lui propose de déjeuner avec moi, ce qu'elle accepte aussitôt en ajoutant qu'elle viendra préparer le repas vers midi, puis s'éclipse. Que demander de mieux ?

Une fois seule, je décide d'appeler la crèche pour prendre rendez-vous avec Alice. Ce n'est pas que j'en aie particulièrement envie, mais le petit discours d'Axelle hier soir sur l'importance de la relation avec le personnel afin de conserver une entente à minima cordiale et un bon contexte pour Robin a eu son effet sur moi. Et puis, cela m'évitera une longue réunion ennuyeuse avec tous les autres parents.

La date est fixée à 17h30 demain, avant de récupérer Robin. Cela lui fera plaisir de me voir à la sortie.

Juste avant de me mettre au travail, je contacte l'hôpital pour leur demander conseil. L'infirmière n'est prévue que tous les deux jours et je ne sais pas comment gérer ma douleur ainsi que la plaie qui a saigné hier soir. Ils me suggèrent de rappeler le cabinet pour un passage supplémentaire et m'invitent à patienter jusqu'à vendredi, date de mon prochain rendez-vous avec le chirurgien afin d'évaluer l'évolution postopératoire. Ce n'est pas vraiment ce que j'espérais, mais ils ne me laissent pas le choix.

— Pensez-vous que l'attelle pourra être retirée comme prévu ?

— Je n'en ai aucune idée, tout dépend de ce qu'il vous dira, mais dans tous les cas, même s'il vous enlève celle que vous avez actuellement, vous en aurez une autre plus petite durant au moins quinze jours supplémentaires. Il ne faut pas vous attendre à repartir en courant comme si de rien n'était.

Voilà bien ma veine. Je pensais naïvement que le calvaire finirait, mais j'ai repris perpète en quelques secondes. Je raccroche, avec une colère qui ne me semble pas compatible avec la rédaction d'un article, mais qui s'avère finalement être un booster et un exutoire. Les deux frères Bogota vont en avoir pour leur grade avec leurs mesquineries de bas étage !

À 12h, une infirmière a réussi à se libérer. Ce n'est heureusement pas celle d'hier et je remercie je ne sais trop qui de lui avoir donné un planning trop chargé pour m'y ajouter. Son temps est trop précieux et cela me convient parfaitement. Après avoir ouvert le pansement, elle constate effectivement que 2 points de suture ont lâché. Elle estime qu'il n'y a pas lieu de les refaire et les remplace par des strips. Pour satisfaire sa curiosité, je lui sors une histoire de perte d'équilibre qui m'a valu une chute peu glorieuse. Il y a déjà assez de mon fils qui me traite de folle pour ne pas y ajouter une infirmière qui pourrait y voir un motif d'enfermement psychiatrique. Je lui parle également des douleurs qui ont surgi depuis deux jours, mais rien dans son examen ne lui semble inquiétant. Elle a au moins pris le temps de s'intéresser à ce que je lui disais, pas comme celle d'hier, alors même si elle n'a rien trouvé, je suis légèrement rassurée.

42. Axelle - Mardi

À 17h, alors que j'étais enfin décidée à appeler Morgane, mon amie de Paris, de petits coups résonnent à ma porte. Je venais de réécouter son message : il était enjoué et chaleureux et elle avait envie de savoir ce que je devenais, entre Julien et mon travail. Je ne lui ai toujours pas dit que j'avais été licenciée et je me sens un peu honteuse. Elle me demandait aussi quand je débarquerais sur Paris pour passer du temps ensemble. Notre dernière rencontre remonte à une éternité et cela me ferait réellement plaisir, mais avec l'accident de Sarah, ce n'est pas le bon moment. Je ne peux pas l'abandonner sans soutien dans une situation pareille.

Je vais ouvrir, tout en sachant que ce n'est pas Sarah, elle m'aurait appelée pour que je me déplace. Je laisse entrer Rémi en lui réservant un accueil chaleureux. Pour sa part, il n'a pas l'air dans son assiette. Il me reste une heure avant d'aller rechercher Robin, ce qui nous donne largement le temps de nous poser et de faire le tour de ce qui le tracasse.

Je prends deux verres, de l'eau et un peu de sirop, et nous nous installons sur le canapé. Après quelques banalités, il me rapporte la scène d'hier entre sa mère et lui.

— Tu m'as dit de lui laisser sa chance, mais là c'est mort. C'est la deuxième fois qu'elle fouille dans mon téléphone, elle a aucun respect pour moi !

— Zut, c'est pas cool en effet. Elle t'a expliqué pourquoi elle avait fait ça ?

— Nan, j'ai pas voulu l'écouter, j'étais trop énervé, franchement, pour qui elle se prend !

Je suis sur le point de lui dire qu'elle avait peut-être une bonne raison pour le faire, mais je me retiens, il me semble plus important de rester de son côté. Je le regarde en silence. Au-delà de sa colère, je perçois dans son expression qu'il est soucieux.

— Rémi ?

— Quoi ?

Il se tourne vers moi, il a presque les larmes aux yeux.

— Tu peux tout me dire si tu veux, je ne répèterai rien à Sarah.

Il hésite ; il ne doit pas être venu simplement pour m'expliquer que sa mère avait fouillé dans son portable.

— C'est juste que…

Il détourne son regard et fixe le sol. Ses mains se serrent l'une contre l'autre pour dissimuler leur besoin irrépressible de s'exprimer, de s'agiter.

— J'ai… Je crois que j'ai fait une connerie.

— Tu veux me raconter ?

— J'ai écrit des trucs pas sympas sur une fille de mon collège sur les réseaux, et ce matin, elle était pas en cours.

Il fait une pause, reprend sa respiration et continue :

— En plus hier soir, pour couronner le tout, ma mère m'a dit l'avoir vue en train de se tailler les veines.

— Attends, Sarah l'a "vue" ?

— Nan, enfin, pas vraiment, elle a eu une sorte de vision.

— Une vision ?

Je ne suis pas très créative dans mes réponses, je n'arrive qu'à répéter ses mots qui me semblent incongrus.

— Je sais, dit comme ça, ça fait un peu film de science-fiction, mais c'était trop bizarre, je l'ai retrouvée à genoux dans le couloir, comme si elle avait aperçu un fantôme. Et elle m'a sorti cette histoire glauque à laquelle j'ai pas trop prêté attention, elle en fait parfois des tonnes pour essayer de me faire passer des messages. Mais ce matin, Ninon, elle était pas au bahut, alors forcément, y'a de quoi flipper.

— Si ça se trouve, c'est une simple coïncidence.

— Tu parles. Un gars de ma classe a dit qu'il y avait une ambulance devant chez eux tard hier soir, il habite dans la même rue qu'elle, donc, une simple coïncidence, sur ce coup-là, j'y crois pas trop.

— Mince. Mais comment ta mère l'aurait-elle découvert ?

— Ça, j'en sais rien, mais c'est flippant.

— Vu comme ça, effectivement.

Un silence s'installe. Il a le regard figé sur le sol et une larme coule le long de sa joue. Je lui tends un mouchoir et pose une main sur son épaule.

— Je suis sure que tout va s'arranger, tu verras.

Je le dis pour m'en convaincre moi-même, pour conjurer le sort. J'ignore tout de l'état de la gamine. Ce n'est pas parce que Rémi dit que Sarah a des visions que je vais me mettre à avoir des prémonitions à mon tour !

— Et ta mère, ça lui était déjà arrivé ?

— Je sais pas trop, mais depuis son accident, parfois, elle agit bizarrement, elle semble absente et elle me sort des trucs délirants, comme si elle était pas connectée là-haut.

Il me fait des signes avec ses doigts qui gigotent autour de son crâne et cela me fait sourire, ça me rappelle un peu Frankenstein.

— Je n'ai rien remarqué pour ma part. C'est arrivé souvent ?

— Deux ou trois fois, enfin, pour ce que j'en sais, parce que, elle, tu t'imagines bien, elle fait comme si de rien n'était. Elle préfèrerait mourir plutôt que d'avouer qu'elle est devenue folle !

— Tu exagères sans doute un peu. Elle a peut-être des étourdissements suite à son accident, et il lui faut le temps de reprendre ses esprits après.

— En tout cas, c'est flippant.

— Je te comprends.

— Avec tout ça, je ne peux pas compter sur elle, vu comme elle se comporte. Je dois me démerder avec mes problèmes, et même avec les siens.

— C'est pas ton rôle de la prendre en charge, c'est pas toi l'adulte.

— Bah ouais, mais je fais comment avec tout ce bazar ?

Rémi a relevé la tête et me regarde. On dirait qu'il attend de moi une réponse à ses inquiétudes, une solution toute faite, mais je n'en ai pas. Il a un air grave qui tranche avec son âge. Peut-on déjà avoir autant de choses à gérer à treize ans ? J'ai envie de le rassurer, de le réconforter :

— Il faudrait qu'elle accepte de se faire aider par des professionnels. Tu penses que tu pourrais le glisser dans une conversation ?

— T'es sérieux là ? Je lui cause plus depuis son coup d'hier, alors, lui balancer qu'elle a des hallucinations et qu'elle doit aller chez les fous…

Il réfléchit puis continue :

— Mais toi, peut-être ?

— Sans lui dire que c'est toi qui m'en as parlé, ça me semble délicat. N'ayant jamais été témoin de ses dérapages, elle va forcément se douter de quelque chose.

— Ouais, t'as raison, oublie.

— Mais si jamais l'occasion se présente, je n'hésiterai pas à m'aventurer sur ce terrain.

Le silence retombe. Je décide de repartir sur l'autre sujet :

— Pour la fille, ça n'a peut-être pas de lien avec ce que tu as écrit sur elle ?

— Arrête, je suis certain que c'est à cause de ça, tout le collège s'est déchaîné sur elle, et je me suis laissé embarquer aussi. J'espère que les flics viendront pas m'interroger, parce que là, avec ma mère, je vais prendre cher. J'suis trop dans la merde putain... Pourquoi j'ai écrit ça... Si j'avais su...

Cette fois, les sanglots débordent, la digue de sa retenue a lâché. Je l'attire vers moi et il pleure, la tête posée sur mon épaule. Je le serre aussi fort que je peux, j'accueille ses peurs et sa tristesse, me sentant bien impuissante, incapable de l'aider à résoudre ses problèmes.

Puis je réalise que cela fait un secret de plus à garder. Les non-dits s'accumulent entre Sarah et moi, et bien que je ne veuille pas trahir la confiance de Rémi, cela commence à me déranger.

À présent, je n'ai plus envie d'appeler Morgane, je n'ai plus l'énergie pour ça. Peut-être demain.

43. Sarah - Mercredi

Sur le chemin de la crèche, je peste contre moi-même d'avoir accepté ce rendez-vous. Il pleut et même si ce n'est pas très loin, je vais être trempée en arrivant, si je ne me casse pas la deuxième jambe en glissant sur le sol humide avec ces satanées béquilles. Et pour quoi faire au juste ? Pour une puéricultrice qui a décidé de m'apprendre comment ils occupent leurs journées avec mon fils, quand tout est déjà écrit sur les documents d'inscription. D'accord, ils se veulent proches des parents, tentent de rendre le quotidien des enfants le plus agréable et serein possible, mais tous leurs détails, je m'en fiche. Pourtant si je souhaite que cela se passe bien pour Robin, il va falloir faire un effort.

J'appréhende ce rendez-vous, d'autant que l'accrochage avec Rémi au moment où j'allais partir n'arrange rien à mon humeur maussade. À son retour de l'école, je lui ai demandé s'il avait eu des nouvelles de la jeune fille. Pour toute réponse, il m'a balancé "Je sais pas, t'as qu'à regarder sur mon téléphone pour trouver l'info, t'as l'habitude, non ?" et il a filé jusqu'à sa chambre et s'y est enfermé avant que je ne réagisse. J'ai eu beau lui crier de revenir, qu'il était important qu'on parle tous les deux, il n'en a rien fait. Son manque de respect m'a mise hors de moi, je suis sa mère tout de même ! Ne sachant comment m'y prendre, j'ai préféré baisser les bras, il ne me restait de toute façon que peu de temps. Je lui ai crié depuis le bout du couloir que j'allais chercher Robin à la crèche et je suis sortie.

La puéricultrice à l'accueil m'accompagne jusqu'au bureau d'Alice qui m'invite à rentrer.

— Bonjour Madame Rochet, je vous en prie, asseyez-vous. Merci de vous être déplacée.

J'ai envie de lui asséner que ce n'est pas de gaieté de cœur que je suis ici, mais je m'abstiens au profit d'une formule de circonstance :

— C'est bien normal.

Tandis qu'elle me parle des valeurs de l'établissement, mon esprit est ailleurs. Il y a dans son attitude quelque chose de condescendant, je devine son sentiment de supériorité, peut-être même de mépris : elle est celle qui sait, et moi, celle qui doit l'écouter et dire amen à son discours. Je l'imagine en directrice d'école d'un autre temps, sévère et austère ; il ne lui manque que les petites lunettes au bout du nez et la règle en métal dans une main pour faire frissonner des classes entières.

Puis elle dévie sur Robin.

— Depuis quelques semaines, les collègues m'ont fait part d'un changement dans son comportement. Alors qu'il était habituellement calme et joyeux, il lui arrive d'être agressif avec ses camarades, de se mettre en colère sans raison apparente et de s'isoler dans un coin de la pièce. Y aurait-il eu des évènements qui auraient pu l'affecter ces derniers temps ?

— Oui, sa mère s'est fait renverser récemment !

C'est sorti tout seul, et sans doute un peu trop piquant à son gout, car elle a eu un petit mouvement de recul. Mais elle reprend très vite le contrôle.

— Pardon, je le sais bien. Mais avez-vous remarqué quelque chose de particulier à la maison, par exemple, dans sa relation à son frère, ou tout autre élément perturbateur qui pourrait expliquer ce changement ? Il est très sensible et comprend beaucoup de choses pour son âge. Et puis, un enfant qui n'a pas de père au quotidien manque peut-être de bases solides pour se construire et restera plus fragile.

Où veut-elle en venir avec son discours à la noix ? Elle m'énerve.

— Je pense que la disparition subite de sa mère, même temporaire, peut tout à fait expliquer ce comportement, sans qu'il n'y ait besoin de chercher chez Freud ou je ne sais qui d'autre.

Et avant de lui laisser le temps d'en placer une, je lance un assaut :

— D'ailleurs, à la maison, il n'agit pas différemment, il s'est sans doute passé quelque chose à la crèche et non chez moi.

— Il n'y a rien eu de particulier ici, je peux vous le certifier, sinon, cela m'aurait été remonté. De par mon expérience, un bouleversement familial, même relativement léger en est presque toujours à l'origine.

Je n'aime pas sa façon de me toiser, ses yeux ressemblent à ceux d'un renard sournois.

— Ma vie privée ne vous regarde pas.

— Effectivement, par contre, elle influence vos enfants et ceux qui s'en occupent : déléguer leur éducation à une tierce personne, tout en étant incapable de choisir correctement le père ne les aide pas à s'épanouir et devenir des adultes équilibrés.

J'ai du mal à en croire mes oreilles ; pour qui elle se prend pour me juger et me parler ainsi ? J'ai envie de l'envoyer bouler. La seule chose qui ne soit pas une insulte qui réussit à sortir de ma bouche se résume en un mot :

— Pardon ?

Un malaise s'installe une seconde ou deux avant qu'elle ne me dise d'une façon condescendante :

— Je suis désolée si je vous importune, je cherche simplement à comprendre la situation, dans l'espoir qu'il se sente plus serein, plus épanoui.

Parce que tu le connais mieux que moi mon fils ? Tu trouves qu'il n'est pas assez comme il faut ? Je me contiens de toutes mes forces, il doit encore rester ici quelques mois alors autant que je ne me mette pas à dos le personnel… Je respire et lui réponds pour essayer de couper court :

— Je suis certaine que cela va très vite rentrer dans l'ordre.

— Je l'espère sincèrement ; ce n'est pas parce que vous allez mal que tout le monde doit en pâtir, dit-elle avec un geste vif de la main. Si vous pouviez éviter de nuire aux personnes autour de vous, je vous en serais reconnaissante, vous en avez déjà assez fait.

Je lui vois un petit pincement de lèvres amer qui me perturbe davantage que ses mots, mais il s'efface aussi vite qu'il est venu derrière son ton mielleux :

— En tout cas, sachez que nous sommes là, et n'hésitez pas à nous faire part de tout ce que vous jugerez utile le concernant. Mieux nous le connaissons, lui et son environnement, mieux nous nous en occuperons.

Elle se prend pour une pédopsy maintenant ? Plutôt une pédante, oui ! Et avec mon plus beau sourire hypocrite, je prends congé de cette charmante dame :

— Je n'y manquerai pas.

Lorsque je ressors de son bureau, mes yeux se posent sur la petite affiche placardée sur sa porte, que je n'avais pas remarquée en entrant, et mon cœur s'arrête.

« Alice Sinclair »

Est-ce une coïncidence ? Passé le court instant de sidération, je me dépêche de refermer la porte derrière moi, de peur de laisser transparaitre la tempête qui vient de se lever dans mon corps tout entier. J'ai souvent écrit dans mes articles que le hasard n'existe pas, sans en être réellement persuadée. À cet instant précis, la question s'impose à moi à la manière d'un coup de poing dans l'estomac. Et je me dis que cela ne peut être qu'elle. Même ville, même tranche d'âge, impossible qu'il en soit autrement. Les doutes se bousculent dans ma tête : a-t-elle volontairement provoqué ce rendez-vous pour me rencontrer, pour découvrir si je suis toujours une menace pour elle ? Sait-elle quelque chose ?

L'air me manque, je m'appuie sur le mur et respire. Une autre puéricultrice passe à ce moment : me voyant fébrile, elle me demande si tout va bien.

— Non, ne vous inquiétez pas, c'est ma jambe qui me fait souffrir, c'est encore très récent. Pouvez-vous m'indiquer les toilettes s'il vous plait ?

À l'abri des regards, je m'assieds sur le rebord de la cuvette fermée pour me reprendre. Il le faut avant de récupérer Robin. Mais le visage d'Alice Sinclair est bloqué dans le fond de mon cerveau et je n'arrive pas à l'effacer. Je la revois me fixant avec insistance dans son bureau, me jaugeant. Même si elle s'est montrée relativement courtoise en surface, je ne peux m'empêcher, avec cette nouvelle information, de revivre la scène sous un jour totalement différent. En même temps, si elle sait quelque chose, pourquoi ne rien avoir dit ?

J'ai la tête qui tourne et l'impression que je vais vomir quand soudain, la porte des w.c. que j'avais oublié de verrouiller s'ouvre : Alice apparait dans l'embrasure, me considérant de toute sa hauteur. Elle a le regard mauvais, ses poings sont fermés, mon corps commence à trembler.

— Tu fais moins la maligne ici, hein ? On dirait que tu as compris qui j'étais ? Tu pensais m'échapper ?

Et en détachant chaque mot, elle ajoute :

— Je sais tout.

Là-dessus, elle se met à me donner des coups de pied dans les tibias, ses mains m'agrippent violemment par les épaules et je vois son visage s'approcher beaucoup trop vite. Son crâne cogne sur le mien avec un craquement sinistre. La douleur est inouïe, elle irrigue toute ma tête, mon cou, je convulse avant de m'écrouler entre la cuvette des toilettes et le mur, à même le sol. Dans une brume vaporeuse, elle ricane et ses mots me percutent :

— Ça t'apprendra, salope, à souiller ainsi la vie des gens ! Tu n'as que ce que tu mérites, à finir dans des chiottes puantes, raclure de bas étage !

Lorsque je reprends connaissance, ma tête est douloureuse, mais je suis toujours assise sur la lunette. Ce n'était qu'une de mes visions…

J'ai l'impression d'être passée sous un rouleau compresseur cette fois-ci. J'ai mal au crâne et une légère nausée m'enserre l'estomac. J'ai la désagréable sensation que ces hallucinations prennent davantage de consistance, m'affectent de plus en plus émotionnellement et physiquement. Je me blesse, mon corps souffre et me rappelle qu'avec mon esprit, ils ne font qu'un et qu'ils ont des répercutions l'un sur l'autre.

Il va pourtant bien falloir que je réussisse à me relever pour aller chercher Robin. Courage, Sarah, tu peux y arriver. Et de toute façon, tu n'as pas le choix, tu ne vas pas rester terrée dans ces toilettes éternellement ! Je respire profondément plusieurs fois et péniblement, je me mets debout.

44. Axelle - Jeudi

Rémi vient d'arriver chez moi pour me donner des nouvelles, au sortir de ses cours : des bonnes et des moins bonnes. Tout d'abord, il m'annonce que Ninon est revenue à l'école ce matin. Il ne lui a pas parlé, mais ça avait l'air d'aller. De toute façon, il était probablement une des dernières personnes avec qui elle aurait eu envie d'échanger.

Mais la suite est moins agréable : il a aussi été convoqué dans le bureau de la directrice pour son post. Sa mère va être contactée et une sanction sera posée. Il ne sait pas encore laquelle, mais il sera avec Sarah pour répondre de son comportement. Même s'il ne pleure pas, il n'en mène pas large. Son air enjoué a disparu et son beau regard ne reflète que tristesse et inquiétude.

— C'est sûr que ce n'est pas un moment facile à passer, mais tu dois prendre la responsabilité de tes actes, et reconnaître que tu as fait une erreur. Que même si tu ne pensais pas à mal, tu regrettes ce que tu as fait et les conséquences qui ont suivi.

— Mais ma mère va péter un câble !

— Elle sera fâchée contre toi, mais ce sera temporaire, parce qu'elle t'aime. Et puis, tu ne peux pas y échapper. Tout ce que nous faisons induit une réaction, même si nous ne la voyons pas forcément, ou pas tout de suite. Tout comme le repentir a une résonnance particulière.

— Peut-être, mais au collège, tout le monde va le savoir et me regarder de travers.

— Parce que tu crois qu'ils n'ont rien à se reprocher ? Tu penses qu'ils n'ont pas leur part de responsabilité dans ce qui s'est passé ? Tu n'as pas initié ce mouvement, tu n'as fait qu'ajouter à la tempête qui grondait. Je sais que tu n'aurais pas pu en être à l'origine et que tu n'as pas mesuré ce que quelques mots simples allaient provoquer. Et si personne d'autre n'avait réagi, crois-tu que ton commentaire aurait eu le même impact ? Ne penses-tu pas qu'il serait passé inaperçu pour Ninon ? Les réseaux sociaux et les mouvements de masse ont une force insoupçonnée.

— En attendant, je vais prendre cher.

— Je ne peux être sure de rien, mais à mon avis, tous ceux qui ont participé à ce petit jeu tragique seront contactés pour qu'ils prennent également conscience de leur implication, et surtout pour éviter que cela ne se reproduise.

Rémi reste silencieux, il regarde le sol, puis quand il relève les yeux, il me demande, presque timidement :

— Tu peux me prendre dans tes bras ?

Je ne me fais pas prier, il connait bien la tendresse que j'ai pour lui. Je lui caresse les cheveux, et je respire lentement et profondément, espérant lui impulser de la sérénité et de l'énergie pour aller au-devant de ce qui l'attend. Il finit par se redresser :

— Faut que je rentre maintenant. Merci, Axelle, heureusement que t'es là.

Depuis qu'il est parti, je n'arrive pas à endiguer le flot de mes pensées. Je ne peux m'empêcher de vouloir lui trouver une échappatoire, ou tout du moins, une façon d'alléger son fardeau. Mais à part être là pour l'écouter et le soutenir, je n'ai pas de baguette magique pour le soulager et tout faire disparaitre comme par enchantement. Ce n'est pas toujours facile de grandir.

Face à ça, le Hoya bella prend tout à coup beaucoup moins d'importance à mes yeux. À ce propos, il faut absolument que je pense à le rentrer demain avant le retour de Julien. En tout cas, ses fleurs ont l'air de commencer à faner, espérons que leur odeur suit la même courbe descendante.

45. Sarah - Vendredi

16h : déjà une heure que je suis dans la salle d'attente de l'hôpital. À croire qu'il n'y a qu'eux qui ont des choses importantes à faire. Axelle a accepté de m'emmener, mais avec le retard, elle va finir par le regretter. Heureusement, elle a décidé d'aller se promener, sinon, il aurait fallu que je lui fasse la causette et cela m'aurait vite soulée. Il suffit de voir comment ça s'est passé durant le trajet.

Déjà sa réflexion sur le stationnement résident, comme si c'était un luxe que je m'offrais de prendre l'abonnement mensuel. Même si je ne suis effectivement pas là de la journée en temps normal, je suis tranquille les samedis. En plus, avec mon accident, je me suis évitée bien des tracas et des amendes, car je ne crois pas que j'y aurais pensé tout de suite. Avec Julien, ils sont libres d'aller chercher les places gratuites un peu plus loin si ça leur chante.

Ensuite, elle n'a pas arrêté de me poser de questions sur mon rendez-vous à la crèche, comme si elle avait pressenti quelque chose. C'était bizarre sa façon de s'y intéresser. J'ai tout de même fini par lui lâcher que la fameuse Alice trouvait Robin plus dissipé et réactif, pour lui donner l'impression que je me confiais à elle.

— C'est vrai que personnellement, Robin me semble plus calme et réservé que d'habitude, comme s'il était un peu triste.

Décidément, tout le monde lui trouve quelque chose en ce moment, sauf moi. Est-ce qu'il sentirait que je ne suis pas dans mon assiette et prendrait sur lui ?

Je n'ai rien eu le temps de répliquer qu'elle a enchaîné :

— Et en parlant des enfants, Rémi a l'air soucieux ces derniers jours, tu as remarqué toi aussi ?

La moutarde m'est montée au nez et j'ai décidé de couper court à cette discussion, avec une petite phrase toute faite :

— Rémi, tu parles, il démarre sa crise d'adolescence, c'est normal, ça finira par lui passer.

Je n'avais pas envie de lui faire part de notre brouille, ou des histoires du téléphone, cela ne la regardait pas. Pourtant, elle a insisté, encore et encore :

— Je sais pas, moi, j'ai l'impression qu'il y a autre chose. Il n'est pas dans son état normal depuis la semaine dernière, peut-être devrais-tu essayer d'en parler avec lui ?

— Écoute, ce ne sont pas tes enfants, c'est gentil de t'en préoccuper, mais je pense que je peux tout à fait les gérer moi-même.

Ça lui a fermé son clapet direct ! Elle n'a plus rien dit jusqu'à l'hôpital, c'était presque un peu gênant, mais cela m'a évité ses leçons de vie sur comment remplir mon rôle de maman.

Le médecin me sort de mes pensées. C'est enfin mon tour.

46. Axelle - Vendredi

Dans le jardin de l'hôpital, je repense à la façon dont Sarah m'a répondu durant le trajet. Elle était en permanence sur la défensive, comme si j'allais l'attaquer, alors que ce n'était pas du tout mon intention. Je ne l'avais jamais vue ainsi auparavant. Si elle réagit de la même façon chez elle, c'est normal que cela affecte Robin, c'est une véritable éponge ce petit. Et je comprends encore mieux pourquoi chacune de ses discussions avec Rémi se termine en clash et qu'il n'ait plus envie de s'y frotter.

Elle est souvent assez directe et tranchante, mais il y a autre chose de plus agressif aujourd'hui. Est-ce que cela aurait un lien avec les visions dont m'a parlé Rémi ?

Lorsqu'elle revient, il est déjà 17h. Je la trouve pâle, mais je préfère éviter tout commentaire tandis que nous retournons à la voiture. Je lui ouvre la porte pour la laisser s'installer, mais je la vois hésiter, comme si elle était ailleurs.

— Sarah ? Tu as oublié quelque chose ?

Le regard fixe, elle finit par tourner la tête vers moi, l'air inquiète. Tout en affichant sur son visage un sourire forcé, elle me répond :

— Non, rien du tout, je repensais juste à mon rendez-vous.

Et un peu maladroitement, elle s'assied sur le siège passager sans autre commentaire.

Je suis mal à l'aise. Serait-ce de cela que m'a parlé Rémi ? Comment pourrais-je lui demander sans qu'elle se braque ? Je conduis quelques minutes en silence avant d'oser quelques mots :

— Tu t'es sentie mal en entrant dans la voiture ?
— Non, j'étais dans mes pensées.
— J'avais l'impression que tu étais ailleurs pendant quelques secondes.

Elle se crispe, mais elle embraye très rapidement sur un long monologue qui pourrait tout à fait avoir pour objectif de me faire oublier la question que je viens de lui poser :

— Le médecin m'a donné des nouvelles plutôt rassurantes sur ma jambe et il m'a expliqué que les élancements que je ressens sont normaux. Il y a toujours des résurgences de douleurs après un premier épisode d'amélioration. De petits retours en arrière qui rappellent à l'ordre et invitent à la prudence et au repos m'a-t-il annoncé. Il a remplacé mon attelle de compétition pour une autre plus légère et moins encombrante, mais je n'ai le droit de l'enlever que pour la douche. Donc autant dire que cela ne change rien, car je suis encore clouée chez moi pour au moins quinze jours supplémentaires alors que je pensais repartir au bureau dès lundi.

— Tu travailles déjà de chez toi, ce n'est pas suffisant ? Et franchement, je suis étonnée que ton chef ne t'ait pas obligé à t'arrêter complètement.

— Pour un simple problème de jambe ? Ce n'est pas mon cerveau qui a été touché !

— Je sais bien, mais cela ne donne pas toutes les chances à ton corps de se remettre pleinement. C'est vraiment le piège de la modernité : avec le télétravail, malade ou pas, tu peux assurer tes activités en toute impunité, alors que le médecin te prescrit un repos total.

— Si je m'arrêtais complètement, je pèterais un câble, enfermée chez moi à ne rien faire. Et puis, mon patron, ça l'arrange bien que je continue à écrire ; accident ou pas, y'a toujours du pain sur la planche.

Elle se veut constamment dynamique, efficace et sur tous les fronts en même temps, mais je ne suis pas certaine que ce soit dans l'intérêt de sa santé. J'abandonne cette cause perdue et reviens sur quelque chose de plus praticopratique :

— Qu'est-ce qu'il te laisse entrevoir comme échéance pour enlever l'attelle ?

— Encore deux longues semaines, enfin, si tout va bien. C'en est fini du passage des infirmières à la maison, mais je vais devoir commencer les séances de rééducation, ce qui ne m'enchante pas davantage. Et puis, si je…. ATTENTION !!!

Je freine par réflexe, tellement elle m'a fait peur en criant. Par chance, il n'y avait personne derrière moi. Je me tourne vers Sarah, elle a l'air affolée.

— Qu'est-ce qu'il y a ?

— Le couple là, tu ne les as pas vus, la femme a failli passer sous tes roues ?

J'examine les alentours : il y a bien deux personnes au feu piéton, que j'ai interrompu dans leur querelle par le crissement de mes pneus, mais rien de dangereux.

Alors que je redémarre, Sarah s'excuse :

— Pardon, j'ai eu l'impression qu'il allait la projeter sur la route, ça m'a fait une de ces frousses.

Je l'observe en coin, elle a le regard perdu. Cette fois, c'est sûr, c'est bien ce dont Rémi me parlait.

— Tu l'as cru ou tu l'as vu faire ?

Pour l'inciter à se confier, je grossis le trait :

— Vu la façon dont ils se prenaient la tête, on aurait tout à fait pu interpréter son geste de cette façon.

Elle hésite, j'en rajoute :

— D'autant qu'il faisait de grands mouvements avec ses bras.

— Toi aussi, tu l'as vu ? On aurait vraiment dit qu'il l'avait poussée, enfin, qu'il allait le faire.

Je ne sais pas comment réagir. Je ne peux pas continuer à lui faire croire que j'ai vu la même chose qu'elle alors que c'est faux.

— Ton imaginaire est allé jusqu'à se la représenter en train de tomber, c'est ça ?

Elle ne me répond pas. Il faut vite que je trouve comment enchainer pour la mettre en confiance.

— Est-ce que tu savais que certaines personnes pouvaient anticiper des évènements sans qu'ils se produisent réellement ? Tu as sans doute déjà eu cette impression de "déjà vu" ? Moi, quand j'étais plus jeune, j'avais très souvent l'étrange sensation, en arrivant dans un nouveau lieu, de le connaitre, d'y être venue auparavant alors que ce n'était pas le cas. J'ai lu un article qui expliquait que notre cerveau imprimait cette image dans notre mémoire en un quart de seconde et que l'instant d'après, il la comparait avec ce que l'on avait devant les yeux. Un peu comme une anticipation de notre mental qui construit à partir des éléments que l'on perçoit. Et ainsi, il nous fait voir ou croire l'invisible. Notre cerveau a horreur du vide, alors s'il manque un détail, il va le créer ou le déduire en se basant sur l'existant.

— Tu es en train de me dire que ma tête a inventé une envie de meurtre ? C'est ridicule.

— Pas tant que ça. Si ton accident t'a traumatisée, il se peut que tu projettes tes peurs sur les autres.

— Traumatisée, tout de suite les grands mots.

— Pourtant, c'est bien le cas, c'est toi qui m'as parlé de ton trauma crânien !

J'essaye la touche d'humour pour mieux faire passer mon message, mais je ne suis pas sure qu'elle soit réceptive. Je l'entends grommeler alors je reprends :

— Je ne suis pas médecin, mais tout accident peut engendrer des peurs.

— Ça va, je ne suis pas morte non plus !

— Justement, c'est parce que tu es vivante que tu peux ressentir des émotions. Même la personne la plus forte peut être impactée par les évènements de la vie. Cela te ferait peut-être du bien d'en parler à quelqu'un.

— C'est pas parce que tu consultes une psy qu'il faut que je fasse pareil. D'ailleurs, tout va bien, c'est gentil de t'inquiéter, mais je ne reviens pas de la guerre, je n'ai pas de syndrome post-traumatique. J'ai juste besoin de me relaxer un peu et de m'aérer la tête.

— Tu vois que tu ne te reposes pas assez en télétravaillant !

J'ai été assez directe dans mon ton, et je crois que cela ne lui a pas plu. Mais peu importe après tout, j'ai le droit de lui dire ce que j'en pense.

— Bon, tu vas arrêter avec tes leçons de morale ?

Je ne réponds rien, j'ai envie de l'envoyer balader ! Mais elle est dans sa voiture et je ne vais pas la pousser par la portière, même si l'idée me fait frissonner. Je l'aide et voilà ce que je récolte !

Dix minutes après, lorsque je la laisse en bas de l'immeuble, avant d'aller me garer et de filer à la crèche, je suis dépitée. Dire qu'elle a deux enfants à charge et qu'elle risque de les foutre en l'air par son attitude irresponsable. Robin n'a que trois ans, elle va complètement le faire vriller si elle continue ainsi.

Je suis plus préoccupée que jamais. Et elle est chiante avec son désir de tout vouloir régler par elle-même !

47. Sarah - Vendredi

Je ne comprends pas pourquoi je me suis laissé aller à me confier alors que je ne le voulais pas. Il faut dire qu'elle a bien réussi à m'amadouer et que je ne sais plus comment m'en sortir avec tous ces flashs. Je suis dépassée par ces images macabres qui m'assaillent de plus en plus régulièrement. Je ne vois que des choses qui tournent mal, des bagarres, des accidents, des morts. Rien de léger ou agréable, non, je projette toujours le pire de chaque situation.

Je n'ai pas osé en parler au chirurgien de peur qu'il me prenne pour une folle, mais peut-être aurais-je dû, car cette visite à l'hôpital semble avoir fonctionné comme un catalyseur. Pas moins de trois hallucinations en l'espace de vingt minutes. La première, c'était une jeune femme qui s'est effondrée devant moi dans le hall quand je ressortais. Je ne me suis rendu compte de la réalité que lorsqu'une dame s'est approchée de moi pour savoir si tout allait bien : j'étais immobile, penchée sur un corps invisible aux yeux de tous. Puis au moment où Axelle m'a ouvert sa voiture, je l'ai littéralement vue me refermer la portière violemment dessus, m'écrasant les jambes et la poitrine de cette arme métallique, avec un plaisir non dissimulé. Et enfin, quand elle a failli percuter cette femme que son mari avait volontairement poussée sur la route à l'instant même où nous passions.

J'aimerais comprendre : est-ce que mes visions correspondent à ce que je perçois des personnes autour de moi, comme une sorte de captation ou d'anticipation de ce qu'ils seraient vraiment capables de faire ? Ou cela provient-il de mon état d'esprit qui projette sur l'extérieur mes croyances, mes peurs et mon pessimisme quant à notre humanité en perdition ?

Pourtant, avec la petite Ninon, ce que j'ai vu s'est réellement passé et elle n'était même pas là physiquement, contrairement à la plupart des autres cas. Alors quoi ? Était-ce un hasard ?

Je crois que ce trop-plein de violence et de souffrance m'a forcé à le partager avec quelqu'un. Même si je regrette déjà de l'avoir mêlée à tout ça, car elle risque de ne plus me lâcher, c'était trop à encaisser. Je m'allonge sur le canapé, désespérée, avec le sentiment de me débattre seule contre des démons invisibles. Très vite, je m'assoupis, fuyant cette réalité oppressante et malveillante.

48. Axelle - Vendredi

— Mmmm, rien de tel que d'être accueilli par cette douce odeur !

Voici la première phrase prononcée par Julien en passant le pas de la porte. Pas un "bonjour ma chérie", ni même un simple "Coucou" ou un mot gentil pour moi, non, il n'y en a que pour ce maudit Hoya bella qui a réintégré ses pénates trois heures auparavant. Par chance, j'ai l'impression qu'il sent moins fort ; il faut dire que ses fleurs sont légèrement défraichies, on se demande bien pourquoi. En le rentrant, je me suis rendu compte que cette fenêtre était particulièrement ensoleillée, mais c'était trop tard. Bah, cela aura eu l'avantage d'accélérer la mise à mort de ces réservoirs à odeur.

Il laisse ses affaires dans l'entrée et s'approche pour l'observer. Tournant la tête vers moi, il me demande :

— Elle n'aurait pas un peu soif ?

— Bonjour mon chéri !

— Oh pardon, je ne t'ai même pas embrassée, balbutie-t-il tout confus en me déposant un baiser.

— La vendeuse avait précisé de lui donner de l'eau une seule fois par semaine, car elle ne supporte pas l'excès d'humidité, donc j'ai préféré que tu t'en occupes, je ne voudrais pas qu'elle dépérisse par ma faute.

Je suis d'une totale mauvaise foi sur ce coup, mais j'en entendrais parler beaucoup trop longtemps. Julien part remplir son petit arrosoir en plastique vert et revient l'instant d'après.

— Voilà qui devrait te faire du bien ma jolie. Mmm, je crois que je ne me lasserai jamais de ton odeur, ajoute-t-il l'air béat, après avoir fourré son nez dans les amas de fleurs.

Dire qu'il va falloir que je la supporte tout le weekend… Nous n'avons vraiment pas les mêmes câblages olfactifs.

Julien est particulièrement de bonne humeur ce soir, et je me demande ce qui le met autant en joie. Lorsque nous sommes à table, je finis par l'interroger :

— Justement, j'attendais qu'on se pose pour t'en parler : tu te souviens de la proposition de poste au Canada de l'année dernière ? À l'époque, le projet n'était pas clair, ils cherchaient les financements et l'articulation avec une association sur place. Et ce mercredi, ils m'ont recontacté en m'annonçant que tout était calé et qu'ils espéraient vivement que j'accepte leur offre. Ce n'est pas la porte à côté, mais vu que tu n'as pas encore retrouvé de travail, je me disais que ce serait le bon moment pour changer d'horizon et découvrir un nouveau mode de vie.

Prise au dépourvu, je ne sais pas comment réagir. Effectivement, je m'en rappelle, mais c'était surtout une idée en l'air et non un vrai projet d'avenir.

— Les missions démarrent en septembre et j'ai un mois pour donner une réponse, histoire de leur laisser le temps de se retourner si je décline. Il n'y a pas une grosse urgence, mais c'est bien qu'on y réfléchisse ensemble. T'en dis quoi, c'est une super opportunité non ?

— Le Canada ? Tu sais, mon niveau d'anglais n'est pas parfait, pour trouver du travail là-bas, ça ne va pas être simple pour moi.

— Ne t'inquiète pas, c'est à Québec, ils parlent français.

— Et… ce serait pour combien de temps ?

— Le contrat est de deux ans, renouvelable. Et puis, cela nous permettrait d'être plus souvent ensemble, je n'aurais plus à rester loin de toi pendant toute la semaine.

Il est excité comme un enfant le jour de Noël. Il s'exprime vite et fait des gestes dans tous les sens, c'est évident qu'il s'y projette déjà. On ne peut pas dire que je partage son enthousiasme. Mais je ne veux pas paraître rabat-joie, alors je lui pose des questions pour le faire parler et masquer mes réserves.

— Ce serait quel type de poste ?

— Ils cherchent un directeur pour leur nouveau centre. Ils y accueillent des enfants ayant été retirés de leur foyer suite à des maltraitances. Cela ressemble beaucoup à ce que je fais déjà et le réseau qui gère ce site a des relations un peu partout dans le monde dont en France et mon profil les intéresse.

— Le Canada, ce n'est pas la porte à côté…

— C'est sûr, mais l'avantage là-bas, c'est que je serais sur un poste stable, un logement de fonction, moins de kilomètres, un meilleur salaire, et nous pourrions être à nouveau tous les deux bref, que des points positifs. D'autant que je ne sais pas combien de temps il faudra pour que je puisse trouver quelque chose de similaire à Lyon ou dans les environs.

Je reconnais que cela fait déjà plus d'un an qu'il est à Moulins alors que cela devait être transitoire. Au départ, le deal était de monter en responsabilités dans un trou paumé loin d'ici en vue d'obtenir une équivalence sur la région rapidement. Je n'arrive à sortir qu'un vague :

— C'est vrai que ça dure…

— Depuis beaucoup trop longtemps. Alors, bien sûr, je ne suis plus adjoint, mais à quel prix ? Rien ne progresse et je commence à fatiguer de cette vie faite de trajets et de nuits en solitaire.

Je lui souris, c'est évident que pour lui, c'est absolument parfait. Mais ai-je envie de le suivre dans cette aventure ?

— C'est super pour toi ! C'est une très belle opportunité. Mais c'est loin et tellement soudain, il faut que tu me laisses un peu de temps pour y réfléchir, d'accord ?

— Bien sûr, bien sûr, nous en reparlerons et je suis certain que tu reconnaitras tout comme moi tous les avantages de ce nouveau départ !

J'avale difficilement ma salive. Nous ne voyons décidément pas les choses de la même façon et je ne peux m'empêcher de lui répondre.

— C'est sûr que de ton côté, tu n'as pas réellement de famille qui te retienne, mais moi, avec mes parents qui vieillissent et ma mère qui a toujours son épée de Damoclès au-dessus de la tête, je suis un peu inquiète de m'exiler au bout du monde. Et puis je vais me retrouver toute seule.

Il fronce les sourcils, avant de répliquer avec une assurance folle :

— Tu pourras revenir les voir quand tu voudras. Bien sûr, ce ne sera pas comme d'aller à Paris, mais ce n'est pas non plus comme si nous déménagions sur une autre planète !

De toute façon, il aura systématiquement réponse à tout, alors je préfère en rester là, car la soirée va finir par tourner au vinaigre.

— On laisse infuser l'idée et on en reparle, d'accord ?

Il m'embrasse et redevient tout sourire.

49. Sarah - Samedi

Hier, l'appel du collège pour me convoquer avec Rémi m'a chamboulée davantage que je ne l'aurais imaginé. En raccrochant, j'ai tenté de me convaincre que c'était normal, qu'ils ne faisaient que leur travail. D'autant que j'étais déjà au courant de l'affaire, ayant lu les posts pratiquement en direct. Dans un premier temps, cela m'a soulagé d'apprendre que la jeune fille allait bien, mais lorsqu'ils m'ont confirmé qu'à cause de toute cette histoire, elle avait été transportée à l'hôpital après s'être ouvert les veines, mon cœur s'est emballé. Ma vision me revenait en boucle ; j'avais vu la réalité, comme une prémonition sans être présente sur les lieux, sans même connaitre la personne. Aurais-je pu intervenir pour éviter ce drame ? La femme au bout du fil a dû me répéter la date de la convocation une deuxième fois, car j'écoutais à peine ce qu'elle me disait : "Mercredi à 11h30". Je commence à détester les rendez-vous du mercredi.

Le soir, lorsque Rémi est rentré, je n'ai pas réussi à en parler avec lui. Les mots tournaient en boucle dans mon esprit, sans que je puisse sortir la moindre phrase. Je ne savais pas comment engager la conversation, d'autant que nous n'étions presque jamais seuls. Je souhaitais que Robin ne soit pas présent : s'il était déjà perturbé, comme on me l'avait laissé comprendre à la crèche, la tentative de suicide ne devait pas lui arriver aux oreilles.

Aussi, dès mon réveil, je me suis fixé comme objectif de trouver le moment opportun pour amener le sujet. Lorsque le repas de midi se termine et que Robin se frotte les yeux, je saute sur l'occasion. J'attends d'être certaine qu'il dorme profondément et je frappe à la porte de Rémi :

— Pas là.

— Rémi, c'est important, j'ai besoin qu'on parle, maintenant.

— Je travaille.

— Tu reprendras après.

Pour ne pas lui laisser le choix, j'entre et m'assieds sur son lit. Penché sur son bureau, il ne se retourne pas.

— Rémi !

Mon ton, un peu trop autoritaire, le fait se tourner vers moi, avec un regard qui n'a rien de celui d'un fils aimant. Je déglutis, Dieu que les excuses sont difficiles à sortir.

— Tout d'abord, je voulais te redire que je suis désolée d'avoir utilisé ton téléphone, ce n'était absolument pas pour te surveiller, même si je pourrais tout à fait en avoir le droit, je suis ta mère et tu n'as que treize ans.

Son regard est glacial.

— Alors, vas-y, explique, finit-il par me lancer sèchement.

Si je souhaite regagner sa confiance, je vais devoir lui livrer quelques détails.

— Dernièrement, j'ai reçu un message étrange et n'ayant pas réussi à joindre la personne avec le mien, j'ai supposé qu'avec le tien j'y arriverais peut-être.

— Quel message étrange ?

D'un seul coup, Rémi semble plus attentif, comme si cette histoire l'intéressait. Il pivote complètement vers moi et avance son visage pour mieux m'écouter.

— Justement, il a été effacé presque aussitôt, mais j'ai l'impression qu'il était important et je cherchais à en savoir davantage.

— Et ? Tu as réussi ?

— Non, cela n'a rien donné. Maintenant, je pense que c'est mon accident qui m'a monté la tête là-dessus.

— Quel rapport avec ton accident ?

— Aucun. Bref, tout ça pour te dire que je suis désolée que cela ait généré autant de tensions entre nous, j'ai envie qu'on parvienne à échanger sereinement tous les deux.

— Ouais, OK.

Sa réponse est molle et peu enthousiaste, mais je vais m'en contenter, c'est déjà une incroyable victoire. Maintenant, il me reste à aborder la suite sans qu'il prenne la mouche.

— Vendredi, j'ai reçu un appel du collège, tu dois t'en douter.

— Mmm.

— J'ai rendez-vous mercredi à 11h30, avec toi.

— Et… Tu vas y aller ?

— Bien sûr, quelle question.

— Faut que je fasse des conneries pour que tu te décides à y mettre les pieds.

— Tu me parles autrement ! Tu crois que je vais m'y rendre de gaieté de cœur ?

— Bah, sinon, t'as qu'à demander à Axelle, elle a l'habitude de te remplacer.

Il sait exactement où piquer pour que ça fasse mal. Je me retiens de justesse pour ne pas relancer l'escalade des attaques. Je respire et enchaine :

— J'irai et tu vas assumer tes bêtises. Et je veux aussi que tu t'excuses auprès de la jeune fille.

Soudainement, il ne fait plus le fier. Il a la tête baissée et regarde le sol. Au moins, cela me montre qu'il n'est pas insensible à toute cette affaire.

— Pour le reste nous verrons plus tard.

— Quel reste ?

— Si les sanctions de l'école suffisent ou si je décide d'en appliquer d'autres à la maison.

— Nan, mais Maman, c'est bon là ! Tu crois que j'ai pas compris que j'ai déconné ? Tu crois vraiment que je vais recommencer ?

— Tes actes ont des conséquences pour les autres, et ils en auront également pour toi. D'ici là, tâche de te montrer responsable.

J'ai touché juste, je le sens.

— À moins que tu n'aies autre chose à ajouter, tu peux te remettre à tes devoirs.

Après deux secondes d'immobilisme, il se retourne et plonge le nez dans ses manuels. Oh, je ne suis pas dupe ! Ce n'est pas pour m'obéir, mais plutôt pour dissimuler son émotion. Je respecte sa pudeur et me relève à clochepied pour le laisser seul.

Alors que je suis sur le point de refermer la porte de sa chambre, il me lance :

— Au fait, pour le message, tu peux arrêter de te casser la tête pour rien, c'était juste une dame de la crèche, une certaine Alice.

Je suspends mon geste, remplie de stupeur. Je parviens à bafouiller :

— Et... Elle t'a dit quelque chose de particulier ?

— Non, rien du tout.

Tel un automate, je traverse le couloir et m'affale dans le canapé. Encore elle ! J'attrape une bouteille d'eau posée sur la table basse et je bois bruyamment au goulot. Ma gorge est sèche et je manque de m'étouffer.

50. Axelle - Dimanche

L'avantage avec un cycle court, c'est que les périodes de fertilité reviennent plus souvent, ce qui dans mon cas est plutôt une bonne chose. Cela implique aussi que depuis le dimanche où nous avons fait l'amour, j'aurais normalement dû avoir mes règles hier. Julien n'a jamais été attentif à ça. Même si je sais qu'il ne veut pas me mettre la pression, je le trouve un peu gonflé. C'est lui qui a le plus envie de cet enfant, et c'est moi qui fais tout le boulot, et qui trinque quand ça ne se passe pas bien. Plus le temps avance et plus cela m'énerve. Pourquoi est-ce que je ne lui ai jamais renvoyé dans les dents ?

Dans mon lit, je me projette vers une nouvelle grossesse et une foule d'émotions contradictoires m'assaillent. Avant tout je suis inquiète : est-ce que cela va fonctionner cette fois-ci ? Je me retrouve instantanément quelques mois plus tôt, lors de ma dernière fausse couche. Je ne veux pas en revivre une autre. C'est à peine si j'ai envie de m'attacher à ce bout de vie qui se développe peut-être en moi. À quoi bon si c'est pour souffrir à nouveau de sa disparition prématurée ? À quoi bon si je ne peux pas tenir ce petit être entre mes bras, si je dois encore être triste, vide et impuissante ?

Mais si j'écoute derrière cette inquiétude, je sens poindre quelque chose de plus sombre, une émotion que j'ai du mal à cerner précisément. Ma gorge se serre, ma poitrine me brule. Pour la première fois, je me demande si je partage vraiment le désir d'enfant de Julien, ou si je continue de m'y accrocher pour lui faire plaisir.

Je me ressaisis en me répétant que j'ai à peine vingt-quatre heures de retard, rien ne dit que je sois réellement enceinte.

Pour l'instant, pas un mot à Julien. Chaque chose en son temps, je ne veux pas qu'il se lance dans son jeu de futur papa trop content, excité et à faire des plans sur la comète. J'ai envie de passer une journée calme et normale, comme hier. Il sera assez tôt pour lui en parler le weekend prochain si cela se confirme.

51. Sarah - Dimanche

Le weekend n'a pas été très animé, encore moins passionnant : la pluie s'est invitée et je n'avais envie de rien. Il s'est donc résumé à des sushis, de la télévision, des jeux, des pizzas, les devoirs pour Rémi et un peu d'ordinateur pour moi. Robin s'est montré particulièrement conciliant, comme s'il avait senti qu'il ne fallait pas me chercher. Il a fait de très longues siestes qui ont été salutaires, autant pour lui que pour moi. Rémi s'en est même occupé à plusieurs reprises, lisant et dessinant avec lui. En les regardant ainsi tous les deux, j'ai pensé que Rémi serait bientôt prêt pour du babysitting. Par contre, notre relation à tous les deux est encore loin d'être revenue à la normale. Il n'a toujours pas digéré l'histoire avec son téléphone, et moi, son attitude envers cette fille du collège.

Ce soir, alors que je suis sur le canapé devant mon smartphone à scroller mollement sur les réseaux sociaux, j'aperçois mon ordinateur qui dépasse de la table basse. Il n'en a pas bougé du weekend, malgré les quelques articles qui m'attendent encore pour mardi ; je n'avais pas le gout de m'y mettre. Je ne me souviens pas que cela soit déjà arrivé.

Pour la première fois, j'ai la sensation d'être fainéante et même si une masse de travail m'appelle, je suis restée disponible pour mes enfants, au lieu d'être déviée par ce monstre de labeur qui accapare toute mon attention depuis bien trop longtemps.

Au milieu de cette oisiveté, les souvenirs des dimanches soir de mon enfance me reviennent, tristes et angoissants. La fin du weekend et la perspective du retour à l'école le lundi matin me tordaient les boyaux. Malgré mes excellentes notes, la pression de la réussite était énorme et les vrais copains de classe trop rares. Rémi ressent-il cette même anxiété ? Il ne m'en a jamais rien dit, mais avec tout ce qui s'est présenté dernièrement, cela m'étonnerait qu'il soit motivé pour s'y rendre. Je suis déçue qu'il ne se confie plus à moi maintenant qu'il a grandi. Les moments de complicité ont disparu pour être remplacés par de la confrontation et de la colère. C'est mon fils, je le sens devenir un étranger dans ma maison et je ne sais pas comment y remédier. Une larme perle le long de ma joue à l'idée que je suis en train de le perdre peu à peu du fait de mon incapacité à être en lien avec lui, de mes piètres qualités de mère. Je continue régulièrement de penser que je n'étais pas faite pour ça et que je me porterais bien mieux si je n'avais pas eu d'enfant.

En tout cas, je n'ai ni le désir d'être à demain ni à mercredi... Ce soir, je n'ai envie de rien, juste d'aller dormir, pour arrêter de ressasser, pour oublier, pour disparaitre, quelques heures tout au moins.

52. Axelle - Lundi

Zut, je n'ai toujours pas rappelé Morgane. Ce soir, ni une ni deux, j'attrape mon portable et quelques instants après, j'entends sa voix chaleureuse au bout du fil.

Passées les premières minutes d'effusion et les banalités de début de conversation, elle m'apprend qu'elle a rencontré quelqu'un depuis plusieurs mois maintenant. Ils n'habitent pas ensemble, mais étant tous les deux séparés avec un enfant en garde alternée, ils trouvent un bel équilibre entre leur vie parentale et amoureuse, deux rythmes totalement différents qui se succèdent chaque semaine et leur laissent le plaisir des retrouvailles sans la routine du quotidien. J'en suis heureuse, car son divorce deux ans auparavant avait été très éprouvant. Sa fille n'avait que quatre ans et ne pas se voir durant sept longs jours avait été pour toutes les deux un déchirement. Le temps avait peu à peu apaisé la douleur, cependant le manque subsistait. Tout en sachant pertinemment qu'elle n'aurait pas pu rester davantage avec son ex, elle se disait parfois que si elle avait tenu quelques années de plus, cela aurait été moins difficile.

Lorsque mon tour arrive, je lui apprends pour mon travail et pour mes recherches d'emploi que je mène en dilettante.

— Et avec tout ça, tu ne daignes même pas me rendre visite ? me lance-t-elle avec un sourire dans la voix.

— Tu sais ce que c'est, il y a tellement de petites choses à faire que je ne me projette dans rien.

— Arrête, tout ça, ce sont des excuses de Madame Flemme ou de Madame Procrastination. Allez, on regarde les dates où je n'ai pas ma fille et tu viens ! La semaine prochaine par exemple !

— Ce n'est pas l'envie qui m'en manque, mais en ce moment, c'est compliqué. Ma voisine s'est cassé la jambe et elle compte sur moi pour l'aider avec ses enfants et son quotidien.

— Oh zut ; et elle en a pour longtemps ?

— Je ne sais pas trop, cela fait déjà plus de deux semaines et le médecin envisage encore au moins autant.

— Ah oui, quand même. Et elle te paye pour ça ? ironise-t-elle.

— C'est Sarah, pas une inconnue qui a mis une petite annonce.

— Comme lorsqu'elle te faisait garder ses enfants pour la dépanner ?

— Arrête, elle me glissait un billet pour me remercier.

— Si tu savais combien je donne à ma babysitteur, tu ne dirais pas pareil. Axelle, il faut absolument que tu revoies tes prétentions salariales avant de retrouver un nouvel emploi, sinon, tu vas finir par t'engager comme bénévole dans une association. Non pas que ce soit une mauvaise chose, bien au contraire, cependant, cela ne t'aidera pas à payer tes factures. Et mets un terme à cet esclavagisme déguisé !

À bien y regarder, elle n'a pas totalement tort, d'autant que ma voisine n'est ni reconnaissante ni agréable avec moi dernièrement, comme si tout lui était dû. Mais je ne vois pas comment lui en parler sans la fâcher.

— Tu me connais, je ne sais pas dire non.

— Alors viens, je te l'ordonne ! surenchérit-elle rieuse.

— Dès que je peux, promis.

J'ai l'impression, à entendre son silence qu'elle n'y croit pas trop, mais elle change de sujet.

— Et sinon, avec Julien, comment ça se passe ?

— Ça va, même si la distance commence à être pesante. Il est absent toute la semaine et je me sens seule. En plus, son poste à Moulins s'éternise et l'unique option qui lui a été offerte se trouve à l'autre bout du monde, alors tu imagines, je ne suis pas emballée.

— Où ça ?

— Au Canada, à Québec plus précisément.

— Waouh et toi, ça ne te tente pas ?

— Bof, je ne suis pas certaine de vouloir vivre à l'étranger et avec la santé fragile de ma mère, ce n'est pas forcément l'idéal.

— Tu ne rêves pas de changement ?

— Je ne sais pas, c'est son projet, pas le mien.

— Ça pourrait le devenir si tu le souhaites.

— C'est bien ça le problème, je n'ai aucune idée de ce que je désire.

— Et dans tout ça, t'as toujours envie d'un enfant ?

Je n'ai pas l'intention de tout lui déballer, pourtant les mots sortent malgré moi :

— Oui, enfin, je crois, mais c'est tellement compliqué...

— Oh, toi, il faut vraiment que tu viennes passer un peu de temps chez moi, qu'on débriefe sérieusement ! Et si tu ne te décides pas, c'est moi qui m'incrusterai un jour ou deux !

53. Sarah - Mardi

Aujourd'hui, je dois absolument finir les trois articles qu'ils m'ont demandés vendredi. À force de remettre à plus tard par manque d'inspiration et de motivation, je me retrouve acculée avec un délai qui ne laisse plus le temps à la paresse.

Si je boucle, pour ne pas dire bâcle, les deux premiers relativement vite, j'ai plus de mal sur le dernier. Il doit être très court et impactant, ce qui est d'autant plus difficile. L'essentiel doit tenir en quatre ou cinq lignes, pas de nom, juste des allusions pour que ceux qui en ont entendu parler comprennent, et que les autres aient envie de s'informer.

Il s'agit d'un prof de fac de bonne réputation qui vient d'être accusé de harcèlement par l'une de ses élèves. C'est hélas une histoire assez fréquente, ces enseignants qui font chavirer le cœur de leurs étudiantes avec leurs beaux discours, profitant de leur ascendant pour collectionner les aventures. Celui-ci n'est pas marié, mais il ne vaut pas mieux que les autres, ils pensent tous à la même chose sous leurs airs de ne pas y toucher.

Mon plus gros problème, c'est réussir à ne pas tomber dans la banalité. Je veux que la fille puisse être mise en valeur et non paraitre une emmerdeuse de plus qui se laisse séduire et vient se plaindre ensuite. Je sais, beaucoup tenteront de la faire passer pour telle, une gamine qui a une dent contre les hommes et qui veut faire son intéressante. Les gens puissants arrivent trop souvent à tirer leur épingle du jeu, au détriment des plus faibles qui ne peuvent pas combattre à armes égales.

Je cherche comment débuter.

Tout d'abord le titre : « Les dérives d'un homme d'influence. » Bof, peut mieux faire. « Débauche à la fac ». Non, on pourrait croire que je parle aussi des filles. « À quand la fin de l'impunité des hommes d'influence ? » Je préfère ! Je verrai si je trouve une meilleure idée en chemin.

« Une affaire a éclaté à l'Université Lyon 2, qui n'est pas sans en rappeler d'autres, plus anciennes. Le harcèlement semble devenu un jeu national, et les femmes, d'autant moins nombreuses en doctorat, en font trop souvent les frais, sans pour autant que cela soit mis en lumière par la justice.

Espérons que cette nouvelle dénonciation de comportements inadaptés et pervers soit reconnue à son juste niveau lors du jugement.

Il est grand temps que les femmes reprennent leurs droits et leur dignité, et que les hommes influents sentent qu'ils ne peuvent plus agir à leur guise en toute impunité. »

Un nouveau titre percutant s'impose à moi : « Quand les hommes croient que tout leur est permis ». Est-ce parce que cela fait écho à mon histoire, je ne sais pas, mais ce titre me plait.

J'espère que mon boss ne le retoquera pas avec l'article, nous n'avons pas forcément le même point de vue à ce sujet et il pourrait se sentir visé. Mais si cela ne lui convient pas, il n'aura qu'à le réécrire lui-même.

Sur ces pensées, je referme mon ordinateur pour aujourd'hui, non sans avoir envoyé mes productions au rédacteur en chef.

Alors que mon esprit vagabonde, enfin libéré de cette tâche pesante, je me rends compte que je n'ai pas eu un seul flash depuis plusieurs jours, c'est étrange. En y réfléchissant, cela remonte à vendredi dernier, avec mes trois flashs d'affilés à l'hôpital. Il ne s'est pourtant rien passé de particulier dans mon souvenir, pas de nouveau choc à la tête ou ailleurs. Ah si, je me suis ouverte de ce problème à Axelle ce jour-là. Se pourrait-il que ce soit lié ? Suffisait-il que j'en parle à quelqu'un pour que cela s'arrête comme par magie, que je l'exorcise afin que mes fantômes disparaissent ? Même si la semaine n'a pas été des plus agréables, j'ai l'impression d'avoir réussi à me détendre un peu. Je prie silencieusement ce Dieu auquel je ne crois pas vraiment pour que cela ne soit désormais plus qu'un mauvais souvenir.

54. Axelle - Mardi

Depuis hier, le Hoya bella a de nouveau élu domicile dans la rue et ne reviendra de sa quarantaine que vendredi soir, un peu avant le retour de Julien. Connaissant ma propension à l'étourderie, je décide de programmer une alerte sur mon portable, une façon moderne de penser aux choses que je juge non essentielles tout en préservant la paix des ménages. Si les fleurs ont perdu un peu de leur éclat grâce aux cinq jours de la semaine dernière passés au grand air, elles sont plus coriaces que je ne l'aurais cru. Le weekend en intérieur et les petits soins de Julien semblent leur avoir offert un second souffle et à moi une nouvelle raison de les haïr. Cette deuxième période de congés forcés devrait leur permettre de poursuivre la pente descendante sur laquelle je souhaite les voir glisser, et avec un peu de chance, mourir. Je n'ai cependant pas eu le cœur de les remettre devant la même fenêtre, les températures d'après-midi étant annoncées à la hausse. En effet, au moment où je m'apprêtais à la délocaliser, le visage de Julien m'est apparu instantanément : imaginer sa déception et sa peine face à sa plante complètement desséchée ont eu raison de mon envie meurtrière. Je la ferai souffrir sans l'achever tout à fait, dans mon propre intérêt. J'ai donc privilégié un coin légèrement moins ensoleillé, même si je la vois davantage à travers la vitre du salon. Chaque jour, je regrette amèrement d'avoir emmené Julien dans ce magasin. Pourtant, comment aurais-je pu en deviner les conséquences ? À trop vouloir lui faire plaisir, je me retrouve dans une situation pénible et inconfortable et j'en suis la seule responsable !

Lorsque nous étions à la fac, Morgane me répétait souvent que ma bonté me perdrait et ma mère me sermonnait régulièrement en me lançant un petit "trop bonne, trop conne", l'air de rien. Cela me procurait des pincements au cœur, sans pour autant pouvoir y changer quoi que ce soit. Qu'est-ce que j'y peux si je suis ainsi ? C'est dans ma nature, on ne se refait pas. Et même si je le voulais, je ne saurais pas par quel bout m'y prendre.

55. Sarah - Mardi

Nouvel appel masqué, je décroche, fébrile. C'est la gendarmerie qui m'informe qu'ils passeront dans l'après-midi.

À 16h, deux hommes en uniforme rentrent dans mon appartement.

— Nous avons trouvé à qui appartient la moto qui vous a renversée. Il s'agit d'une personne connue de nos services pour des faits de violence, braquage et rixes entre gangs. Il fait partie d'un groupe d'individus que nous associons à une sorte de mafia lyonnaise.

Il fait une pause pour me laisser le temps d'assimiler l'information.

— Verriez-vous quelqu'un qui pourrait vous en vouloir, une personne qui aurait pu le payer pour agir ?

— Pardon ? M'en vouloir ? Vous pensez que c'était un acte volontaire ? Je suis loin de n'avoir que des amis, mais de là à imaginer que certains désirent ma mort, il y a un fossé énorme.

— Il se peut qu'il ait seulement tenté de vous donner un avertissement, pour vous faire peur. S'il avait réellement souhaité vous tuer, vous ne seriez probablement pas en train de me parler aujourd'hui.

Ses mots me font froid dans le dos. Qui pourrait bien m'en vouloir à ce point ?

— Selon vous, cela ne peut pas être un simple accident ?

— Si, bien sûr, c'est dans le domaine du possible, cependant, avec l'implication de cet individu, c'est loin d'être notre première hypothèse.

La peur m'envahit, suis-je encore menacée ? Une idée se forme brusquement dans mon esprit, qui n'a rien pour me rassurer. Se pourrait-il que ce soit à cause de mon travail ?

— Je suis critique dans un magazine, cela peut sans doute déranger certaines personnes. Vous pensez que cela pourrait être en lien ?

— Avez-vous déjà été confrontée à des menaces de mort ou des courriers d'insultes ?

— La direction en reçoit régulièrement, mais nous n'en tenons pas compte sinon nous ne publierions plus rien.

— Hé bien nous vous appelons à la prudence ! L'avantage, actuellement, c'est que vous êtes arrêtée ; une pause qui vous mettra un peu en retrait de tout cela.

Je ne réponds pas, n'étant pas très à l'aise avec le fait de continuer de travailler durant mon congé maladie. N'attendant pas de réaction de ma part, l'officier continue :

— Dans tous les cas, je passerai étudier les lettres reçues dernièrement, peut-être trouverons-nous une piste.

Mon chef va être ravi et je ne serai pas longue à avoir de ses nouvelles pour me le reprocher. Comme si j'avais besoin de ça…

Après leur départ, j'ai froid, mes mains sont moites et ma bouche est sèche. Je tremble de façon presque imperceptible, pourtant le séisme qui secoue mon cœur est violent. Jamais je n'aurais pensé risquer ma vie avec mon emploi alors que je reste assise derrière un clavier. Je tente de me calmer, de respirer profondément, mais rien n'y fait. La panique me fait perdre tous mes moyens. Je me sentais invincible et me voilà plus fragile que jamais, au bord de la panique.

Instantanément, je vois mes phrases prendre la forme d'armes de combat qui menacent ceux dont je parle dans mes articles, mes mots sont des balles qui visent les points sensibles, les organes vitaux pour faire du mal, pour tuer. En allant les débusquer dans leurs retranchements les plus intimes, je les mets en joue et les accule à la honte, au déshonneur, parfois même à une petite mort sociale. Comment pourraient-ils ne pas m'en vouloir ? Impossible de sortir de chez moi sereinement après cette révélation. L'angoisse me submerge et me crie de me terrer dans mon appartement jusqu'à... jusqu'à quoi d'ailleurs ? Quand puis-je espérer que le risque soit plus faible ? Soudain, je pense à mes enfants : s'ils étaient pris pour cible, je ne me le pardonnerais jamais, je n'envisage pas qu'il leur arrive quoi que ce soit par ma faute.

En cet instant, je n'ai pas besoin de flash, mon imagination file à toute vitesse et échafaude les pires scénarios. Dans le premier, Rémi est harcelé à l'école ou sur le chemin. Dans le second, tous les deux se font enlever contre une demande de rançon. Dans le troisième, une bombe est posée à la crèche et dans la salle de classe du collège. Chacune de mes projections est plus cruelle et plus dévastatrice que la précédente. M'atteindre par le biais de mes enfants est sans doute la plus douloureuse des vengeances que je puisse envisager.

56. Axelle - Mercredi

Depuis lundi, je réfrène mon envie d'aller acheter un test à la pharmacie, car dès que je l'aurai à la maison, je serai incapable d'attendre pour le faire. Il est préférable d'avoir au moins deux ou trois jours de retard pour plus de fiabilité et éviter de recommencer le lendemain, alors je patiente tant bien que mal.

J'avais réussi à résister jusqu'à maintenant, mais ce matin, je ne tiens plus. Après avoir déposé Robin à la crèche, je fais un détour pour aller me procurer le précieux révélateur de mon avenir. En faisant la queue au guichet, j'ai les mains moites et des abeilles dans le ventre. Parfois, ce sont des papillons qui viennent me chatouiller les entrailles, mais aujourd'hui, la sensation est beaucoup moins confortable. Ça pique, ça brule, ça ne caresse absolument pas. Je suis tout sauf sereine et je n'attends qu'une chose, ressortir d'ici et me précipiter chez moi pour savoir. Soudain, un bruit sec résonne dans mon dos et me fait sursauter. Je me retourne brusquement, renversant par la même occasion tous les produits alignés sur l'étagère à portée de mon bras. Mon Dieu, quelle empotée je fais ! Je me sens honteuse devant tous ces gens qui me regardent, comme un enfant qui a fait une grosse bêtise, et sans crier gare, je m'effondre en larmes. Une vendeuse s'approche gentiment de moi, m'assure que tout va bien, qu'il n'y a rien de grave et se met à ramasser les boites éparpillées. Mais je n'arrive pas à m'arrêter de pleurer, comme si le tuyau d'eau était percé, créant une inondation sur mon visage. La femme interrompt son rangement pour s'occuper de moi.

— Venez, je vous emmène dans un espace plus tranquille, cela vous fera du bien.

Je la laisse me guider vers une petite salle de repos où je m'assieds sur une chaise. Elle est bienveillante.

— Vous avez besoin de quelque chose ?

— Si vous avez un peu d'eau…

Elle revient au bout de quelques secondes avec un verre.

— Voulez-vous que j'appelle quelqu'un ?

— Non non, c'est gentil, ça va aller, je crois que c'est juste les hormones qui me travaillent.

— Vous êtes enceinte ?

— Je le suppose, je suis venue acheter un test pour vérifier.

— Si vous payez par carte, je peux aller vous en chercher un, cela vous évitera de faire la queue à nouveau.

— Merci, merci beaucoup.

J'ai de la chance que cette femme soit aussi attentionnée, son calme et sa douceur m'apaisent, et l'orage dans ma poitrine s'éloigne.

En faisant le trajet de retour, je me demande s'il est encore nécessaire de faire ce test qu'elle m'a vendu, mes émotions à fleur de peau reflétant très probablement le changement qui s'opère déjà à l'intérieur de moi. Mais seul un résultat tangible me permettra d'en avoir le cœur net. Je me sens toute cotonneuse et engourdie. La journée commence mal.

Bien qu'impatiente, je ne parviens pas à me décider. Il me faut plus de vingt minutes pour partir en direction des toilettes avec le sésame dans la main. Par contre, une fois de retour, la conclusion n'est pas longue à se faire connaître. En moins d'une minute, même si la barre est très faiblement colorée, elle est belle et bien visible : je suis enceinte !

Et pour la toute première fois, je ne suis pas vraiment heureuse, je ne suis pas effondrée et je peux même sentir de l'espoir qui fleurit timidement. Il est teinté de toutes mes peurs et mes appréhensions de revivre la déception, la douleur et la tristesse. Est-ce encore une fois un coup d'épée dans l'eau, ou plutôt dans mon ventre, dans mon cœur ?

Pour l'instant, j'ai envie de le garder pour moi, un secret tapi au fond de mon corps. Julien sera fou de joie, et j'ai besoin d'intégrer la nouvelle avant de lui annoncer, afin d'accueillir son enthousiasme et m'en réjouir avec lui. Mais là, maintenant, j'en serais incapable.

Au bout d'une heure à ressasser tout cela, je prends machinalement mon portable et compose le numéro de Rosa. S'il y a une personne à qui je peux en parler sans me sentir jugée, c'est bien à elle. À défaut de l'avoir en direct au bout du fil, je m'épanche sur son répondeur et raccroche en priant pour qu'elle puisse me recevoir avant samedi. Par chance, le ciel semble m'avoir entendue, car une heure après, un SMS me propose de venir la voir ce vendredi à 13h pour une séance. J'attendrai donc que Julien rentre ce weekend pour lui annoncer en face à face.

57. Sarah - Mercredi

Voici une sortie de la maison dont je me passerais bien, d'autant plus depuis cet appel de la police. Encore un mercredi que j'appréhende de traverser, comme lorsque j'étais jeune et que je redoutais les critiques de mes parents au moindre écart, aussi minime fût-il. Le rendez-vous est à 12h au collège Jean Monnet et je ne sais pas comment je vais réussir à être ponctuelle. Il est pourtant situé juste à côté de chez nous, mais je n'arrive pas à franchir la porte de notre immeuble. Ce matin, j'ai failli dire à Rémi de ne pas aller seul à l'école et à Axelle de faire très attention sur le chemin de la crèche. Mais je me suis retenue, de peur de passer pour une folle. Déjà que ma santé mentale est mise en doute ces derniers jours, ce n'est pas le moment d'en rajouter une couche.

Lorsque je me décide enfin à franchir le pas de la porte, je rase les murs et je jette des coups d'œil rapides autour de moi en permanence. Je suis à l'affut, tout en tentant de me rassurer avec une petite phrase tirée de la méthode Coué : "Tout va bien, je ne risque rien, tout va bien, je suis en sécurité". Mais c'est totalement faux et j'ai des signes bien réels et tangibles pour me le prouver. Aussi rapidement que ma jambe le permet, je traverse la première rue et longe le trottoir opposé. Chaque véhicule qui me double me fait sursauter et monter mon angoisse d'un cran. Je finis de passer le second croisement lorsque soudain, une nouvelle voiture arrive, un peu trop vite à mon gout, faisant ronfler son moteur. Sans que je ne puisse rien contrôler, mes béquilles s'entrechoquent et je me colle contre la façade d'un immeuble, la peur au ventre. L'Audi grise freine brusquement et deux hommes vêtus de noir en sortent par les portes arrière. Mon cœur s'arrête, mon sang se glace, un froid brutal me saisit toute entière. Ils arrivent dans ma direction. Je ne les connais pas, ils ont la trentaine fatiguée et un air qui n'attire absolument pas la confiance. Plus ils se rapprochent plus je me liquéfie intérieurement. Ils viennent pour moi, cela ne laisse aucun doute. Alors que le plus grand se retrouve presque à ma hauteur, je vois son regard acide plonger dans le mien avec un sourire mauvais.

Terrifiée, je me plaque davantage contre le mur pour m'éloigner d'eux au maximum. Je tremble, je halète, je suffoque. Mes jambes deviennent molles comme du chewing-gum, mes bras ne veulent pas réagir, je vacille. Leurs mains m'agrippent avant que je m'effondre sur le sol, ralentissant ma chute. Péniblement, l'un d'eux m'aide à revenir en position assise : c'est alors que je constate avec effarement qu'à mes côtés se trouvent deux hommes d'affaires très présentables au regard inquiet.

— Vous allez bien, Madame ? Voulez-vous que j'appelle les pompiers ?

La voix est grave, mais douce. Le temps de reprendre un peu mes esprits, je les remercie :

— Non, ne vous en faites pas, ce n'est qu'un petit étourdissement, j'ai perdu l'habitude de marcher depuis mon accident. Dans quelques instants, je vous assure, tout sera rentré dans l'ordre.

Lorsque mon affolement s'est dissipé, le plus jeune m'aide à me relever avec beaucoup de douceur. Son sourire et sa bienveillance me ramènent une once de sérénité et me rappellent que je suis attendue non loin de là. Je les remercie chaleureusement et reprends ma route, totalement déboussolée.

Lorsque je pénètre enfin dans l'enceinte du collège, je respire mieux, mais je rêve de pouvoir m'étendre sur mon canapé, sachant pertinemment que ce n'est pas pour tout de suite. Plusieurs parents sont présents dans la salle d'attente du directeur. Une odeur âcre flotte dans l'air : d'autres ont dû patienter avant nous dans cette espèce de couloir un peu sombre, mal décoré de tableaux premiers prix, avec des chaises au confort spartiate. Rémi me rejoint, rassuré que je sois enfin arrivée. Il n'en mène pas large, je le vois à son expression éteinte et son dos légèrement courbé. J'ai envie de le réconforter et le protéger, mais la pudeur m'en empêche. Après quelques minutes, je lui passe une main sur l'épaule, qu'il esquive presque aussitôt. Il est déjà trop grand pour ce type d'attentions en public, qui plus est devant ses copains.

Nous nous sentons obligés de nous assoir pour ne pas être nez à nez les uns avec les autres au milieu du passage, d'autant que de nouveaux parents continuent d'arriver. Se peut-il qu'ils aient organisé un rendez-vous commun ? Cela ne serait pas si étonnant, ils risquent d'avoir le même discours à tenir à beaucoup de familles étant donné le nombre d'élèves impliqués dans les messages.

À midi et quart, la porte de la salle de réunion s'ouvre et une première salve de personnes en ressort. Nous ne sommes donc pas tous reçus en même temps, mais par petits groupes. Nous sommes tout de même une dizaine d'adultes et huit enfants à entrer pour nous entasser dans un espace qui n'a pas été prévu pour autant de monde. Heureusement, il est plus lumineux que le couloir d'où nous venons. Chacun trouve une place sur les chaises disposées en deux rangées, les jeunes devant et les parents derrière. Le directeur est un grand monsieur au visage sérieux et plutôt serein. Il a de la prestance et je n'ai aucun mal à l'imaginer en train de diriger ce collège d'une main ferme et efficace. Pourtant, je perçois qu'il cherche à calmer son agitation. Une fois le silence revenu, il ouvre la séance :

— Vous savez tous pourquoi vous êtes convoqués aujourd'hui : parce qu'une jeune fille s'est retrouvée à l'hôpital, suite à des propos totalement inadaptés, formulés à son égard sur les réseaux sociaux. C'est une situation de harcèlement grave, face à laquelle notre établissement ne peut pas rester sans réagir. Même si vos enfants ne sont pas ceux qui ont été à l'origine de cette escalade, ils y ont participé et à ce titre, ils ont joué un rôle important dans ce qui s'en est suivi.

Sa voix est posée, aucune animosité malsaine ne s'en dégage. Cependant, il est assez ferme pour que personne ne veuille l'interrompre ou fasse le moindre bruit. Il laisse passer un moment de silence, regardant chaque adolescent l'un après l'autre, pour bien leur faire comprendre la situation peu envieuse dans laquelle ils se trouvent.

— À l'heure actuelle, nous ne savons pas encore si la jeune fille ou ses parents porteront plainte, mais cela semble extrêmement probable. Quoi qu'il en soit, il est de notre devoir d'agir sans attendre, d'où cette réunion, puis par des sanctions. Avant de poursuivre, est-ce que quelqu'un souhaite s'exprimer par rapport à cet incident ?

Durant de larges secondes, personne ne bouge ni ne respire, jusqu'à ce qu'un adulte prenne la parole :

— Savez-vous s'il y a eu des évènements antérieurs à celui-ci qui justifieraient ce passage à l'acte ?

Un murmure entre les élèves se fait entendre, mais lorsque le directeur les interroge, personne ne réagit.

— N'ayez pas peur de parler, nous sommes là pour échanger et vos éclairages seront les bienvenus, commente-t-il d'un ton qui se veut rassurant.

Finalement, l'un des garçons se risque :

— C'est plutôt elle qui harcelait Clément depuis longtemps.

Tous les regards se tournent vers celui que je suppose être Clément, qui baisse la tête aussitôt. Un autre camarade s'enhardit :

— C'est vrai, elle en faisait son bouc émissaire à la moindre occasion, elle n'a récolté que ce qu'elle a semé.

Là-dessus, l'un des parents lui envoie une gifle tout en lui murmurant :

— Je t'interdis de dire des choses pareilles, tu devrais avoir honte.

— Mais c'est la vérité, à chaque fois qu'elle pouvait, elle lui disait des vacheries ou lui faisait des crasses. Elle se gardait bien d'agir en présence des adultes, elle est pas bête.

— Pourquoi est-ce que personne n'est venu m'en parler si vous étiez tous au courant ?

Devant l'absence de réponse, le directeur reprend :

— De fait, je suppose que vous défendiez votre camarade dans ces moments-là ?

L'un des garçons marmonne :

— Forcément, ça va encore être de notre faute, tout ça parce que c'est une fille.

— Pardon ?

Pendant tout ce temps, Rémi est resté silencieux, je devine qu'il n'a pas envie de faire d'impair ni d'être davantage impliqué dans cette histoire.

Pourtant, il finit par prendre la parole :

— Je sais bien qu'on peut pas aimer tout le monde, mais elle détestait Clément, elle lui en faisait voir de toutes les couleurs. On soutenait notre ami, alors il n'en a jamais rien dit, il faisait le dur. Sérieux, à Ninon, on n'a jamais voulu lui faire pareil. On essayait juste de la mettre à l'écart, pour qu'elle arrête de s'en prendre à lui.

Je suis admirative de la manière dont il a exposé les faits, sans animosité. Je ne pensais pas qu'il oserait parler, et encore moins avec autant d'objectivité et de respect. Mais l'un d'eux poursuit :

— Oui, c'est elle-même qui s'est fichue dans cette situation. Et c'est nous qui trinquons pour tout ça.

— Vous semblez oublier la façon dont tout cela s'est fini, intervient le directeur.

— Ça veut dire qu'il aurait fallu que Clément tente de se foutre en l'air pour que tout ce qu'il a subi soit pris en compte ?

— Ne me faites pas dire ce que je n'ai pas dit. Simplement, il y a des faits que je ne peux pas nier. À la lumière de ce que vous me rapportez, nous réfléchirons à la possibilité d'une entrevue entre Ninon et Clément afin d'éclaircir certains points.

Je regarde Clément qui semble avoir encore rapetissé, on ne peut décemment pas ignorer que ce garçon ne va pas bien.

— Et si on le laissait s'exprimer maintenant ? lance un parent d'une façon vive et percutante. Ce sont peut-être nos enfants les victimes dans tout ça !

À ces mots, le visage de Clément se décompose ; lorsque les premiers sanglots secouent sa poitrine, il s'élance vers la porte de sortie, faisant basculer sa chaise dans un grand fracas. Sa mère le suit de près et l'agitation s'empare de la pièce. Si elle ignorait tout, elle doit être dans tous ses états. Elle l'imaginait bourreau alors qu'il était également la cible de ces jeux pervers. Je regarde Rémi, son air malheureux me fait tout autant de peine. Le directeur a quelque peu perdu sa contenance, mais après un léger flottement, il reprend la situation en main :

— S'il vous plait, un peu de silence. J'ai conscience qu'il y a encore des zones d'ombre dans toute cette histoire et nous ferons tout notre possible pour découvrir l'ensemble des tenants et aboutissants de cette triste affaire. Cependant, sans attendre, nous avons décidé que vous aurez interdiction de publier sur les réseaux sociaux durant un mois à compter d'aujourd'hui, sous peine d'être exclus du collège. Et sachez que nous veillerons à contrôler cela de près. De plus, exception faite de Clément pour nous donner le temps d'en apprendre davantage, vous aurez dix heures de retenue. Vous vous verrez assigner des tâches au sein de notre établissement pour vous inviter à réfléchir sur le respect et l'entraide, ainsi que sur le bien-vivre ensemble.

Sur ces mots, il clôture la réunion et nous libère dans un brouhaha qui laisse deviner les interrogations des uns et le mécontentement des autres.

Lorsque nous sortons de l'enceinte du collège, je suis de nouveau prise de terreur. Je fais mine de remettre correctement mes béquilles pour gagner un peu de temps et me reprendre. Il est hors de question que j'aie une seconde attaque de panique devant mon fils. Par chance, sa présence me rassure et l'angoisse retombe un peu. Semblant ignorer ce qui me traverse, Rémi se plie à mon rythme, plus lent qu'à l'accoutumée, s'abstenant de toute réflexion. Au bout de quelques mètres de silence, il ouvre tout de même la bouche :

— Le directeur a bâclé la réunion parce qu'il est pas à l'aise. Je suis sûr qu'il a peur de découvrir des trucs qui se passent dans son dos au bahut et qui lui plairaient pas.

— Il espère peut-être que les problèmes de discipline et de harcèlement n'arrivent que dans les journaux ou chez les autres, mais pas dans son école.

— Franchement, il est perché ! En plus, je vois pas comment il va réussir à vérifier qu'on poste rien sur les réseaux… Tout ça, c'est du vent.

— Je pense surtout qu'il veut que vous fassiez la part des choses entre la réalité et le monde virtuel dans lequel vous prenez trop de libertés.

— Mais Internet est bien réel, Maman, plus personne ne peut s'en passer, pas même toi.

Il marque un point. Je ne sais pas pourquoi je cherche à défendre cet homme qui décide de tout avant d'avoir l'ensemble des cartes en main. Il me serait presque sympathique alors que je ne devrais pas être de son côté, mais de celui de mon fils.

— Pourtant, tu vas devoir t'y conformer pour éviter un renvoi.

Rémi reste longtemps silencieux. Nous marchons l'un à côté de l'autre, à mon rythme.

— Clément, c'est le copain dont tu m'avais parlé une fois en allant au parc ?

— Oooh, tu t'en souviens ? Je l'aurais pas parié.

— Tu penses que je ne t'écoute pas ?

— Je crois surtout que t'es pas tellement là avec nous ces derniers temps.

— Qu'est-ce que tu racontes, je n'ai jamais été aussi présente à la maison depuis mon accident.

— Et jamais aussi bizarre.

Je me raidis, je n'avais pas prévu qu'il remette cela sur le tapis. J'essaye de dévier la discussion à mon avantage.

— Tu sais, se faire renverser peut être traumatisant, et pas seulement pour le corps.

— Et t'en as parlé au docteur ?

— C'est tout à fait normal d'avoir des peurs qui surgissent.

— Ha bon, c'est banal pour toi de voir des choses qui n'existent pas ?

Merde, qu'est-ce que je vais pouvoir lui répondre ?

— Je crois que tu es trop jeune pour comprendre tous les tenants et aboutissants d'un tel traumatisme. Je gère la situation, ne t'inquiète pas.

— Tu gères, tu gères, n'importe quoi ! C'est moi qui m'occupe de Robin quand tu délires, c'est moi qui dois prendre sur moi lorsque tu te jettes par terre sur un fantôme dans notre couloir, et encore moi qui dois oublier mes problèmes pour te laisser galérer avec les tiens.

C'est à ce moment précis que j'aimerais me rendre compte que j'ai eu une nouvelle vision, que tout ce que mon fils vient de me lancer à la figure, je l'ai inventé. J'aimerais ne pas lire dans ses yeux la pitié et l'inquiétude. Mais pour une fois, tout est bien réel et mon enfant, à demi mots, m'a traitée de folle et de mère irresponsable.

Il ne manquerait plus qu'il me rejette et ne veuille plus me voir ! Par chance, cette vision m'est épargnée, et tant mieux. J'ai le cœur qui bat à tout rompre, je transpire, mes mains sont moites et tremblantes. Je serre un peu plus fort les béquilles avec l'illusion de dissimuler mon malaise. Je suis incapable de sortir un mot. Je me concentre sur le trottoir qui défile, mon équilibre en dépend, à tout moment je risque de basculer dans un monde qui me terrifie. Jusqu'à ce que nous arrivions devant l'immeuble, Rémi respecte mon silence, il doit sentir que je ne peux rien encaisser de plus. Tout à l'heure, ça ira mieux, je ferai sans doute comme si rien ne s'était passé, comme s'il ne m'avait rien dit, même si nous saurons tous les deux qu'une ombre se terre sous le tapis en attendant son heure.

58. Axelle - Vendredi

Même si cela me fait mal de me l'avouer, j'ai vraiment besoin de ce rendez-vous avec Rosa. J'ai l'impression de perdre pied et je n'aime pas du tout ça. Il aura fallu que je sois au fond du trou pour me décider à retourner la voir. J'ai de la chance qu'elle ait pu me proposer un créneau si rapidement, cela me permettra d'aborder le weekend un peu plus sereinement. Car depuis deux jours, je tente d'occuper mon esprit et mes mains de toutes les façons qui soient. Je range, je trie, je nettoie, tout en écoutant des podcasts à longueur de journée. Mon livre me laisse trop d'opportunités de digressions mentales, aussi, je le délaisse au profit de séries télé dont j'enchaine les épisodes comme je pourrais le faire avec des tablettes de chocolat. Ne surtout pas penser à moi et à ce que je vis.

Entrer dans son cabinet m'apporte une légère détente, je suis en terrain connu dans cette pièce cosy. Je m'installe dans le fauteuil gris moelleux en face du sien et la pression remonte instantanément lorsqu'elle m'invite à parler.

Je me lance dans une longue explication, reprenant ce que j'ai déjà enregistré sur son répondeur, sur ma peur de m'attacher et de souffrir, lorsqu'elle me coupe net :

— Jusqu'à quel âge estimes-tu qu'il soit raisonnable de ne pas aimer ton enfant, juste au cas où il ne reste pas auprès de toi assez longtemps ? Trois mois de grossesse pour passer la majorité des risques de fausses couches ? Cinq mois pour écarter les cas de trisomie ? Six mois de grossesse, pour qu'il soit viable en dehors de ton ventre ? Sa naissance ? Après les dangers de mort subite du nourrisson ? Après les premiers vaccins obligatoires ? Après sa sortie des maladies infantiles ? Chaque étape de la vie apporte son lot d'insécurités que nous devons accepter parce que nous sommes vivants.

Soudain, je me sens bête. Effectivement, quel est l'âge légal qui supprime l'épée de Damoclès au-dessus du crâne d'un petit être ? Aucun.

— Je ne m'étais jamais posé la question de cette façon.

— Nous ne pouvons pas savoir pour combien de temps notre enfant sera sur terre, s'il va nous survivre ou si nous le verrons partir. Devons-nous pour cela ne pas l'aimer, ne pas le chérir, dans le simple but de ne pas avoir mal ? Ne pas s'attacher, ne pas vivre par peur d'un accident, c'est passer à côté de la beauté de la vie.

— Ne pas vouloir souffrir, c'est humain. J'aimerais tellement savoir par avance ce qui va se produire, pour éviter de prendre de mauvaises décisions, pour faire les meilleurs choix possibles.

— Le meilleur choix par rapport à quoi ? La définition du mieux et du moins bien est totalement aléatoire. Que l'existence soit remplie d'incertitudes ne doit pas t'empêcher de profiter de ce qui s'offre à toi. Et si cet enfant devait partir prématurément, tu aurais déjà eu tous ces instants avec lui. Quel que soit son temps de passage sur terre, il ne demande qu'à être aimé, à partager des instants de vie avec toi.

— C'est facile à dire, pourtant j'ai l'impression que je n'ai pas le mode d'emploi pour y arriver.

— Est-ce que tu ne t'es pas attachée à Julien, alors que vous ne saviez pas si vous alliez rester ensemble, si tu mourras avant lui ou l'inverse ? Aimer, c'est prendre le risque de souffrir.

En l'écoutant, un déclic se produit en moi, je comprends toute la tendresse que j'ai à offrir qui sommeille en moi, qui attend inutilement le bon moment. Elle a raison, c'est maintenant que je dois m'engager.

Cependant, une autre pensée s'impose dans mon esprit : la culpabilité de ne pas avoir aimé tous ces enfants en devenir que j'ai brièvement portés en moi. La première fois bien sûr, je m'étais investie corps et âme dans ma grossesse et la chute avait été si brutale et intense que pour la seconde, j'avais voulu me protéger "au cas où" comme le disait si bien Rosa. Mais la douleur n'en avait pas été absente pour autant, le vide que je ressentais en moi était tel que seul le temps avait fait son œuvre.

Et depuis chaque promesse d'enfant est pour moi comme un gage d'inquiétude et de souffrance au lieu d'être une source de bonheur.

Je suis silencieuse depuis un long moment quand Rosa me demande avec douceur :

— As-tu envie de partager tes pensées avec moi ?

— Est-ce que je mérite d'être mère si je ne sais pas les aimer inconditionnellement ?

— À chaque instant, tu fais de ton mieux avec ce que tu es. Tu n'as pas à te sentir coupable, demain, le meilleur de toi sera différent de celui d'hier et même de celui d'aujourd'hui. Nous faisons tous avec ce que nous sommes à un moment donné, et peu importe qui nous serons ou qui nous avons été.

Elle fait une pause en me regardant intensément. Elle arbore cette esquisse de sourire doux et accueillant qui me fait tant de bien, avant de reprendre :

— Si tu ne peux pas changer les choses, il est préférable d'apprendre à les accepter telles qu'elles sont.

Je suis persuadée qu'elle a raison, pourtant mon corps ne sait pas comment ouvrir cette porte. Je n'en dis rien, je vais laisser murir en moi tout cela. Mais c'est comme si elle m'avait entendu :

— Chaque jour, regarde cette situation, sans la juger, simplement comme faisant déjà partie de toi. Accueille tes émotions si elles se manifestent, sans chercher à les changer ou à les refouler. Elles font aussi partie du paysage, de ce que tu vis.

En ressortant de chez elle, je me rends compte que j'ai passé sous silence une chose importante : le doute qui a germé en moi sur mon envie réelle d'enfant. De toute façon, quelque chose me dit que je risque de revenir plus souvent dans les prochaines semaines et que l'occasion d'en parler se présentera forcément.

59. Sarah - Vendredi

Cette semaine, Axelle s'est montrée très absente par rapport aux précédentes. Elle doit commencer à en avoir marre de m'aider. Pas une seule fois elle n'est venue manger avec moi, bien que je lui aie proposé. Elle emmène Robin le matin, me le ramène le soir, mais elle est beaucoup moins avenante. Ça me fait un peu mal de l'admettre, mais sa spontanéité joyeuse me manque. Je n'ai pas été cool la semaine dernière, ce ne serait pas étonnant qu'elle me fasse la gueule. Je suis consciente de devoir faire des efforts et mettre en sourdine mon sale caractère mais c'est plus fort que moi. Je guette le moment où elle reviendra chez elle pour aller la voir à l'improviste et tenter de faire la paix. Il ne me reste qu'à trouver une excuse.

Vers 14h, j'entends la porte de son appartement se refermer. Pour ne pas donner l'impression que je l'épie, je laisse passer une petite heure puis je monte sonner chez elle.
Lorsqu'elle m'ouvre, elle a une mine étonnée et je sens que je ne suis pas particulièrement la bienvenue même si elle n'en dit rien.
— Je te dérange ? Je voulais juste te demander ton avis sur un sujet, cela ne sera pas long.
Elle hésite, mais me laisse enter. Je marque un arrêt en voyant l'état de l'appartement. Plus rien ne traine dans la pièce.
— Tu prévois de déménager ? Tu as fait du vide depuis la dernière fois que je suis passée.
— Non, j'ai juste fait du tri et du rangement.
Vu le ton de sa réponse, elle n'a pas l'air de comprendre que je lui faisais un compliment, mais je fais mine de ne rien avoir

remarqué. En allant m'assoir sur le canapé, je découvre une jolie plante verte sur la rambarde de la fenêtre. Sans doute une nouvelle conquête de Julien, qu'il arborera fièrement dans son prochain album photo, me dis-je en souriant de cette passion pour l'exotisme.

— Elle aurait pas un peu soif ta plante ? dis-je en la pointant du doigt ?

Merde, elle me fusille du regard : j'aurais mieux fait de me la fermer une fois de plus. Pourtant, je pensais bien faire en la prévenant.

— C'est pour me parler de ça que tu es là ? J'ai pas mal de choses à finir avant d'aller chercher ton fils à la crèche, alors si ça ne te dérange pas d'en venir au fait, ça m'arrangerait.

Je n'en reviens pas, où est passée l'ancienne Axelle, docile et aimable ?

— Excuse-moi, excuse-moi.

Après une courte pause, je me risque :

— Ça n'a pas l'air d'aller très fort.

— Non, ça va très bien, je suis juste fatiguée. Qu'est-ce que tu voulais ?

Je serais curieuse de découvrir ce qui l'épuise autant dans sa vie, mais si j'insiste, elle finira par m'envoyer chercher Robin moi-même.

— Sais-tu depuis combien de temps Alice travaille à la crèche ?

— Aucune idée, ce n'est pas elle que je croise le plus fréquemment. Pourquoi ?

— Elle est assez… particulière. Je me demande quelle influence elle a sur les enfants. En tout cas, elle ne m'a pas fait bonne impression lors de mon rendez-vous.

— C'était la première fois que tu la rencontrais ?

Sa question me trouble, elle ressemble plus à un étonnement qu'une interrogation.

— Heu, oui…

— Pourtant, elle semblait te connaitre, d'ailleurs elle ne t'avait pas appelée une fois ?

D'où elle sort ça ? Est-ce que Rémi lui en a parlé ?

Soudain, des coups légers résonnent dans l'entrée.

— Excuse-moi, me dit-elle en se levant d'un bond.

— Désolée, je vais te laisser si tu as du monde.

Mais lorsqu'elle ouvre la porte, je découvre mon fils qui parait encore plus surpris que moi.

— Maman ? Qu'est-ce que tu fais là ?

— Et toi ? Tu as déjà fini les cours ?

— La prof de français est absente cet après-midi. Ils ont envoyé un message sur l'appli du collège pour avertir.

— Ah oui, c'est vrai, j'avais oublié.

Je ne l'ai pas vu, mais ne vais pas m'abaisser à l'avouer. Depuis mon accident, je ne m'y suis pas beaucoup connectée.

— Pourquoi est-ce que tu viens déranger Axelle au lieu de rentrer directement à la maison ?

Rémi semble gêné et ne répond pas alors j'enchaine :

— Ben quoi, t'as encore oublié tes clés et tu voulais emprunter les siennes ?

— Heu ouais.

— Bon, allez, j'allais partir de toute façon. À tout à l'heure, Axelle. Allez, on y va.

Alors que mes béquilles me ralentissent, j'ai l'impression qu'il traine dans les escaliers. J'aimerais parfois être dans sa tête pour connaitre ses pensées. Il semble très à l'aise avec Axelle, que peuvent-ils bien se raconter ? Pourvu qu'il ne soit pas allé lui parler de mes histoires de visions... Si ça se trouve, c'est pour ça qu'elle est plus distante avec moi. En tout cas, ma tentative de réconciliation n'aura pas porté ses fruits, cela n'a fait que l'énerver davantage. Je suis déçue, mais ce n'est que partie remise.

60. Axelle - Vendredi

Une fois de plus, Julien rentre tard ce vendredi soir. Même s'il m'a prévenue, je suis déçue ; j'aurais préféré que nous prenions le temps de manger tranquillement ensemble avant de lui annoncer les dernières nouvelles. Je veux être certaine de sa disponibilité et nous sentir complices pour basculer dans cette nouvelle tranche de vie parsemée d'espoir.

Il est 22h40 lorsqu'il franchit le pas de la porte. Il m'embrasse plus amoureusement que d'habitude : aurait-il un sixième sens qui lui aurait fait deviner ce dont j'avais besoin aujourd'hui ?

Il a l'air plus joyeux que les autres fois et cela me rassure quant à la perspective de notre discussion à venir. Il dépose ses affaires, respire le Hoya bella que j'ai rentré après la remarque laconique de Sarah et quelques minutes après, il se dirige vers la salle de bain pour prendre une douche. Vu l'heure tardive, je lui en parlerai demain matin. Sinon, nous risquons de veiller jusqu'à point d'heure et je suis déjà épuisée.

Au bout d'un long moment, il finit par se glisser contre moi dans le lit. Je le sens tout frétillant et cela me redonne un peu d'espoir en l'avenir. Sa présence a toujours eu un effet rassurant et apaisant sur moi, j'ai l'impression qu'il saura, malgré l'obscurité, me guider vers le futur. Il m'enlace et je le laisse faire. J'aime qu'il vienne éveiller doucement mes envies avec ses doigts, puis avec sa langue. Je sens son souffle dans ma nuque, son torse dans mon dos et son sexe contre mes fesses qui commence à témoigner de l'augmentation de son désir. Je frémis, ma respiration se fait plus forte. Ses mains passent de mes bras à mes hanches, puis remontent le long de mon ventre jusqu'à ma poitrine qu'il prend plaisir à caresser. Tout en me tirant délicatement l'épaule pour que je me retourne vers lui, il murmure :

— Axelle ?

Sa voix est douce, mais m'extrait du cocon sensuel dans lequel je me laissais bercer. Je le regarde et lui découvre un air trop sérieux.

— Mmm ? Qu'est-ce qu'il y a ?

— Ce n'est pas pour t'inquiéter, mais je trouve que ton sein gauche est plus dur que d'habitude, là.

Il le touche délicatement et je constate que c'est un peu sensible sous ses doigts.

— Ça fait comme une bosse.

Je pense aussitôt à ce que tout le monde redoute, mais qui n'arrive qu'aux autres, jusqu'à ce qu'un jour… Je frissonne, ma gorge se noue et j'ai soudain très froid. La peur me traverse comme un courant d'air dans un couloir étroit, cinglante et glaciale. Je glisse ma main le long de son bras et je pose doucement le bout de mes doigts à l'endroit où les siens viennent de se décoller. Au premier toucher, je me mets instantanément à trembler : effectivement, c'est un peu dur et bombé. Ma deuxième main va sur le sein opposé, espérant y trouver le même aspect et être rassurée : ce n'est peut-être que la glande mammaire qui est gonflée avec le début de ma grossesse ? Mais non, l'autre n'a rien de semblable : je me liquéfie de l'intérieur. Est-ce possible que cela m'arrive, à moi ? Qu'ai-je donc pu faire ou ne pas faire pour que cela me tombe dessus ? Je repense aussitôt à ma grand-mère, décédée d'un cancer du sein à soixante-et-onze ans. Mais moi, je n'en ai que trente-trois ans !

Il est beaucoup trop tôt, je ne peux pas mourir ! Et juste au moment où je suis à nouveau enceinte !

Julien, sentant probablement la peur m'envahir, me caresse la joue :

— Ce n'est peut-être rien du tout ma chérie.

Je le regarde et mes yeux s'embuent, c'est beaucoup trop d'émotions pour mes hormones déjà bien affolées. Julien me serre dans ses bras et me murmure doucement des mots qui se veulent rassurants. Mais à cet instant, rien ne m'apaise. Mon monde intérieur s'effondre sous un abondant torrent d'eau brulante.

61. Sarah - Vendredi

Après ma brouille avec Rémi cette semaine et mon altercation avec Axelle cet après-midi, c'est Robin qui arrive en scène. À peine le diner fini, le voilà qui se met à vomir en plein milieu du salon. Le pauvre est bien mal en point et mon unique pensée se résume à une galère de plus qui me tombe dessus ! Et cette fois, ce n'est pas Axelle qui va venir nettoyer.

Robin éclate en sanglots et j'ai juste envie de faire de même, tellement je suis dépassée par les évènements de ces derniers jours, je suis à bout de souffle. Je voudrais fuir mes responsabilités et me couper du monde et de ses contraintes, de ces poids qui m'empêchent de me sentir bien et de vivre ma vie de femme pleinement.

Pourtant, un éclair de lucidité ou plutôt un élan d'amour me transporte vers lui pour le prendre dans mes bras et le consoler. Je serre ma joue contre ses cheveux et lui murmure à l'oreille que ce n'est pas grave, que cela peut arriver à n'importe qui d'être malade. À cet instant, je perçois combien il est bon et doux de me sentir une mère responsable et aimante. J'en savoure la sensation, j'ai l'impression de la redécouvrir.

— Oh, Maman, réagis ! Viens t'occuper de Robin là !

Je le regarde avec de grands yeux sans comprendre ce qui m'arrive. Il est devant moi en train de réconforter Robin alors que je le faisais à l'instant ! Tout du moins, je le croyais. Mon imagination m'a de nouveau joué un tour : j'ai pensé agir mais je suis restée paralysée, incapable d'aller aider mon fils. Et même si ce soir les images étaient positives, je demeure une folle qui fuit la réalité et ses responsabilités.

Je laisse mes réflexions de côté et je serre Robin contre moi pour le réconforter avant d'aller le nettoyer et le changer. Je n'en suis pas moins démunie et abattue face à ces manifestations intérieures sur lesquelles je n'ai aucun contrôle et qui pourrissent mon existence.

Trente minutes plus tard, Robin est couché, le sol est propre et toute trace du diner a disparu. Alors que je remercie Rémi d'avoir débarrassé la table, les pleurs de Robin résonnent dans le couloir. Nouveau soupir. En arrivant en boitant dans la chambre, je constate que Robin a encore vomi, et cette fois, c'est son lit que je dois nettoyer. Comment font les autres mamans célibataires pour s'en sortir, pour ne pas craquer, pour donner en permanence cette image que tout va bien et que tout est facile ? Je ne suis vraiment pas faite pour ça. Je ferme les yeux, inspire profondément, puis expire très lentement. Je demande à Robin de m'attendre dans la salle de bain pendant que je change ses draps. Vivement que je retrouve mon lit.

Une fois que tout est à nouveau rentré dans l'ordre, je m'enfile sous ma couette, à bout de forces, dans l'espoir de trouver quelques heures de répit. Les images de Rémi lorsqu'il était petit ressurgissent et je m'enfonce dans les abysses de cette période sombre treize ans plus tôt. Bébé, il devait déjà être très sensible à ce que je vivais et ses deux premières années furent chaotiques. Ses siestes duraient à peine trente minutes, il dormait mal la nuit et me privait de tout repos. Mes weekends étaient pires que mes semaines, car les bancs de la fac me donnaient la possibilité de souffler pendant les intercours ; Rémi, lui ne me laissait pas cette chance. J'étais une mère brouillonne et débordée, il était un enfant agité et constamment en demande. C'était un cercle vicieux qui me tirait inexorablement vers le bas. Combien de fois ai-je eu envie de le secouer pour qu'il reprenne raison ou de le jeter par la fenêtre afin qu'il arrête enfin de pleurer lorsque je ne rêvais que d'une chose, qu'il s'endorme… Mais par chance, dans ces moments-là, quelque chose me faisait basculer en mode automatique, déconnectait mon cerveau pour m'empêcher de réfléchir, pour ne pas devenir folle, pour m'extraire de ce calvaire et attendre que cela passe. Je n'ai jamais franchi la ligne rouge et, avec du recul, je me demande souvent comment j'ai réussi cet exploit. Je n'ai pas été une mère parfaite ; l'amour et la tendresse avaient difficilement leur place dans ces instants et je suis persuadée que Rémi en a beaucoup souffert. Mais il m'était impossible de faire autrement sans exploser en plein vol. Je me rassure en me disant que je n'ai jamais levé la main sur eux et que j'ai toujours tenté d'agir au mieux.

62. Axelle - Samedi

La nuit fut très agitée, me privant d'un sommeil réparateur. Ne tenant plus dans le lit à côté de Julien qui dort profondément, je finis par me lever, en même temps que le soleil, pour me blottir sur le canapé du salon. Telle une automate, je prends entre mes mains mon roman et l'ouvre là où j'avais abandonné les personnages.

Mon regard traverse le vide, transperce les pages du livre, le plancher, l'immeuble, sans que rien ne vienne le retenir. Je suis ici sans être nulle part. Je flotte, j'erre dans un univers inconnu, sans bruit, sans odeur, sans émotion, sans histoire. Je suis un fantôme au milieu d'un monde qui n'existe plus vraiment. Je me sens étrangère à moi-même, à ce corps qui n'est pas celui que je pensais, je suis peut-être vivante, mais une part de moi a disparu durant la nuit, en une fraction de seconde, en un effleurement innocent.

Au loin, j'entends la cloche de l'église qui scande lentement le passage du temps, l'arrivée de l'aube, d'un nouveau jour et je projette le moment où ce sera la dernière fois, mon dernier lever de soleil, mon dernier matin, mon dernier souffle. Avec effarement, je me rends compte que je suis mortelle, que je vais disparaitre pour de vrai, bientôt probablement. Comme si j'avais vécu jusqu'à maintenant en pensant que l'éternité était devant moi, insouciante et généreuse. La vie ne m'a jamais semblé aussi fragile qu'en cet instant.

Le dernier son qui m'arrive du clocher me ramène à mon appartement ; je réalise que depuis mon lever, je n'ai même pas calculé le Hoya bella. Comme quoi, par moment, il suffit d'avoir des problèmes plus graves pour oublier les petits détails à la con qui pourrissent l'existence sans raison. Juste ça…

À 10h, lorsque Julien se lève enfin, j'ai l'impression qu'une journée entière s'est étirée, poisseuse et morne, dans la grisaille extérieure. Son premier regard me ramène instantanément à mon sein.

Alors que d'ordinaire je suis celle qui se plie en quatre pour lui faire plaisir au saut du lit, ce matin, je le découvre doux et attentionné. C'en est presque gênant, je n'ai pas envie qu'il me prenne en pitié, même si je suis heureuse qu'il soit là.

Il prépare un petit déjeuner qu'il apporte dans le salon. Je n'ai pas faim, mais je me force pour ne pas le décevoir. Parfois, il s'arrête de mâcher pour me regarder, il me sourit ou me remet une mèche de cheveux derrière l'oreille, et croque à nouveau dans sa tartine. Il est mal à l'aise, il ne sait pas de quoi parler et le silence s'étire entre chacun de nos échanges. Je regrette presque que nous ne soyons pas l'un de ces couples qui allument la radio ou la musique au saut du lit.

Après avoir débarrassé, il veut absolument que nous sortions marcher un peu, pour nous aérer la tête.

— Vu que tu ne peux pas joindre ta gynéco avant lundi, autant ne pas rester enfermée à ruminer. Tes idées sombres prendront l'air et le soleil.

Mais je n'en ai pas du tout envie, et encore moins l'énergie.

— J'ai mal dormi et je ne suis pas habillée.

— Allez, ça te fera du bien.

Ce n'est pas fréquent que je dise non à ses propositions, pourtant ce matin, c'est comme si j'avais tous les droits.

Alors qu'il continue à parlementer et à tenter de me diriger vers la chambre pour que je me prépare, un SMS retentit sur son portable et me donne une excuse pour m'arrêter en chemin. Il ouvre le message et son visage affiche une expression ambigüe, à la fois triste et joyeuse.

— J'allais presque oublier avec tout ça...
— Oublier quoi ?

Lorsqu'il tourne son regard vers moi, ses yeux brillent et quelque chose au fond de moi me dit que cela ne va pas me plaire.

— Avec les évènements d'hier soir, je n'ai pas pris le temps de t'en parler...

Il fait une petite pause, se gratte la tête et poursuit :

— Dernièrement, j'ai reçu un appel complètement inattendu. Une... une jeune fille de seize ans qui affirme que je suis son père ! Tu te rends compte ? J'apprends que j'ai un enfant depuis tout ce temps, et je ne le savais même pas ! C'est tellement incroyable !

Je reste muette : cela fait écho à la vie qui grandit en moi et dont je ne lui ai toujours pas parlé et cela me glace. Ce n'est pas le bon moment pour aborder le sujet. Il poursuit :

— Elle est justement de passage aujourd'hui sur Lyon et elle m'avait demandé si l'on pouvait se voir ce midi. Si j'avais pu imaginer, j'aurais essayé de décaler, mais tu comprends... je ne peux pas me défausser à la dernière minute... Et puis...

Il ne finit pas sa phrase. De toute façon, je sais ce qu'il aurait dit : il a tellement voulu être père, alors découvrir que son rêve est une réalité devient plus fort que tout. Mon sein et moi, on est relégué au second plan.

Je marmonne pour moi-même :

— Comme par hasard, il fallait que ça tombe ce weekend !

— Je suis désolé Axelle, je ne pouvais pas prévoir, dit-il en baissant la tête et en passant la main dans ses cheveux.

Sans un mot, je rentre dans la chambre et, mécaniquement, j'enlève ma chemise de nuit pour enfiler des vêtements : j'étouffe ici et je pense finalement que sortir me fera du bien. Julien me regarde, incapable de décider ce qu'il doit dire ou faire.

Je traverse le couloir, attrape mes baskets, une petite veste et j'ouvre la porte de l'appartement. Julien m'emboite le pas et quelques secondes plus tard, l'air frais nous accueille hors de l'immeuble. Mais je suis tout aussi mal à l'air libre et chacune des questions qu'il me pose m'atteint comme une gifle qu'il ne m'a jamais donnée. Mes joues sont en feu, mon cœur bat trop vite sans avoir même commencé à accélérer. J'ai envie de crier, de courir, de frapper et je ne fais que marcher tristement vers un but inconnu qui me ramènera forcément à mon point de départ : une gamine de seize ans qui tente, sans même le savoir, de me voler mes rêves et mon homme.

L'aller-retour au parc de Gerland m'a semblé interminable et je suis soulagée quand Julien se rend compte qu'il est temps de revenir à l'appartement s'il ne veut pas être en retard.

Mais cette fois, alors qu'il est presque l'heure qu'il s'en aille, je ne peux m'empêcher de lui lancer une pique :

— T'es jamais là pendant la semaine, et en plus, lorsque j'ai vraiment besoin de toi, tu trouves encore le moyen de fuir…

— T'es injuste avec moi, je fais tout ce que je peux, mais…

Je ne lui laisse pas le temps de continuer et je lui crie :

— Arrête, j'veux plus t'entendre !

Dans le même souffle, je m'élance dans le couloir et m'enferme dans la salle de bain, claquant la porte avec toute l'agressivité qui m'habite ; qu'il parte ! Lorsque la violence du choc ne résonne plus dans ma poitrine, un silence oppressant s'abat sur moi. Cette petite pièce dont j'espérais faire mon refuge n'est qu'une prison de plus. Il frappe doucement contre la cloison :

— Axelle...

— ...

— Axelle, tu sais bien que c'est très important pour moi. Je t'aime de tout mon cœur et dans quelques heures, je serai de retour et promis, je resterai avec toi jusqu'à lundi.

Il fait une pause, comme s'il réfléchissait. S'il pouvait changer d'avis et ne pas y aller, qu'est-ce que je serais soulagée ! J'espère silencieusement que mon coup de sang et ma détresse lui feront prendre la bonne décision.

— Axelle, ouvre cette porte, laisse-moi t'embrasser avant de sortir.

Je ne bouge pas, je le hais. Je ne compte pas pour lui, pas assez.

— J'ai besoin que tu sois là.

— Je le sais et je veux être à tes côtés et te soutenir, mais tu dois aussi comprendre que c'est essentiel pour moi d'aller la rencontrer, de la connaitre.

Je capitule, découragée, et à court d'arguments je ne parviendrai pas à le faire fléchir.

— Ma chérie, je t'aime.

— ...

Va au diable...

Quelques minutes plus tard, j'entends ses pas lents s'éloigner. La porte de l'appartement claque, puis le silence s'installe, lourd, triste et implacable. Et le flot de mes larmes m'envahit, pour la seconde fois du weekend.

63. Sarah - Samedi

Je suis réellement inquiète pour Axelle. Elle n'était pas dans son état normal hier. Je ne l'avais jamais vue manifester aucune colère ou méchanceté, et là, c'était un mélange explosif qu'elle m'a agité sous le nez, prêt à tout détruire. Il faudrait peut-être que j'envoie Rémi pour lui parler, car bien que je n'apprécie pas outre mesure leur complicité, je suis sure qu'elle l'accueillerait beaucoup plus facilement que moi et peut-être même qu'elle se confierait à lui.

Alors que je suis au beau milieu de ces réflexions, un bruit sourd retentit dans l'immeuble, on dirait que cela vient de chez Axelle. Un éclat de voix, une porte qui claque, des coups qui résonnent jusque dans les murs de mon appartement. Aurait-elle perdu la tête ? Il s'est peut-être passé quelque chose entre eux cette semaine qui expliquerait son humeur maussade des derniers jours et tout ce vacarme. Le calme revient pendant quelques minutes avant que je n'entende frapper et crier mon nom sur le palier. Inquiète, je me lève d'un bond pour ouvrir et découvre Axelle, les cheveux en bataille, les yeux remplis de colère et de haine.

— Axelle ? Qu'est-ce qui ne va pas ?

Son regard est glacial, tout autant que sa voix :

— J'en ai marre de toi, d'être ta bonne, tu me pourris la vie avec ton sale caractère de merde et tes gosses dont tu ne sais pas t'occuper, je rêve de ne jamais t'avoir rencontrée !

Je reste hébétée, je n'en reviens pas qu'elle m'agresse de cette façon. Après une seconde de silence, elle reprend, encore plus virulente :

— Je ne veux plus te voir, tu m'entends ?

Sur ces mots, elle sort de son dos un couteau de cuisine et le pointe vers moi. Au cas où je n'aie pas compris ce qu'elle me disait, elle s'avance d'un pas et hurle avec férocité :

— DISPARAIS !

Au moment où son arme se rapproche dangereusement de moi, je parviens à attraper son avant-bras, évitant le pire de justesse. Mais elle se débat telle une bête sauvage et la lame folle danse entre nous deux, avant de s'enfoncer dans son ventre sans que je n'aie rien vu venir. Je me fige, épouvantée, alors que du sang commence à colorer son teeshirt blanc. Je porte mes mains à ma bouche, je suffoque. Non, ce n'est pas possible, cela n'a pas pu arriver, ce n'est pas la réalité ! Un cri reste bloqué dans ma gorge et je secoue ma tête, je dois me calmer, je dois respirer. Axelle fixe sa blessure, sans rien dire, sans faire le moindre geste. "NON"… Dans mon esprit, ce mot résonne en boucle. "NON"… Cela n'a pas pu se produire !

La porte de la chambre de Rémi claque brusquement : je me retourne en sursaut et l'instant d'après Axelle a disparu ! Je reste pétrifiée, tout cela m'a semblé tellement réel. Mais c'était une fois de plus le seul fruit de mon imagination ! Lorsque Rémi arrive derrière moi, je tente de respirer le plus calmement possible pour ne rien laisser paraitre.

— T'as entendu Maman ?

Je parviens tout juste à souffler un oui. Mon cœur bat à mille à l'heure, j'ai la bouche pâteuse et les mains qui tremblent. Ce n'est pas Axelle qui a disparu de mon champ de vision, c'est un palier vide qui s'impose à moi, dans toute sa réalité et sa froideur inanimée. Malgré un certain soulagement, je reste sous le choc et pendant que Rémi me parle, je tente de faire revenir de l'air dans mes poumons, tout comme je boirais un grand verre d'eau fraiche après une longue randonnée en plein soleil. Je dois réintégrer le réel, coute que coute.

— T'es venue à la porte pour écouter ce qui se passe en haut ? Toi aussi t'es inquiète pour Axelle ? Ça lui ressemble pas du tout.

Rémi a forcément remarqué que je ne suis pas dans mon état normal. Pour détourner son attention, après avoir pris ma première gorgée d'oxygène, je lui confie :

— Axelle était particulièrement agitée et nerveuse hier. Je ne l'avais jamais connue ainsi. Alors tout ce bruit ce matin, ça ne me rassure pas du tout.

Rémi a l'air véritablement préoccupé et inquiet pour elle, et je mesure davantage combien ils sont proches. Je profite de l'occasion pour tenter mon coup :

— Peut-être pourrais-tu passer la voir pour vérifier que tout va bien ?

— Non, mais Maman, reviens sur terre ; je vais pas me pointer chez eux là maintenant et me retrouver au milieu de leur engueulade. Et puis, pour dire quoi ? On a entendu du bruit, du coup on est monté participer à la fête ?

— Pas forcément tout de suite, mais peut-être dans un petit moment, avec un faux prétexte.

— Maman, ils sont grands. Tu voudrais, toi, qu'elle vienne frapper à la porte quand tu nous cries dessus ? Bon, alors laisse-les un peu vivre.

Une nouvelle fois, mon fils a raison, nous n'avons pas à intervenir dans leur vie, même si je meurs d'envie de savoir ce qui se passe chez ma voisine.

Je retourne m'enfoncer dans mon canapé, plus désorientée que jamais. Vais-je un jour en avoir fini avec ces hallucinations à la con ? J'entends Axelle qui me murmure : "Cela doit forcément avoir quelque chose à t'apprendre sur toi". Qu'est-ce que ces visions violentes pourraient bien m'enseigner ? Même si une petite voix intérieure me lance qu'elle n'a peut-être pas tort, je suis totalement incapable de répondre. Je ne sais pas par où prendre ces questions existentielles. Je n'ai jamais appris à faire ça. Qu'est-ce qui ne va pas bien chez moi ? Je commence à être réellement inquiète, suis-je en train de perdre la tête pour de bon ?

Cela ne peut plus durer, il va falloir que je trouve quelqu'un à qui en parler sérieusement. Mais à qui ? Tous les médecins vont me prendre pour une folle. Axelle saurait peut-être me conseiller, mais quelle honte j'aurais. Je préfère m'abstenir.

Par chance Robin débarque devant moi, un livre à la main et un grand sourire : je vais oublier mes déboires en lui racontant des histoires.

64. Axelle - Samedi

Depuis qu'il est sorti, je n'arrive rien à faire. Je végète sur le carrelage de ma salle de bain, incapable du moindre effort, je n'ai aucune envie, aucune volonté. Pourtant, au bout d'une éternité, je finis par me relever, j'ai mal partout d'être restée assise sur le sol dur et froid. Je passe dans la chambre et m'étale sur le lit. Comment est-ce possible que tout me tombe dessus en même temps ? La vie s'acharne sur moi et m'assène coup après coup. Et quand je me dis que je suis au fond du trou, je m'aperçois que ma descente aux enfers continue, comme si cette merde d'hier soir ne suffisait pas.

Au milieu de ce chaos, je repense à cette petite vie qui s'est fait une place en moi et les larmes reviennent, plus puissantes. Il ne manquerait plus que, cette fois-ci, elle s'accroche pour de bon dans mon utérus, le timing serait on ne peut plus foireux ! J'aimerais m'endormir et ne jamais me réveiller.

65. Sarah - Samedi

— Maman ?

Rémi s'approche alors que je viens à l'instant de terminer la lecture d'un conte à Robin. Je le soupçonne de nous avoir écoutés de loin pour attendre le bon moment.

— Tout à l'heure, j'ai vu Julien partir avec un petit sac sur le dos, tu crois qu'ils se sont fâchés pour de bon ?

J'avais raison, ils se sont brouillés, je comprends mieux pourquoi elle était aussi réactive cette semaine. Je me tourne vers Robin :

— Tu vas nous chercher un autre livre ?

Avec un large sourire, il saute aussitôt du canapé et trottine jusqu'à sa chambre. Qu'est-ce que j'aime voir son entrain joyeux. Quel dommage que nous perdions cela en grandissant. Je reviens sur le sujet qui intéresse Rémi :

— Non, ne t'inquiète pas, ça arrive souvent dans les couples, on se fâche et le jour d'après, on se réconcilie et ça repart. Ça fait longtemps qu'ils sont ensemble, je suis persuadée qu'ils surmonteront cela.

La semaine dernière, j'y aurais cru dur comme fer. Aujourd'hui, je n'en suis plus si certaine, j'ai surtout envie de le rassurer.

— Alors pourquoi toi, avec nos papas, t'as pas réussi ?

Et dire que c'est moi qui lui ai tendu la perche, quelle idiote ! Je n'ai rien vu venir !

— C'est totalement différent, mes relations étaient beaucoup moins stables et longues que celle d'Axelle.

Rémi fait la moue, mais ne revient pas à la charge, sans doute grâce au retour de Robin avec deux nouveaux livres dans les bras et un sourire jusqu'aux oreilles. Je lui suggère à nouveau :

— Tu pourrais passer la voir dans l'après-midi !

Il ne répond pas et je n'arrive pas à savoir si c'est parce qu'il projette d'y aller ou parce qu'il trouve ma proposition toujours aussi déplacée. Après un haussement d'épaules, il retourne dans sa chambre pour continuer ses devoirs.

Quant à moi, j'ouvre le premier livre que me tend Robin, trop heureux que sa maman prenne du temps pour s'occuper de lui. Alors qu'il se serre contre moi pour écouter les premières phrases de l'histoire, je ressens tout l'amour inconditionnel qu'il a pour moi, cette boule de tendresse qui n'attend que quelques instants de disponibilité pour s'épanouir. J'ai l'impression de le percevoir pour la première fois. Pourtant, ce n'est pas possible que je ne m'en sois jamais rendu compte avant, l'aurais-je simplement oublié, mis de côté derrière toutes les obligations que mon travail m'impose ?

En même temps que sa présence me réchauffe le cœur, je devine une pointe de tristesse, comme si, depuis des années, j'étais passée à côté de quelque chose d'essentiel.

66. Axelle - Samedi

À 14h, je réussis à m'extraire de mon lit. Je n'ai pas faim, pourtant, j'ouvre le frigo et pioche dans un reste d'hier. Des pâtes au fromage et aux légumes. C'est froid et un peu compact, mais je le mange debout, presque mécaniquement, pour me remplir l'estomac. J'en suis à la moitié du plat quand on frappe à la porte. Je devine qu'il s'agit de Sarah qui vient faire sa curieuse. Je m'approche de l'entrée et regarde à travers l'œilleton sans faire de bruit. Rémi ?! Que veut-il ? En plus, je dois avoir une tête affreuse, ce que le miroir de la penderie me confirme aussitôt.

Une petite voix se fait entendre :

— Axelle ? Tu es là ?

Je ne sais pas quoi faire. Je n'ai envie de parler à personne et encore moins qu'on me voie dans cet état. En même temps, ma tendresse pour Rémi me fait culpabiliser de le laisser sur le pas de la porte en l'ignorant. Alors, à petits pas, je recule dans le couloir et je crie :

— Une minute, j'arrive.

Je passe dans la salle de bain pour poudrer un peu mes cernes, une tentative illusoire d'effacer mon air de monstre globuleux, et je vais lui ouvrir.

Lorsque je découvre son visage désolé, je comprends que je n'ai pas réussi à masquer les valises sous mes yeux, celles dans lesquelles j'ai accumulé tout mon chagrin du matin.

— Bonjour Axelle. J'avais besoin de savoir comment tu allais, je m'inquiète pour toi depuis ce matin.

Il n'a même pas cherché une excuse pour venir me voir, cela lui ressemble tout à fait de jouer franc jeu, sans passer par les artifices des conventions sociales.

Je le regarde sans trouver quoi lui répondre.

— Je suis désolé, impossible de ne rien entendre avec l'isolation de nos apparts. J'ai pensé que tu avais peut-être besoin de compagnie.

Il est si naturel qu'il en est touchant. Je l'invite à rentrer et lui propose une tisane. Celle à la menthe, sa préférée.

Une fois nos deux tasses remplies, il prend place à côté de moi sur le canapé et le silence s'installe. Je ne sais pas quoi lui dire et je pense qu'il ne veut pas se montrer trop insistant. Je finis par lui demander :

— Comment s'est passé ton rendez-vous à l'école mercredi ?

— Bof, pas très bien. On était convoqué avec les autres de ma classe et le directeur a fait semblant de nous écouter. En plus, mon copain qui s'en prend tout le temps plein la tête, il est pas revenu en cours depuis. Il avait pas besoin de ça.

— Pourquoi, il s'est fait renvoyer ?

— Nan, sa mère a appris ce qui se passait et je pense qu'elle veut le protéger. Mais c'est mon pote, je m'inquiète pour lui.

— Donc si je comprends bien, c'était une façon de le défendre lorsque tu as surenchéri sur ce post ?

— Un peu ouais, mais je peux te dire que ma mère, elle le voit pas du tout comme ça.

Ça me fait du bien de penser à autre chose. J'ai envie de lui poser encore plein de questions, juste pour retarder le moment où il reviendra inévitablement sur le sujet qui me concerne.

— Tu lui as dit ?

— De toute façon, elle comprend ce qu'elle veut ; et avec sa vision de Ninon s'ouvrant les veines dans notre couloir, ça n'a rien arrangé.

— C'est sûr que ça ne doit pas être facile à appréhender comme situation pour ta mère. Et cette Ninon, elle est revenue à l'école ?

— Ouai, mais seulement une journée avant d'être à nouveau absente.

Je le regarde et je devine son émotion. Ça ne doit pas être évident à traverser pour un ado.

— Et comment tu vis tout ça, en dehors de ce qu'en pense Sarah ?

— Pas bien.

En le disant, sa voix s'étrangle. Je pose ma main sur son épaule, pour l'accompagner. Faiblement, il me lance :

— C'est quand même trop nul : je descends parce que tu vas pas bien et c'est moi qui vrille !

— Si tu veux, on peut pleurer ensemble, dis-je doucement en plaisantant.

Il relève la tête en souriant, plein de complicité : j'ai réussi à le tirer un peu vers le haut et il n'y a pas qu'à lui que cela fait du bien. Alors qu'il me fixe intensément depuis quelques secondes, il me demande :

— Est-ce qu'il va revenir Julien ?

Sa question me fait sourire : les adolescents pensent tout de suite au pire ; pour eux, c'est tout blanc ou tout noir, rarement entre les deux.

— Oui bien sûr qu'il va revenir, il est seulement allé faire un tour. Tu vois, les grands, on est un peu comme vous les enfants, parfois on se fâche, mais on se réconcilie aussi.

Le bras de Rémi glisse sur mes épaules, et en me regardant à nouveau droit dans les yeux, il me murmure :

— Tu sais que si tu as besoin, je serai toujours là pour toi.

Un trouble m'envahit. Pour la première fois, j'ai l'impression que son geste n'est pas innocent, que ce n'est pas celui d'un petit garçon, mais plutôt d'un jeune homme dont les sentiments fleurissent et évoluent. Comment réagir ? Je ne peux pas le laisser s'engager dans cette voie avec moi, mais je ne veux pas non plus le blesser. Je cherche mes mots avant de me lancer :

— Merci Rémi, cela me touche énormément. Les relations de couple ne sont pas simples, tu le découvriras bientôt avec les filles que tu rencontreras.

Je prends sa main et retire délicatement son bras tout en continuant :

— En tout cas, sache que ton amitié m'est très précieuse et que je souhaite vraiment qu'elle dure très longtemps.

Je ne suis pas totalement sure qu'il ait compris le message, mais pour aujourd'hui, je ne vais pas aller plus loin. Après tout, c'est peut-être moi qui me fais des idées ; vu comme je suis toute chamboulée, ce ne serait pas impossible.

67. Sarah - Samedi

Je suis fière de moi, depuis ce matin, j'ai réussi à ne pas ouvrir mon ordinateur pour que mes enfants profitent de moi. Après tout, je suis en arrêt et qui plus est, en weekend ! C'est devenu tellement rare que je ne me souviens même pas de ma dernière journée totalement déconnectée du travail. Étrangement, je dois avouer que c'est plus simple que je ne l'aurais pensé, ce qui est probablement lié à mon manque de motivation du moment. Depuis mon arrêt, j'ai de plus en plus de mal à finir mes articles, je me sens gauche et empêtrée dans des paragraphes qui ne s'enchaînent plus de façon fluide. Avant, je pondais mes chroniques avec une régularité infaillible, capable d'accepter les demandes de dernière minute à la volée, et les phrases dansaient au-dessus de mon clavier à un rythme effréné. Mais à présent, plus les jours avancent, plus je peine à aligner les mots. Mes diatribes me semblent bancales et l'élan n'est plus là. J'espère que cela va passer une fois que je serai remise sur pied sinon, je vais avoir des problèmes.

En attendant, je profite d'une relative légèreté ; enfin, surtout avec Robin, car même si Rémi m'adresse à nouveau la parole, je ne peux pas dire que nos relations soient revenues au beau fixe. Pourtant, contre toute attente, alors que je suis lancée avec Robin dans la lecture d'un de ses livres « La grosse colère », je perçois la présence de Rémi derrière nous, écoutant le dénouement de l'histoire. Ce livre était à lui et il l'aimait particulièrement. Il lui montrait le chemin pour faire redescendre ses élans tempétueux grâce à ce gamin auquel il pouvait s'identifier. Il le connaissait par cœur. D'ailleurs, en lisant la dernière page, je l'entends qui murmure avec moi les mots de la fin. Je souris et pose ma main sur la sienne, perdue sur l'assise du canapé non loin de mon épaule.

— Tu te souviens ? lui dis-je avec une douce nostalgie.

Mais la seule réponse qui me parvient est celle de Robin qui réclame une autre histoire. Lorsque je me retourne, Rémi, les écouteurs sur les oreilles, referme le placard et se remplit un verre d'eau au robinet, totalement indifférent au monde qui l'entoure.

Quelle déception ! Tout autant qu'hier, je regrette que cela ne soit pas réel. Mon cœur était tellement vibrant dans cette vision. C'est cela que je veux ressentir, c'est ce type de relation que je souhaite vivre, et pas simplement en rêver, c'est trop frustrant.

Espérant créer un moment de convivialité et regagner des points avec Rémi, j'ai décidé que nous irions manger au restaurant tous les trois ce soir. Si je prends en considération que le frigo est presque vide et que mon désir de cuisiner frôle le plancher, je ferai d'une pierre trois coups et contenterai tout le monde.

Lorsque je pose la main sur mon téléphone pour réserver une table, l'image d'Alice me revient en mémoire. Depuis que j'ai compris qu'elle est à l'origine du message que j'ai reçu au moment de l'accident, je fais un blocage. Je n'ai plus envie de creuser ni de savoir ce qu'il contenait. Je redoute ce qu'elle avait à me dire. Alors que je repousse de toutes mes forces les images qui se bousculent dans ma tête, je compose le numéro de notre asiatique préféré.

68. Axelle - Samedi

Il est 15h30 lorsque Julien revient à l'appartement. Heureusement, je me suis calmée ; la visite de Rémi m'a permis de balayer un peu dans ma tête et de relativiser. Même s'il est loin de connaitre toute l'étendue de la situation, le peu que je lui ai confié m'a fait redescendre sur terre. Je vais prendre chaque chose séparément, et tranquillement. À part de nouvelles informations, rien dans mon quotidien n'a encore changé depuis hier. Et puis, qui sait, tout cela ne sera peut-être qu'un mauvais souvenir dans quelques jours, quelques semaines ou quelques mois.

Alors qu'il s'approche pour m'embrasser, je pressens que sa rencontre s'est bien passée. Malgré moi, j'ai un pincement au cœur ; très égoïstement, j'aurais préféré qu'il soit déçu, au moins un peu.

Il se penche au-dessus du canapé et sort de derrière son dos un bouquet de roses rouges.

— C'est pour me faire pardonner. À partir de maintenant, je suis tout à toi jusqu'à lundi matin.

— Merci...

Il disparait quelques secondes puis revient avec un vase dans lequel il a disposé les fleurs, et le pose sur la table basse. Il s'assied à côté de moi, me prend la main et me regarde.

— Je suis content que tu ailles mieux. J'étais inquiet pour toi.

Je me retiens de lui faire ravaler sa remarque : c'est faux, je ne vais pas mieux, seule ma colère est légèrement retombée, pour le moment. Mais mes yeux se posent sur les roses et je vois bien qu'il fait des efforts, alors à mon tour d'en faire également.

Je n'ai pas forcément envie de lui demander comment s'est passé son rendez-vous, mais je ne sais pas quel autre sujet aborder, car parler de moi ou de nous deux n'est absolument pas dans mes intentions. Et si je veux être honnête, ma curiosité a pointé le bout de son nez.

— Alors ?

Ma question est courte, pourtant il comprend exactement ce qu'il y a derrière et ne se fait pas prier. Il a déjà les yeux qui pétillent, même s'il se contient.

— Elle s'appelle Zoé. Je n'aurais pas pu me tromper en la voyant, elle ressemble beaucoup à sa mère.

Bon, cette dernière remarque, il aurait pu s'en passer… Mais il ne se rend absolument pas compte de l'effet que cela provoque chez moi et continue dans sa lancée.

— Elle est mature, posée, plutôt intelligente et n'a pas froid aux yeux. C'était moi qui étais intimidé, alors qu'elle ne le paraissait pas le moins du monde. C'était très étrange de me retrouver face à cette jeune fille que je voyais pour la première fois. J'avais envie de tout apprendre sur elle, pour rattraper le temps perdu. Mais heureusement, j'ai réussi à me maitriser pour ne pas la noyer sous mes interrogations. Elle m'a posé beaucoup de questions, je crois qu'elle cherche à reconstruire une partie manquante du puzzle de sa vie. Malgré les deux heures que nous avons passées ensemble, j'ai l'impression de ne presque rien savoir à son sujet. Et pourtant, d'une certaine façon, je me sens déjà proche d'elle.

Je frissonne, je n'aime pas ce que j'entends. J'ai peur, j'ai mal de découvrir ce lien qu'il partage avec une autre femme, qui plus est avec une ex, un lien de sang et de chair. Mais après tout, quelle importance si je suis bientôt morte ? Je ravale la boule qui s'est formée dans ma gorge et je parviens à articuler :

— Vous avez prévu de vous revoir ?

— Oui, nous l'avons évoqué, mais rien n'est fixé, ce sera en fonction de son éventuel prochain passage à Lyon, si je peux me rendre disponible.

— Elle habite loin ?

— À Toulouse : elle est dans un lycée spécialisé "sport-études" et n'a pas beaucoup de temps libre.

Je me lève, je n'ai pas envie d'en savoir davantage aujourd'hui.

— Tu veux un thé ? Je vais m'en préparer un.

— Attends, je vais le faire, s'empresse-t-il de me dire en me suivant.

— C'est bon, je suis encore capable d'aller faire chauffer de l'eau !

Mon ton est sec, je n'ai pas réussi à le maitriser. J'apprécie qu'il soit rentré pour être avec moi, mais je ne veux pas non plus qu'il soit étouffant. Il n'a pas l'habitude de me voir réagir de la sorte et s'arrête net dans son élan.

— Tu ne préfèrerais pas plutôt qu'on sorte ?

Sa question me prend de court, il a bien compris que je rumine et que rester ici n'arrangera pas les choses.

— Pourquoi pas.

— Je suis passé devant les affiches du ciné tout à l'heure et j'ai repéré un film qui pourrait te plaire, si tu veux, on va boire un verre au ConfluTime avant d'y aller ?

Je ne sais pas trop de quoi j'ai envie. Me poser devant une fiction est sans doute ce qui me donnera le moins de fil à retordre. De plus, j'aime l'ambiance de ce bar ainsi que l'accueil chaleureux d'Hamoving, son patron, alors j'accepte. Je lâche la bouilloire et je m'éclipse à la salle de bain.

Par chance le film est à 17h, ce qui me permet d'échapper à la conversation. J'ai choisi un chocolat chaud, rien de tel pour me remonter le moral. Je devrais m'en faire plus souvent. Rien qu'à l'odeur, les souvenirs de ma grand-mère remontent instantanément : sa façon de jeter les carrés de chocolat dans le lait chaud, sa manière de remuer. Elle me tendait la cuillère pour me la laisser lécher, non sans m'avoir prévenue : "Attention, c'est chaud !". Son gout était inimitable. Lorsque j'allais chez elle, il y avait un placard à gâteaux que je ne pouvais m'empêcher d'ouvrir dès mon arrivée, pour faire un repérage des délices potentiels. Il y avait également un autre endroit où elle rangeait les boites de chocolats, dans le salon, et c'était mon deuxième passage obligé. Elle riait quand elle me voyait faire mon petit tour. Je ne prenais rien, mais je salivais d'avance à l'idée de toutes ces bonnes choses qui m'attendaient, et je savais que je gouterais au moins à l'un d'eux ou que je repartirais avec un précieux trésor dans le creux de ma main.

Julien m'observe. Lorsque je relève la tête, je ne peux m'empêcher de lui raconter mes souvenirs d'enfance. C'est ma façon à moi de continuer à la faire exister. Il l'a à peine connue, elle était déjà bien malade quand nous nous sommes rencontrés. Je n'aurais jamais imaginé qu'elle s'éteindrait aussi rapidement, je me voyais passer toute ma vie avec ma mamie à mes côtés. C'était un rêve d'enfant totalement irréaliste et elle est partie beaucoup trop tôt.

En sortant de la séance de cinéma, je suis en colère. Julien ne pouvait pas savoir comment le film allait tourner, car rien ne le laissait présager dans le résumé, j'ai pourtant l'impression d'avoir été prise au piège. Ce n'était qu'un personnage secondaire, mais cette femme qui regarde sa vie s'effondrer suite à une maladie dégénérative, que tout le monde met de côté pour ne pas être confronté à la dureté de la situation et continuer dans son confort quotidien, cela m'a donné une grande gifle. Même si ce n'était qu'un petit détail du film, je n'ai rien vu du reste de l'histoire, tant les images et les émotions m'ont submergée. J'étais anéantie sur mon fauteuil, incapable de bouger face à ce miroir d'un possible futur. Julien était tout contrit, mais le mal était fait. La fin du weekend ne s'annonce pas des plus radieux.

69. Sarah - Lundi

En la voyant devant ma porte cet après-midi, je repense à ma vision de samedi où elle m'en voulait à mort, et j'ai un instant de recul. Cependant elle n'est pas du tout dans le même état, bien qu'elle ait mauvaise mine.

— Je suis désolée pour ce matin, je n'avais absolument pas l'énergie d'emmener Robin.
— T'inquiète, j'étais plutôt en forme.

Ce n'est pas vrai, mais vu ce qu'elle traverse avec Julien, je préfère qu'elle ne culpabilise pas pour ça. Je suis d'humeur altruiste aujourd'hui et cela me fait me sentir importante et généreuse.

— Je suis contente d'entendre que tu vas mieux, c'est une bonne nouvelle, car je vais devoir m'absenter pour deux ou trois jours pour aller voir mes parents. Ma mère est fébrile depuis la semaine dernière et mon père craint une rechute, alors j'ai décidé de me rendre auprès d'eux pour les rassurer et prendre les choses en charge si besoin.

Je me décompose intérieurement. Est-ce possible, elle me lâche ? Ma grandeur d'âme s'envole instantanément en fumée en envoyant des signaux de détresse… Qu'est-ce que je peux répliquer à cela ? Avec mon attelle, je ne fais clairement pas le poids face à un cancer du cerveau qui peut refaire surface à tout moment.

— Tu peux sans doute demander à quelqu'un de venir t'épauler ?

— Entre mon frère qui vit en Asie et mes parents qui travaillent comme des malades à l'autre bout de la France, je ne vois pas trop comment je pourrais les solliciter.

— À ton journal peut-être ? Tu dois y avoir des amis ?

— Pas vraiment.

Elle ne doute vraiment de rien. Qui de mes collègues voudrait venir me rendre service ? Je ne suis même pas certaine qu'une seule personne de l'agence ressente pour moi autre chose que du mépris ou de la jalousie. Ma requête est un peu illusoire, mais je tente tout de même ma chance :

— Tu penses que cela ne peut pas attendre une ou deux semaines ? Je serai à nouveau sur pied et Robin sera en vacances chez son père. Enfin, bien sûr, je comprends si tu dois vraiment y aller maintenant, c'est juste que…

Je ne finis pas ma phrase, j'ai honte d'avoir osé lui faire une telle requête dans sa situation. Forcément, sa mère passe avant moi et c'est urgent, il n'y a pas à tergiverser. Alors que mon cœur bat fort dans ma poitrine à l'idée d'être livrée à moi-même, je respire profondément pour chasser mes angoisses et faire bonne figure en reprenant, non sans une légère crispation :

— Pardon, je n'aurais pas dû te demander cela, c'est normal que tu y ailles au plus vite. Tu penses partir quand ?

— Tout à l'heure, à 17h de la Part Dieu.

Ah, mais déjà, là, tout de suite ?? Même pas demain ? Je crois que je vais me sentir mal, je ne suis pas prête à me retrouver sans aide, pas aussi subitement. Mais elle ne semble pas remarquer mon malaise et poursuit :

— Tu pourras embrasser tes enfants de ma part et leur dire que je les revois avant la fin de la semaine ?

Même si j'ai envie de rétorquer qu'elle peut rêver, je reste d'une politesse irréprochable, car j'aurai inévitablement besoin d'elle lorsqu'elle reviendra. Je ne dois pas me mettre à dos la seule personne qui se montre sympa avec moi. Je serre les poings, mes mains sont moites et ma gorge est sèche, je ne peux pas merder sur ce coup-là.

— Bien sûr. Je ne sais pas comment tu fais pour ne pas t'inquiéter davantage avec ta mère.

— Ce n'est pas toujours simple. Mais heureusement, je ne suis pas seule et j'ai trouvé quelqu'un à qui parler, pour extérioriser ce que je vis, cela m'aide à traverser les moments difficiles.

— Julien ?

— Oh, bien sûr qu'il est soutenant, mais je pensais surtout à ma thérapeute ; cela n'a rien à voir avec le fait d'être folle tu sais, cela me permet de me confier et d'être écoutée sans jugement.

— J'ai une collègue justement qui allait mal dernièrement, je suis sure que cela lui serait bénéfique.

— Si tu veux, je t'envoie ses coordonnées tout à l'heure, tu peux lui recommander sans hésiter.

— Merci, je lui ferai passer.

Axelle fait mine d'y croire et je l'en remercie silencieusement.

Même si cette mise en contact me soulage, cela n'a pas pour autant effacé la perspective de quatre jours de galère, de solitude et de trajets remplis de peurs. Lorsque je referme la porte derrière elle, mon moral est totalement plombé.

Pour m'occuper, je range un peu l'appartement, car ce n'est pas à elle que je vais demander de le faire. En ramassant les multiples dessins de Robin qui jonchent la table basse, je retombe sur celui qu'il a fait pour Axelle la semaine dernière. Il a mis en rose un beau A majuscule que son frère lui avait tracé au crayon de papier, et il a esquissé deux bonhommes bâtons qui se tiennent par la main ou, devrais-je dire, par les traits qui représentent leurs bras. L'un des deux est plus grand, avec ce que je suppose être des cheveux longs et il a ajouté un tas de gribouillis partout autour, de toutes les couleurs. Je ne l'afficherais pas sur le mur du salon, pourtant je dois reconnaitre que du haut de ses trois ans, ce n'est pas si mal que ça.

Si lorsque je l'avais découvert pour la première fois, j'avais senti de la jalousie, le simple fait de penser à la maladie de sa mère me donne des remords. Bien que nous n'ayons pas la même famille, j'imagine tout à fait à quel point cette nouvelle épreuve doit être difficile pour elle à traverser.

70. Axelle - Lundi

Je n'avais absolument aucune envie de tout raconter à Sarah. L'excuse d'aller voir mes parents était facile et imparable, je savais qu'elle n'aurait pas l'audace de me faire du chantage sur un sujet aussi grave. Ce n'est pas bien de ma part de jouer avec ça, mais peu importe : cette fois-ci, je passe avant les autres.

Depuis mon réveil, je n'ai pas chômé, j'ai appelé plusieurs cabinets parisiens pour mon sein et j'ai réussi à obtenir un rendez-vous demain matin. On peut vraiment tout trouver à Paris, beaucoup plus facilement qu'à Lyon ; ma gynécologue ne pouvait rien me proposer avant une semaine et je n'ai aucune envie d'attendre. Je dois avouer que ce n'est pas la seule raison : j'ai besoin de changer d'air, de m'éloigner de ce quotidien pesant et de Sarah. Je vais donc bien à Paris, mais pas chez mes parents ; ils seraient trop inquiets et me feraient encore comprendre que je n'attire rien de bon. J'ai recontacté dans la foulée mon amie Morgane qui a accepté de m'accueillir avec une joie spontanée. Avec elle, je peux être moi-même et nous pouvons échanger sur tout ce que je vis, notre complicité de la fac est toujours intacte malgré l'éloignement.

Je prépare ma valise quand un haut-le-cœur me transporte directement aux toilettes. Il ne manquait plus que ça ! J'ai déjà connu les nausées de début de grossesse, mais c'est la première fois que je vomis. J'appréhende un peu pour le train.

Cinq minutes plus tard, la sonnette retentit, je parie que c'est Sarah qui a trouvé une nouvelle raison pour me déranger avant que je parte.

Bingo !

À contrecœur, je la laisse pénétrer dans l'appartement et attends qu'elle me sorte son excuse bidon.

— Désolée de t'embêter pendant tes préparatifs, je suis retombée sur cette feuille et j'ai pensé que cela te remonterait un peu le moral de l'avoir avec toi, Robin l'a fait à ton attention, regarde, il a ajouté un grand A dessus avec l'aide de Rémi.

Mon humeur s'adoucit aussitôt en observant tous les détails de son dessin. Il est tellement adorable ce petit bout. Je suis également touchée par le geste de Sarah. Je ne m'attendais pas du tout à cela venant d'elle et je regrette de l'avoir reçue sèchement.

Mais ma nouvelle station prolongée dans le salon, juste à côté du Hoya bella, provoque une seconde fois un effet désastreux sur mon estomac, et j'ai tout juste le temps d'arriver jusqu'aux toilettes et de fermer la porte sur moi. C'est donc lui que je ne supporte pas, comme c'est surprenant !

Depuis le salon, j'entends Sarah qui doit se douter de quelque chose :

— Axelle, tu vas bien ?

— Oui oui, t'inquiète, ce n'est rien.

Alors je reviens vers elle, son regard me scrute :

— Tu es bien pâle, tu vas pouvoir faire le trajet jusqu'à Paris dans cet état ?

Je ne réponds pas assez vite et elle embraye :

— Est-ce que tu es… ?

Entre malade et enceinte, je décide de lui confirmer implicitement le second, même si j'aurais préféré qu'elle n'en sache rien non plus. Elle connait nos difficultés d'avoir un enfant, mais je ne me suis jamais étalée avec elle sur mes fausses couches et elle va se faire des films. Je hoche de la tête.

— Félicitations !! Je comprends mieux pourquoi tu n'es pas dans ton assiette depuis quelques jours ! Tu vas l'annoncer à tes parents ?

— Non, ce n'est pas prévu, et je souhaiterais que personne ne soit au courant pour le moment, c'est trop récent. Alors s'il te plait, aucune allusion à qui que ce soit, d'accord ?

— C'était donc pour ça votre rendez-vous de samedi dernier, petite cachotière ! Julien doit être aux anges.

Comment lui dire qu'il l'ignore sans devoir lui expliquer tout le reste ? Je me contente de sourire…

— Si cette fichue plante n'était pas là, je ne serais pas aussi malade. C'est fou d'être si sensible à certaines odeurs.

— Tu n'as qu'à l'éloigner un peu.

— Comment ? Son parfum est tellement fort que je le sens dans tout l'appartement. Il faudrait que je la remette dehors, mais suivant la météo, elle n'apprécierait pas forcément, et Julien encore moins.

— À moins que… tu ne l'envoies en pension !

— Où ? Tu en connais, toi, des refuges pour plantes mal aimées ?

Elle ne répond pas tout de suite, mais me regarde avec un petit sourire…

— Tu me la prendrais ?

— Si ce n'est que pour quelques jours et qu'il n'y a pas de soins particuliers à lui apporter, cela ne me dérange pas. En plus, contrairement à toi, j'apprécie son odeur.

— Génial, merci beaucoup, ça m'épargnera des nausées en rentrant en fin de semaine.

— Par contre, il faudra que tu la descendes chez moi, forcément.

— Oui, et sans vomir sur ton palier !

Nous pouffons toutes les deux. J'ai l'impression que cela ne nous était jamais arrivé de rire ensemble.

Avant qu'elle ne change d'avis, je prends une grande inspiration et je dévale les escaliers le plus rapidement possible en emportant mon ennemie hors de mon territoire. Une fois la nouvelle pensionnaire installée chez Sarah, je la remercie et m'excuse de devoir filer pour préparer mes affaires.

— Oui, ne va pas salir mon salon ! Prends soin de toi.

Et là, pour la première fois, elle me serre dans ses bras. Je ne suis pas très à l'aise, pourtant je la laisse faire, cet élan d'amitié va dans le bon sens, alors je ne voudrais pas l'enrayer.

En remontant les dernières marches vers mon appartement, je me rends compte que je vais devoir annoncer la nouvelle à Julien au plus vite, sinon à la première occasion, elle va mettre les pieds dans le plat et je me retrouverai dans une situation peu enviable : il la détestera encore plus, et moi avec.

71. Sarah - Lundi

Je suis dans un drôle d'état. Tout d'abord ravie d'avoir fait la paix avec elle, je me dis que nous allons repartir sur de bonnes bases à son retour. Pour une fois que j'arrive à faire les choses correctement, je suis fière de moi, ce n'était finalement pas aussi insurmontable. Je ne sais pas si cette étreinte était adaptée, j'ai eu un élan de compassion pour sa vie qui va changer du tout au tout, comme elle ne l'imagine même pas.

Pour dire vrai, je suis également un peu ébranlée par cette annonce. Même si je me dis que c'est une bonne nouvelle pour Axelle, je ne peux m'empêcher de penser qu'elle ne sera plus disponible comme elle l'était. Je suis bien placée pour savoir toute la place que prend un enfant dans une vie de femme.
En tout cas, toutes ces hormones ont l'air de la brasser. Entre les nausées et les sautes d'humeur de ce weekend, je comprends que Julien ait eu besoin d'aller se changer les idées samedi.
L'évocation de sa grossesse, loin de faire revenir à moi des souvenirs heureux, me renvoie quatorze ans en arrière, lors de mes études à Sciences Po…
Je n'étais pas du tout dans le même contexte qu'elle et je ne peux m'empêcher de l'envier, avec sa situation posée et son petit couple modèle. Pour ma part, en apprenant que j'étais enceinte de Rémi, si j'avais eu le cran de passer à l'action, j'aurais pu faire des choses affreuses. Malheureusement, les trois mois étaient révolus, impossible de faire repartir ce truc qui grossissait dans mon ventre d'où il était venu. S'il n'avait pas été assez accroché, il aurait eu mille fois l'occasion de se décider à quitter

le navire soumis à de puissantes tempêtes. Mais non, il avait tenu bon, à mon grand désespoir.

Quant à celui dont c'était la faute… j'étais obligé de voir son visage toutes les semaines et ma haine n'arrivait pas à se tarir devant l'ignorance dont il me gratifiait. Sandro avait tout fait pour me mettre dans son lit. C'était un homme mûr, séduisant et toutes les filles de la promo en pinçaient pour lui. Il n'avait pas eu besoin d'insister pour m'attirer dans ses bras, car j'étais également sous le charme depuis son premier cours sur l'environnement et la société. Il était élégant et savait manier la langue française, tout ce qu'il disait nous semblait intéressant, au-delà du contenu lui-même. Il avait l'art de raconter, d'expliquer, de donner du sens et avait une façon de parler qui était véritablement envoutante. À mes yeux, c'était l'homme parfait. Durant quelques mois, nous avons vécu des moments aussi intenses que magiques, teintés de découverte, de fous rires et de complicité. Je n'étais pas innocente, je savais qu'il avait une femme, mais je ne m'en souciais nullement, le mariage ou une relation sérieuse n'était pas dans mes projets, même si j'étais profondément amoureuse de lui tout en tentant de me convaincre du contraire.

Mais dès qu'il avait appris que j'étais enceinte, son attitude avait changé du tout au tout. Il n'avait que faire d'une fille comme moi, aussi belle soit-elle. Quelle valeur pouvais-je bien avoir face à sa famille et sa réputation ? Lorsqu'il m'avait donné ce fameux chèque pour acheter sa tranquillité d'esprit, la trace de ma main avait dû rester longtemps imprimée sur sa joue. Oh, je n'étais pas idiote, je l'avais tout de même encaissé, car je ne savais pas comment j'allais m'en sortir financièrement. Cependant, je n'allais pas me contenter de si peu pour ne pas déballer sur la place publique ce qu'il souhaitait étouffer à tout prix. Régulièrement au cours des 3 premières années, je suis revenue à la charge pour qu'il paye une partie des frais qu'il m'était impossible de couvrir seule. Je ne gonflais jamais les notes, je restais raisonnable dans les montants que je lui demandais, ce n'était que de la survie. Je n'arrivais tout simplement pas à joindre les deux bouts et j'étais trop fière pour quémander de l'aide à mes parents. Ils ne m'auraient sans doute pas laissée à la rue, mais je voulais leur montrer que j'étais capable de me débrouiller par moi-même.

Il m'a fallu longtemps pour accepter d'être une mère, qui plus est, célibataire. Mon fils me privait de ma liberté et de ma jeunesse. Je n'aspirais qu'à étudier et m'amuser, et je me retrouvais avec une charge sur les épaules que je n'avais jamais désirée ni même envisagée.

Axelle ne se rend probablement pas compte de la chance qu'elle a de vivre une grossesse dans une situation comme la sienne.

Une larme solitaire perle sur ma joue, un instant de faiblesse que je balaye aussitôt d'un revers de la manche.

Sandro… La seule évocation de son prénom me ramène à ses grands yeux verts brillants et à son charme, tout autant qu'à son dédain et à son refus de toute responsabilité.

Même s'il n'a jamais été très loin de moi, Rémi me le rappelant quotidiennement de par sa ressemblance, je n'aime pas le voir réapparaître dans mon esprit.

Que se passerait-il s'il revenait aujourd'hui dans notre vie, en chair et en os ? Quelle image paternelle renverrait-il à Rémi ?

Cet homme n'a jamais pris ses responsabilités, se cachant derrière son statut et sa façade bien léchée. Je ne crois pas qu'il puisse lui apporter quoi que ce soit de bon.

72. Axelle - Lundi

Je suis installée dans le train, dégoulinante du marathon que je viens d'effectuer.

Une fois de plus, je suis partie de chez moi à la dernière minute. J'ai couru jusqu'au tram T1 qui, par chance, arrivait tout juste, me ruant dans la rame alors que le signal me criait qu'il était trop tard pour y entrer et je suis montée dans mon wagon trois minutes avant que les portes du TGV ne se referment. Ouf ! J'ai beau me dire que je ne referai pas la même erreur et prévoirai un bon délai pour être sereine durant le trajet, je me retrouve toujours dans cette situation. Invariablement, lorsque je suis presque prête et qu'il me reste au moins trente minutes devant moi, je disparais dans une faille spatiotemporelle qui me recrache au moment où j'aurais déjà dû être partie depuis bien longtemps. Je me lance dans des détails sans grand intérêt ou sans urgence, comme nettoyer la table, ranger les affaires qui trainent un peu partout dans le salon, border les draps de mon lit, remplir un papier que je dois envoyer depuis plusieurs jours et forcément, l'heure tourne sans crier gare. C'est insoluble et désespérant.

Passé le temps de séchage et le retour à une respiration normale, les deux heures de train filent comme l'éclair grâce à une sieste inopinée et bénie. Il faut bien avouer que les dernières nuits n'ont pas été des plus reposantes, tant pour mon corps que pour ma tête et le fait de changer d'environnement aura permis de relâcher la pression. J'ai la douce impression de partir en vacances.

Morgane est venue m'attendre à la gare et nous tombons littéralement dans les bras l'une de l'autre. J'avais oublié à quel point notre amitié pouvait être chaleureuse et rassurante.

Son appartement aux portes de Paris n'est pas immense, mais très accueillant, à son image. Je n'étais pas revenue depuis qu'elle y a emménagé. La cuisine est petite, mais très fonctionnelle et plutôt bien rangée. Le salon est cosy avec son grand canapé d'angle qui prend un tiers de la pièce, des lumières tamisées, des tissus colorés sur les murs et des plantes vertes un peu partout. En allant me laver les mains, je constate qu'elle a su reproduire jusque dans sa salle de bain cette esthétique sauvage et rafraichissante qui fait oublier que l'on se trouve à Paris. Un petit coin de jungle que Julien adorerait.

En un temps record, elle prépare de quoi manger et nous nous installons sur le canapé du salon, devant une table basse en bois, ornée d'un vase rempli de roses multicolores.

— C'est ton chéri qui te les a offertes ?

— Oui, Franck a un côté romantique : il arrive régulièrement avec une ou deux fleurs, juste pour le plaisir des yeux et du cœur, parfois c'est carrément un bouquet.

— Quelle chance ! Il y a longtemps que nous n'en sommes plus là avec Julien.

— C'est normal, tout ne peut pas rester comme au début d'une relation. Les choses évoluent, se transforment, même si je te l'accorde, les petites attentions du quotidien sont précieuses. Mais d'après ce que j'ai compris de notre dernière conversation, on dirait que de ton côté, il n'y a pas que cela qui pêche, je me trompe ?

— Pas tout à fait, non. C'est beaucoup plus profond et bien moins soluble. Je crois que nous ne désirons plus les mêmes choses, que nos chemins divergent.

— À ce point-là ?

Je lui parle de Zoé, sa fille cachée qui a fait irruption récemment.

— Avec cette gamine qu'il vient de rencontrer, aura-t-il encore envie d'un enfant ? Son désir d'être père est exaucé.

— Arrête, pourquoi tu dis ça, vous avez traversé beaucoup d'épreuves ensemble, et les fausses couches n'étaient pas des moindres. Il a toujours été très soutenant, je suis certaine que vous arriverez également à surmonter cette nouvelle difficulté.

— Je ne suis pas tout à fait sure de le vouloir. Tu sais, depuis que je suis petite, je n'ai pas appris à suivre mes envies, je ne les ai d'ailleurs jamais écoutées, ou si peu. Aujourd'hui, j'ai l'impression que mon corps se rebelle et me force à tout remettre en question.

— Qu'est-ce qu'il te dit ce corps précisément ?

— Trop de choses.

Je marque une pause, je déglutis. Une boule énorme est apparue au fond de ma gorge, qui me rappelle combien les mots sont difficiles à sortir.

— J'ai fait un test de grossesse la semaine dernière…

— Eeeeet ? me lance-t-elle suspendue à une réponse qui ne vient pas.

— Je suis enceinte.

Le peu d'énergie dans ma voix témoigne trop bien de toutes mes pensées sombres.

— On ne peut pas dire que tu sois super emballée, dis donc. C'est dû à ta peur de faire une nouvelle fausse couche ou à tes doutes vis-à-vis de Julien ?

— En fait, je me rends compte que cette grossesse, cette envie de maternité, je ne suis pas certaine qu'elle me corresponde, je crois que j'ai toujours voulu faire plaisir à Julien, c'était tellement important pour lui.

— Tu te vois sans enfants ?

— Plus j'y pense, plus je l'envisage. Et ce n'est pas seulement à cause de nos difficultés pour en avoir, j'ai l'impression que c'est beaucoup plus profond en moi. En plus…

La chaleur envahit tout mon visage, les émotions sont sur le point de me submerger. Morgane s'en rend compte et m'attire vers elle, m'enlaçant tendrement. C'est à ce moment-là que les digues cèdent. Impossible de ravaler les sanglots qui se bousculent au fond de ma gorge ; je deviens une fontaine bruyante et volcanique sur son épaule.

Quand je me calme, elle me serre un peu plus fort et me questionne d'une voix douce :

— Tu veux m'en parler ?

— J'ai la même merde que ma grand-mère…

À peine ai-je prononcé ces mots que je craque à nouveau. Elle laisse passer un instant avant de répondre à la bombe que je viens de dégoupiller.

— Je suis désolée pour toi. C'est donc pour ça les rendez-vous de demain ?

— Mmm.

— Est-ce que tu en es sure ? Tu as déjà fait des examens ?

— Non pas encore, Julien l'a découvert vendredi soir, mais j'ai un mauvais pressentiment. Et puis, c'est un peu héréditaire ce truc alors je ne me fais franchement pas d'illusion sur les résultats des consultations.

— On ne sait jamais. Ce n'est peut-être qu'une fausse alerte. Tant que rien n'est certain, il faut garder espoir.

— C'est facile à dire. En ce moment, j'ai l'impression que tout tourne de travers. Comme si le monde entier s'était ligué contre moi pour me faire plonger au fond du gouffre.

— C'est gentil pour moi ! me lance Morgane en me chatouillant.

— Arrête, tu sais très bien que je ne le dis pas pour toi.

Je marque une pause puis reprends :

— Je suis désolée de t'embêter avec toutes mes histoires, ce n'est pas très fun d'être avec moi ces temps-ci.

— Si je n'étais là que pour les bons moments, je ne serais pas une amie. Tu te souviens lorsque je me suis séparée de Daniel ? Tu étais à mes côtés et je n'étais pas non plus d'humeur joyeuse.

— C'est vrai que t'étais carrément plombante parfois !

Une petite taquinerie qui nous fait sourire toutes les deux.

Après une tisane et un fond musical qui nous remémore les fêtes étudiantes, l'horloge nous rappelle à la raison.

— Il est l'heure pour toutes les deux d'aller au lit, nous aurons tout le temps de reprendre nos discussions demain soir. Je me suis arrangée pour finir à 16h, on pourra aller boire un verre quelque part si tu as assez d'énergie. Et sinon, pas de soucis, tu me dis et je te retrouverai ici.

73. Sarah - Lundi

Avant de pousser la porte de l'immeuble, je prends une grande respiration, mes peurs sous le bras et je me lance dans la rue. Vaillamment, je focalise mon attention sur la douceur de l'air, sur le bitume qui supporte le clopinement de mes béquilles et je marche à un rythme soutenu. Plus j'avancerai rapidement, plus vite je serai délivrée de mes angoisses. Par chance, la rue est calme et j'arrive à destination haletante, mais sans avoir été assaillie par une nouvelle crise.

Exactement comme je m'y attendais, Robin fait la moue en me voyant à la crèche. Il a tellement pris l'habitude d'Axelle qu'il me boude. C'est tout de même un comble… Nous sommes à peine sortis qu'il me lance :

— Pourquoi c'est pas Accelle ce soir ?
— Parce que Maman peut aussi s'occuper de toi.
— Ah…

Il laisse un temps de pause, avant de revenir à la charge :

— Elle viendra jouer avec moi ?
— Non, pas aujourd'hui mon chéri, elle n'est pas disponible, mais on s'amusera tous les deux.
— Au chat et à la souris ?

Un nuage noir passe au-dessus de ma tête en m'imaginant me faufiler à quatre pattes dans le salon avec mon attelle. Je vais devoir redoubler d'inventivité si je veux lui faire oublier celle qui va briller par son absence durant les prochains jours.

Ses questions ont eu un énorme avantage : détournant mon attention vers ses préoccupations, le trajet a filé sans que je m'en rende compte.

L'un n'allant pas sans l'autre, lorsque Rémi revient du collège, ses premiers mots la concernent également :

— Tu sais si elle va mieux Axelle ? Elle est pas chez elle ce soir.

Merci mon chéri de me demander si moi aussi je me sens bien…

— Elle est montée à Paris quelques jours pour voir ses parents, je crois que sa mère n'est pas très en forme.

— Oh zut, elle aurait pu nous prévenir.

— C'est ce qu'elle a fait en venant me le dire, vous n'étiez pas encore là.

— Ha…

La déception se lit sur son visage, mais en avançant dans le salon, il découvre le Hoya bella et marque un arrêt.

— Et pourquoi elle t'a laissé sa plante si elle revient bientôt ? C'est bizarre, non ?

— C'est celle de Julien, elle tient à ce que je m'en occupe, car elle est un peu mal en point, regarde.

— Et tu es la mieux placée pour ça ?

— Tu vois quelqu'un d'autre ? Après, si tu as envie, tu pourras t'en charger.

Je me suis retenue de l'envoyer balader. Pour qui se prend-il ? Sans répondre à ma suggestion, il poursuit :

— Tu sais quand elle rentre ?

— Probablement avant le weekend, pour le retour de Julien. En attendant, elle veut que vous preniez bien soin de moi et que vous m'aidiez autant que possible. Elle compte sur vous pendant son absence.

Même si elle ne l'a pas dit, j'espère que cela les rendra plus sympas envers moi. Au moins une chose que je gagnerais de son départ, parce que pour l'instant, leur attitude à mon égard est raide à accueillir.

Elle est tellement gentille avec eux qu'ils veulent davantage lui faire plaisir à elle qu'à moi, c'est un comble ! Elle me vole leur tendresse. C'est pourtant moi qui les élève depuis qu'ils sont nés, moi qu'ils devraient aimer inconditionnellement ! Pas sûr finalement que son aide me soit aussi bénéfique que je ne le pensais.

Tandis que je m'enfonce un peu plus dans le canapé et que les enfants vont dans leurs chambres respectives, je m'interroge. Qu'ai-je fait, ou mal fait pour en arriver là ? Je travaille dur pour leur apporter tout ce dont ils ont besoin, qu'ils ne manquent de rien même si je suis seule à la maison, je ne suis pas non plus méchante avec eux, ni violente comme pouvait l'être mon père, alors quoi ? Pourquoi préfèrent-ils être avec Axelle ?

Petite, je détestais ma famille tout en adulant cette voisine qui me faisait des sourires lorsqu'elle me croisait. Combien de fois ai-je espéré qu'elle m'emmène chez elle, qu'elle s'érige devant mes parents et demande à m'adopter en plus de ses deux enfants qui semblaient heureux. Elle était stricte, mais juste et tout était si calme dans sa maison. Je crois que c'est à elle que j'essaye de ressembler.

Je ne me comporterai jamais comme Axelle, qui joue en permanence avec eux, qui fait de super gâteaux, qui les chouchoute et rit de tout et de rien ; ce n'est pas du tout mon truc.

À ma façon, je vais devoir y mettre du mien pour inverser la tendance et je ne sais pas comment m'y prendre. Pourquoi n'existe-t-il pas un manuel pour devenir parents que l'on recevrait à la maternité pour nous aider à être heureux avec nos enfants ? Cela m'aurait été tellement utile.

Cette semaine s'annonce compliquée et nous ne sommes que lundi. Pour couronner le tout, un mal de tête m'assaille au moment où je me lève pour aller préparer le diner. Ce n'est vraiment pas mon jour.

74. Axelle - Mardi

J'arrive en avance au cabinet de gynécologie pour mon rendez-vous de 11h : trois personnes attendent leur tour, ma patience va être mise à rude épreuve. Je suis partagée entre l'envie de passer devant tout le monde pour avoir ce premier avis médical et me faire toute petite pour repousser au maximum l'instant où la sentence tombera. Mon ventre est noué, ma gorge sèche et mes pensées ne tiennent pas en place. Pour tuer le temps, mes doigts s'agitent sur mon portable, scrollant sur les réseaux sociaux, une façon d'occulter la raison de ma présence ici.

Lorsque mon tour arrive enfin, mon cœur se met à battre la chamade et je me lève d'un bond pour pénétrer dans le bureau qui s'est ouvert. J'ai chaud, j'ai froid et j'ai envie de repartir d'où je viens. La femme qui m'accueille me demande ce qui m'amène. Après avoir pris quelques renseignements sur mes antécédents familiaux qui lui font hocher la tête d'une manière qui ne me plait pas, elle décide de m'ausculter.

Contre toute attente, elle examine le sein droit. Lorsque je lui précise qu'il s'agit de l'autre, elle me fait un petit sourire et m'explique qu'elle commence par celui-ci à titre de comparaison. Ah OK. Après avoir palpé les deux assez longuement, elle se veut rassurante :

— Ce n'est pas forcément un cancer. La masse est mobile et je ne vois aucune rougeur ou gonflement spécifique. De plus, le fait que votre sein soit douloureux est plutôt positif, car c'est davantage un signe de mastose. Quoi qu'il en soit, je vous envoie faire une échographie et une mammographie pour vérifier. Le plus tôt sera le mieux, surtout avec votre histoire familiale. Par la suite, je vous recommande de faire des examens tous les ans afin de prévenir toute éventualité.

— Une mammographie ? Ce n'est pas dangereux durant ma grossesse ?

— Étant donné votre situation, elle est fortement conseillée. Ne vous inquiétez pas, ils ont l'habitude et sauront prendre soin de vous et du bébé. Et puis comprenez que votre santé passe avant tout.

Une fois ressortie, je suis un peu rassurée même si son avis n'était pas un diagnostic fiable. Un semblant d'espoir renait en moi et je suis plus légère. Sans perdre de temps, je contacte tous les centres de radiologie aux alentours de l'appartement de mon amie et finis par en trouver un qui accepte de me prendre demain matin. J'aurais préféré que ce soit pour cet après-midi, mais c'est déjà très bien, d'autant qu'à Lyon, je n'aurais probablement pas obtenu de rendez-vous avant la fin de semaine dans le meilleur des cas.

Après une bonne marche sous un ciel clément, je suis heureuse que 17h arrive enfin, tout comme Morgane. Nous avons décidé de nous retrouver dans un bar. J'ai l'impression que je ne suis pas allée prendre un verre sans Julien depuis une éternité et cela me donne une sensation assez désagréable. Où ont disparu les moments que je passais avec des amis ? Me suis-je à ce point renfermée sur moi-même ? Nous nous installons à une table et ses premiers mots rentrent directement dans le vif du sujet, arrêtant net mes autres pensées :

— Tu es un peu rassurée ?

— Oui et non. C'est sûr que c'est toujours plus encourageant que si elle avait suspecté une tumeur maligne. Mais ce ne sont que des peut-être et tant que je n'aurai pas un résultat concret et fiable, je douterai.

— Je te comprends, je ne sais pas dans quel état je me trouverais si je traversais cette épreuve. Est-ce que Julien est aussi soutenant que lors de tes fausses couches ?

— Tu penses, il m'a plantée direct pour aller voir cette Zoé, autant dire que je l'ai mauvaise et que je n'ai pas vraiment réussi à lâcher prise du weekend. Depuis qu'il est reparti lundi matin, il m'envoie sans arrêt des messages auxquels je n'ai aucune envie de répondre. Je me force parfois avec quelques mots, mais le cœur n'y est pas. Il ne sait toujours rien des résultats de mon rendez-vous de tout à l'heure.

— Et au fait, tu ne m'as pas dit hier, il en pense quoi de cette nouvelle grossesse au milieu de tout ça ?

Je laisse un blanc, un peu gênée.

— Heuuu, rien pour l'instant.

— Comment ça rien ? Tu es en train de sous-entendre que tu ne lui en as pas encore parlé ?

Je hoche la tête pour toute réponse.

— Ah ouais…

— Je te l'accorde, j'aurais dû, mais je n'ai trouvé ni la force ni le bon moment et je suis tellement perdue au milieu de mes doutes que je ne sais plus comment agir. Alors je me suis dit : un problème à la fois. Mais je vais devoir lui annoncer dès son retour de Moulins, car Sarah est dans la confidence et la connaissant, je ne suis pas à l'abri d'une gaffe de sa part.

— Sarah, ta voisine ?

— Oui, c'était pas prévu, mais elle était là au mauvais moment et je n'ai pas pu lui cacher. En plus, elle n'est pas au courant de mes fausses couches, elle pense que nous n'arrivons pas à avoir d'enfants et ne sait rien pour mon sein. Alors elle doit s'imaginer que je suis aux anges d'être enfin enceinte.

— Et sinon, elle sait des choses te concernant, au-delà du prénom de Julien et de ton adresse ? Tu m'en parles depuis plusieurs années maintenant et j'ai l'impression qu'elle ignore tout de ce qui est important pour toi.

— On se fréquente sans se connaitre vraiment. Au début, j'espérais que nous allions nous rapprocher, mais avec un peu de recul, je crois que je suis davantage son aide personnelle. Rien à voir avec toi, même si nous vivons loin l'une de l'autre.

Morgane me caresse l'avant-bras avec un sourire sincère et une nouvelle fois je savoure ma chance de la compter parmi mes amies.

En repensant à Sarah, l'image de Rémi s'impose à moi. Son SMS de ce matin m'a donné de l'allant. Je lui ai aussitôt répondu pour le rassurer et lui ai même envoyé une photo dans l'après-midi lors de mes déambulations parisiennes.

— Mais ses enfants sont adorables et j'y suis très attachée.

— Tant mieux, c'est bien que tu voies le positif des choses, même si je crois qu'il va falloir redresser la barre avec cette Sarah… Il devient essentiel que tu penses à toi maintenant !

— Facile à dire, mais tellement compliqué à appliquer.

— Je comprends tout à fait ce que tu veux dire. Mais tu arrives à un point charnière où tu n'as plus le choix.

Elle laisse passer quelques secondes, le temps que le serveur dépose enfin nos tasses de chocolat chaud.

— J'ai lu que quand on s'oubliait au profit de l'autre, cela créait une fuite de soi, une perte d'énergie. Ils avaient cette représentation très parlante d'une maison qui reste inhabitée sur une très longue période et qui finit par s'abimer et prendre l'eau, avant de tomber en ruine. J'aime cette façon imagée qui souligne l'importance de prendre soin de notre corps si nous souhaitons y vivre durablement et confortablement.

J'ai beau comprendre ses mots, j'ignore comment l'appliquer à ma situation :

— Mais moi, aider les autres et les voir heureux, c'est ça qui me fait du bien ! Et puis…

— Axelle ! me coupe-t-elle sans me laisser poursuivre mon argumentaire. Il faut vraiment que t'arrêtes de te raconter des salades ! C'est pas les envies et les besoins de tes voisins qui vont te combler, tu sais. Tu te plies en quatre pour tout le monde, et pour quel résultat au final ? T'es en train de te tuer à petit feu, ça te ronge de l'intérieur. Cette grosseur, à mon avis, elle est là pour te faire revenir à l'essentiel : apprendre à t'écouter, à te respecter et être vraiment toi-même. C'est toi qui es importante maintenant ! Toi et ton corps qui se rebelle !

— Mais je ne sais pas l'écouter… J'ai l'impression que je ne suis pas adaptée.

— Je ne suis pas d'accord. Hier, tu m'as dit que tu remettais en question ton désir d'enfant, ta relation avec Julien, même avec ta voisine ; tout cela montre bien que tu entends des choses qui te déplaisent, qui ne te conviennent plus. Après, attention à ne pas tout jeter à la poubelle parce que c'est inconfortable.

— Et si c'était en moi que ça clochait ?

— Un conseil : pars du principe que ce qui est en toi est juste et fais en sorte de t'entourer de ce qui te fait du bien.

— Alors, je m'installe chez toi !

Elle me regarde en riant et ses yeux me disent d'accord, même si elle sait que je ne squatterai pas chez elle éternellement.

— En vrai, je ne suis pas sure de reconnaitre ce qui me fait du bien.

— Commence par les choses simples, la lecture, la marche, les amis de cœur et le reste viendra peu à peu. Parfois, nous ne sommes pas capables d'entendre nos désirs avant qu'une menace ne rôde dans la pièce. C'est cette urgence de vivre qui crée le déclic nécessaire, le sursaut qui nous sort de notre sommeil.

Le silence se pose entre nous, laissant la place au brouhaha ambiant. Je trempe mes lèvres dans la tasse et je savoure. En souriant, je murmure avec une expression gourmande :

— Ce que je sais, c'est que le chocolat chaud me fait du bien !

— Ah, tu vois que ça vient ! me répond-elle du tac au tac avec une voix qui porte son élan d'encouragement jusqu'aux tables voisines. Je rougis en apercevant quelques visages se tourner vers nous et replonge aussitôt dans ma tasse, avant de redevenir sérieuse :

— Plus les jours passent, plus je réalise que je ne veux pas d'enfant et que c'était davantage le désir de Julien. Pourquoi ai-je eu besoin de toutes ces galères pour m'en rendre compte ?

Je m'effondre en pleurs. Morgane décale sa chaise sur le côté et me prend dans ses bras.

— Il ne manquerait plus que le bébé décide de rester cette fois-ci, alors que je n'ai plus envie ni de lui ni de Julien !

Je me sens honteuse de m'être exposée ainsi en public et lorsqu'elle me raconte ses dernières vacances, la légèreté revient. J'affectionne nos échanges et l'idée du restaurant japonais me ravit. Tiens, encore une chose que j'aime !

Lorsque je me retrouve seule dans le canapé-lit, je repense à ma mère qui est passée par cette épreuve de la maladie. Je me demande si pour elle aussi cela a changé quelque chose le jour où son cancer a été décelé. En tout cas, dans sa relation à moi, je ne peux pas dire que j'aie constaté la moindre évolution. J'aimerais lui poser la question. Et ma grand-mère, était-elle une autre personne auparavant ? J'étais trop petite pour m'en rendre compte et ne le saurai sans doute jamais.

75. Sarah - Mercredi

Une fois tout le monde parti pour la journée, je me pose, je respire plus calmement. Je me sens libre, même si je dois pondre mes textes. En y réfléchissant, c'est étrange d'avoir cette impression d'être prisonnière lorsque je suis avec mes enfants. Comment se peut-il que je préfère travailler plutôt que de passer du temps avec eux ? Je suis irrémédiablement une mère affreuse ! En plus de ça, j'ai de moins en moins d'allant pour mes articles, je ne me maquille plus, je n'ai plus envie de m'habiller aussi chic qu'avant, sans parler des hauts talons que je ne peux plus porter pour le moment. Que m'arrive-t-il ? Je me passe la main dans les cheveux, une idée effrayante me traverse l'esprit. Se pourrait-il que je sois en dépression ? Mon Dieu, non ! Le cliché trop attendu de la mère célibataire qui ne peut plus tout gérer et se noie dans son bol de thé. Cela ne peut pas m'arriver, pas à moi ! De quoi aurais-je l'air ? Que penserait-on de moi ?

Il faut vraiment que j'appelle cette Rosa, je ne peux pas continuer à m'enfoncer sans réagir. Sans prendre le temps de peser le pour et le contre ou de réfléchir à ce que je pourrais bien lui raconter durant toute une entrevue, je compose son numéro. Contre toute attente, je lui parle aussitôt et j'obtiens un rendez-vous pour dans deux jours. J'en danserais presque de joie. Mais mon euphorie retombe rapidement ; quelques minutes plus tard, je me demande comment se déroule une séance et ce qu'elle va bien pouvoir découvrir de moi que j'ignore encore. La boule dans mon ventre ressemble à de la peur, mais je suis bien trop fière pour m'avouer qu'une simple thérapeute peut m'intimider. Je préfère rejeter la faute sur une probable paresse intestinale due à mon manque d'activité physique, c'est tellement plus confortable.

76. Axelle - Mercredi

16h, me voilà devant le laboratoire d'imagerie médicale, gonflée d'espoir tout autant que de terreur.

L'échographie est assez banale et l'homme qui la pratique reste très silencieux, se bornant à m'expliquer qu'après le deuxième examen, un médecin me donnera un bilan complet. Cela n'a rien de rassurant, bien au contraire. J'aurais aimé qu'il me parle un peu de ce qu'il voyait, mais ce n'était vraisemblablement pas dans ses intentions.

Dix minutes après, c'est une femme qui revient me chercher. Elle me fait entrer dans un sas où elle me demande de me mettre torse nu et de la rejoindre par la porte opposée. Je suis stressée, car autant je connaissais bien l'échographie, autant c'est la première fois que je passe une mammographie ; je serais rassurée par des explications. Je ressors de cet espace réduit pour rentrer dans une salle froide à la lumière blafarde, ce qui renforce mon appréhension.

Elle a eu l'information de ma grossesse sur l'ordonnance et me pare d'un tablier de plomb qui ressemble plus à une chasuble de chasseur pour la pluie, sur le modèle antique des armures des chevaliers. C'est tout sauf sexy, mais l'important, c'est que ce soit efficace.

Lorsque je m'ouvre à elle du fait que je ne sais pas comment cela se passe, elle se contente de me dire de m'avancer sur l'appareil, sans y apporter la moindre considération. Je tremble un peu et ce n'est pas seulement de froid. Je ne devais probablement pas être assez près, car elle m'appuie énergiquement dans le dos pour me coller à la machine. Puis sans aucune explication, elle prend mon sein comme un vulgaire bout de chair pour l'étaler sur la plaque du bas et en une seconde, me l'écrase littéralement entre ces deux bouts de Plexiglas glacés et transparents. Je pousse un cri de douleur auquel elle répond simplement par un haussement de sourcils et un roulement d'yeux. Les minutes suivantes s'égrènent comme si j'étais spectatrice, je suis complètement coupée de moi-même. Lorsqu'elle désincarcère mon premier sein avant de faire subir la même torture au second, je ne détecte pas la moindre once d'humanité. Une larme coule le long de ma joue ; comment peut-on être aussi brutale ? Quand elle revient me libérer, elle se contente de me dire :

— Ça y est, c'est fait, vous pouvez vous rhabiller. Le médecin viendra vous chercher pour vous expliquer les résultats.

Et elle sort de la pièce sans aucune autre formalité.

Je suis sous le choc, je n'arrive pas réfléchir. Pourquoi ai-je reçu autant de violence de sa part ? En plus c'est une femme, elle pourrait comprendre ! Je passe mes habits de façon mécanique et retourne m'asseoir dans la salle d'attente, incapable de la moindre réaction. Je suis hébétée.

Quelques minutes plus tard, une troisième personne m'appelle pour me donner le verdict.

Je n'ai pas craqué à l'intérieur, mais une fois sur le trottoir, les larmes se mettent à couler. Pourtant à cet instant, je devrais être heureuse, rassurée, légère, car le médecin m'a confirmé qu'il s'agit bien d'une mastose et que c'est bénin. Avec ma grossesse, cela risque d'être douloureux par moments, mais ce n'est rien comparé à ce que j'aurais enduré si le diagnostic avait été plus sombre.

Pour l'instant, je n'arrive pas à me réjouir, je me sens totalement déshumanisée, un simple bout de viande qu'on a brutalisé, sans raison, juste par manque de sensibilité ou pire, par négligence.

Je m'assieds sur le premier banc disponible et j'appelle Julien. J'ai besoin d'entendre sa voix, de lui parler de ce que je viens d'apprendre et de partager ma détresse. Je tombe malheureusement sur son répondeur et je raccroche sans laisser de message, mon mal-être n'aurait fait que l'inquiéter.

Je pense un instant à appeler Rémi, mais je me ravise, ce n'est pas de son âge et en plus, il ne sait absolument rien de mes soucis de santé. Alors j'envoie un SMS à Morgane pour lui dire que je suis secouée émotionnellement, mais que tout va bien et je me relève. Je n'ai pas le cœur à prendre le métro, les cinquante minutes de marche que mon téléphone me suggère me feront le plus grand bien.

Aussitôt rentrée à l'appartement, je m'affale sur le canapé et rédige à l'attention du laboratoire un mail que j'ai déjà écrit mentalement vingt fois durant le trajet. J'ai besoin de dire, de dénoncer ce qui m'est arrivé pour me le sortir de la tête et également pour que d'autres n'aient pas à le subir.

Par chance, j'ai la certitude que ma soirée entre filles sera douce et réconfortante et cela m'apaise.

Lorsque Julien me rappelle, je suis plus calme. Et même si je ne suis pas si enjouée que je le devrais, je ne m'effondre pas quand il me demande comment cela s'est passé. Pour sa part, il saute de joie à l'écoute de mes nouvelles et me promet de fêter cela dignement dès que je reviens de Paris. Il est tellement soulagé que sa bonne humeur me déride un peu.

77.   Sarah - Jeudi

Aujourd'hui, me mettre à écrire est encore plus dur que les jours précédents, alors que je pensais déjà avoir touché le point zéro de la motivation.

Devant les notes qui m'ont été envoyées pour rédiger mon article, des images défilent dans ma tête sans que je sois capable de les arrêter. Ce n'est pas un flash, non, cela ne me semble pas réel cette fois. Mais les projections me paralysent et bloquent les mots qui devraient s'imprimer les uns après les autres sur mon clavier. Je n'arrive pas à jeter aux loups cette femme connue de tous pour sa droiture, qui a levé la main sur son enfant en public. Je devrais l'accuser, la montrer du doigt en pointant les débordements incessants de ces célébrités qui se croient au-dessus des lois. Je devrais l'enfoncer aux yeux de tous et s'il est possible, la faire culpabiliser davantage. Mais qui suis-je pour juger cette mère qui a succombé à ses pulsions, qui est restée un instant de trop dans le tourbillon de ses émotions, moi qui me suis retrouvée si souvent sur la corde raide, au bord du précipice de la folie et du passage à l'acte ?

Pour la première fois, au-delà du geste, je perçois l'être humain dans toute sa vulnérabilité. Je me vois. Moi aussi j'aurais pu être la tête d'affiche de ce fait divers. Moi aussi j'ai cet élan morbide enfoui en moi. Combien de fois ai-je eu envie de jeter mon enfant par la fenêtre alors qu'il hurlait à n'en plus finir ? Heureusement, un fil extrêmement ténu, mais oh combien précieux m'a toujours retenue de franchir ce point de non-retour, de devenir ce monstre, un filet tricoté de lucidité, d'humanité et de mystère qui m'a empêché jusqu'à aujourd'hui de commettre l'irréparable.

Alors pour la première fois, je suis incapable d'écrire cet article, incapable d'ajouter une pierre à l'édifice de la destruction de cette femme, incapable de faire ce pour quoi mon patron m'a embauchée. Non, en y repensant, un travail pour lequel on ne me paye même pas, car je suis officiellement en arrêt maladie...

Je referme l'ordinateur, cela ne sert absolument à rien. Je verrai plus tard, peut-être que l'un des autres sujets m'inspirera et me donnera de l'allant. Je l'espère.

78. Axelle - Jeudi

Il est 10h lorsque mon portable sonne : c'est un numéro inconnu.
— Bonjour, Axelle Rivière ?
— Oui.
— Ici le laboratoire de radiologie. Vous nous avez envoyé un mail hier pour nous faire part de votre expérience et je tenais à vous dire au nom de toute notre équipe combien nous sommes désolés de cette douloureuse expérience. Pouvez-vous me réexpliquer ce qui s'est passé pour vous s'il vous plait ?

Après une longue inspiration, je reprends le fil de l'examen, interrompue simplement par quelques questions en vue d'obtenir des détails complémentaires et j'arrive au bout de mon récit avec une voix vacillante qui ne cache nullement mon émotion.

— Nous n'avons jamais eu de retour de la sorte. Sachez que nous allons tout faire pour que cela ne se reproduise pas. Je vous prie vraiment d'accepter nos excuses les plus sincères.

Même si cela n'enlève pas le traumatisme que cela a créé en moi, je suis soulagée qu'ils aient pris en compte mon mal-être et qu'ils réagissent. Un poids s'envole de mes épaules lorsque je raccroche. Je constate à quel point c'est important pour moi d'être entendue.

Hier soir durant notre discussion, j'ai réalisé que je n'avais aucune envie de revenir à Lyon pour aider Sarah. Si tout d'abord je me suis sentie coupable de l'abandonner un peu plus longtemps, Morgane m'a permis d'écouter ce dont j'avais besoin et c'était totalement à l'opposé de ce que je croyais devoir faire. Elle a le don pour trouver les mots qui me ramènent à moi. Je n'étais pas si loin de la réalité lorsque je disais en souriant que je devrais rester chez elle. Elle m'a promis d'être mon fil rouge aussi souvent que nécessaire. Sachant que je n'oserais pas la déranger à la moindre occasion, elle m'a fait jurer de lui envoyer un message à minima tous les deux ou trois jours, ne serait-ce que pour me rappeler cet engagement envers moi-même de prendre soin de moi. Ensuite, j'ai décidé de rester jusqu'à vendredi midi, m'assurant ainsi de ne pas être tentée de voler au secours de ma voisine avant la semaine prochaine.

En repensant à Sarah, l'excuse que je lui ai servie concernant ma venue à Paris me revient en tête. Je me dis que je pourrais aller rendre visite à mes parents avant de retourner à Lyon. Avec tout ce que je traverse et malgré ce qu'ils sont, j'ai envie de passer un peu de temps avec eux. J'espère simplement que nous éviterons les sujets qui fâchent et que je ne le regretterai pas.

J'envoie un message à mon père et à 13h, il me répond qu'ils n'ont rien de prévu et qu'ils seront à la maison vers 18h30.

79. Sarah - Jeudi

En arrivant à la porte du cabinet de Rosa en fin de matinée, je ne me souviens pas avoir autant stressé depuis longtemps. Tout d'abord, même si je commence à retrouver l'habitude de sortir, utiliser les transports en commun m'a généré une bonne dose d'anxiété. Caluire n'est pas à l'autre bout du monde, mais je déteste avoir à prendre le bus : moins fréquent que le métro, il est aussi beaucoup moins fiable côté ponctualité. Pour moi, c'est aller loin de tout. Ensuite, je n'aime pas l'inconnu et encore moins m'exposer à une situation inconfortable. Et parler de moi et de mes difficultés n'est pas du tout mon fort. Je manque de faire demi-tour au dernier moment, mais les images qui me submergent, à l'idée de ne pas sonner, me déplaisent tout autant. Franchement, qui aurait cru qu'un jour je m'abaisserais à demander de l'aide à une psy ?

Elle m'accueille en souriant et m'invite à passer dans une pièce plutôt agréable alors que je m'étais imaginée un lieu froid et impersonnel, ne laissant aucune possibilité d'évasion ou de distraction. Mes yeux balayent l'espace, allant des livres qui jonchent les étagères aux cadres colorés qui décorent les murs, au bureau en bois clair, aux fauteuils gris chinés et au tapis vert d'eau. Celui ou celle qui a agencé l'endroit a bon gout.

— Je vous en prie, installez-vous.

De la main, elle m'indique l'un des sièges et s'installe en face de moi. Je cale mes béquilles contre l'accoudoir, mais elles retombent lourdement sur le sol. Je m'excuse et me penche comme je peux pour les rapprocher, puis je m'assieds, encore plus mal à l'aise, empêtrée dans ma gaucherie. Rosa ne relève pas et s'adresse à moi avec calme et douceur :

— Pouvez-vous m'expliquer ce qui vous amène ?

— Je ne sais pas trop par quoi commencer, c'est nouveau pour moi tout ça. C'est la première fois que je consulte.

— Ne vous inquiétez pas, il n'est pas question de réussir ou de rater quelque chose ici. Lancez-vous et je vous accompagnerai. Si vous me racontiez l'accident que vous m'avez mentionné par téléphone ?

Après avoir respiré bien profondément, réfléchi à mes premiers mots, je lui parle de la moto, de mon choc à la tête et de mes hallucinations.

— Vous n'aviez jamais eu auparavant de visions ou d'images qui vous venaient spontanément ?

— Non, jamais.

— Avez-vous remarqué si le stress était un facteur aggravant ?

— C'est-à-dire ?

— Si vous en aviez davantage lorsque vous étiez anxieuse, inquiète ou contrariée.

Je repense aux épisodes survenus à l'hôpital, avec Rémi et avec Axelle et à mon malaise dans la rue.

— Je n'y avais pas prêté attention, mais c'est possible effectivement. J'en ai eu lorsque je ressassais ou vivais des évènements négatifs. En même temps, mon quotidien est loin d'être une partie de plaisir dernièrement.

Elle ne relève pas ma remarque est poursuit :

— Sont-elles toujours effrayantes comme celles dont vous m'avez parlé ou peuvent-elles être plus légères, ou même vous apprendre quelque chose ?

— Récemment, j'en ai eu qui me montraient des situations agréables, mais au final c'était presque pire. Les autres fois, lorsque la réalité revenait, j'étais rassurée que ce ne soit qu'une vision, mais après ces flashs positifs, je me suis sentie coupable de ne pas avoir pris ces initiatives.

— Et est-ce que les gens autour de vous se rendent compte de quelque chose ?

— Il semblerait que je me fige quelques secondes, comme si j'étais ailleurs. Du coup, au lieu d'agir, je ne fais rien et ça aggrave la situation. Est-ce que vous avez déjà étudié des cas similaires ?

— Non, pas vraiment, cependant…

Je l'interromps et lui lance de façon frontale :

— Alors je ne vois pas comment vous pourriez m'aider à les faire disparaitre dans ce cas.

Mais Rosa, qui ne se laisse pas décontenancer, me répond trop calmement :

— De mon point de vue, l'important n'est pas d'essayer de les supprimer, mais d'aller écouter ce qu'elles ont à vous dire.

Pourtant, c'est ce que je veux moi, qu'elles s'en aillent ! Mais je tente de suivre son raisonnement en enchainant :

— Et vous, vous entendez quoi ? Parce que de mon côté, je sèche.

— Imaginons vos visions sous la forme de pensées qui, pour une raison inconnue, gonflent tel un ballon et vous renvoient une projection grandeur nature, comme dans une salle de cinéma où vous ressentez et vivez ce que vous voyez sur l'écran. D'où viennent-elles à votre avis ?

— De mon cerveau !

Je déduis de son sourire amusé que ce n'est pas ce qu'elle attendait et je me sens comme une gamine qui n'a pas bien répondu à la maitresse. Je tente une autre explication :

— Heuuu, de ce que je vis ?

— Oui, pour moi elles sont la résultante de ce que vous ressentez et de votre façon d'appréhender le monde. Vous êtes donc influencée par votre environnement. À cela, s'ajoute votre état d'esprit du moment. L'expression « Voir la vie en rose » ou « Voir la vie en noir » reflète bien ce filtre que nos yeux peuvent mettre entre ce qui nous entoure et notre perception. Aussi, suivant vos émotions, votre mental génère des images négatives ou positives.

— C'est bien beau tout ça, mais c'est quoi leur raison d'être ?

— Ce que je vous exprime, c'est que vous créez votre propre réalité, et dans un but précis, même si vous l'ignorez.

— Je ne vois pas en quoi cela m'aide de noircir le monde autour de moi et de le rendre violent et hostile.

— Je ne sais pas non plus. Peut-être que cela fait écho à quelque chose de votre quotidien. Comment sont vos relations en général ?

— Ma vie sociale est limitée ; avec deux enfants, je n'ai pas le temps de faire grand-chose. D'ailleurs c'est assez tendu en ce moment avec eux. Et avec mes collègues, il s'agit davantage de compétition que d'entraide ou d'amitié.

— En quoi consiste votre travail ?

— J'écris des articles. Je me base sur des faits divers concernant des personnes connues.

— De quoi traitent-ils ?

Pour la première fois alors que je parle de mon métier, ce n'est pas de la fierté que je ressens, mais une certaine gêne. Je cherche un peu mes mots et finis par lâcher :

— Je mets en lumière leurs erreurs.

— Et est-ce que cela vous plait ?
— À vrai dire de moins en moins.

Je baisse les yeux, mes mains sont moites et je ne peux m'empêcher de les serrer l'une contre l'autre, dans un mouvement de va-et-vient crispé.

— De moins en moins... répète-t-elle. Ce changement, est-il récent ?

— Avant, j'adorais mon métier, mais depuis l'accident, j'éprouve des difficultés à rédiger mes textes.

— Et lorsque cela se produit, comprenez-vous pourquoi ?

— Je ne sais pas trop, certaines thématiques me mettent mal à l'aise. Tenez, ce matin par exemple, j'avais l'impression que j'aurais pu être cette femme et qu'en écrivant cet article, d'une certaine façon, je me serais moi-même accusée. Au final, je n'ai tout bonnement pas réussi à le pondre ce fichu paragraphe.

Rosa sourit, je ne comprends pas pourquoi et cela m'énerve. Pour qui se prend-elle ?

— Ça vous amuse de me savoir galérer ?

— Non, pas du tout, me répond-elle doucement. Simplement, je faisais un parallèle entre vos visions noires du monde et votre coup de crayon qui assombrit le quotidien de ces personnes.

— Vous insinuez que je pourris tout autour de moi ?

— Non plus, par contre, je pense que les évènements vous invitent à réévaluer vos valeurs et vérifier que la façon dont vous orientez votre chemin vous convient encore.

Je la regarde et la trouve très sereine alors que moi, j'ai l'impression que ma vie s'effondre, que le sol est sur le point de se dérober sous mes pieds.

— Et donc, selon vous, je devrais démissionner de mon emploi ?

— Ce n'est pas mon objectif, simplement il est bon de s'interroger de temps à autre sur l'alignement entre nos actions et nos convictions.

— Facile à dire, ce ne sont pas mes croyances qui vont me nourrir !

— En effet. Plutôt que de vouloir tout balayer, je vous propose de sentir ce qui vous dérange et de trouver une façon de faire qui vous convienne pour continuer sans passer en force. Peut-être existe-t-il une voie inexplorée qui vous correspondrait.

— On voit que vous ne connaissez pas mon chef. Il est réfractaire à tout changement.

— Je ne dis pas que c'est facile ni même forcément possible, pourtant je suis persuadée que cela vaut la peine d'essayer. Votre qualité de vie en dépend. Et je vous invite à ne rien précipiter.

Mmm… Je ne suis pas emballée par sa suggestion, d'autant que je ne sais absolument pas ce que je pourrais faire d'autre. Cependant, dans le fond, elle n'a pas totalement tort.

— Qu'est-ce qui vous plairait en dehors de votre emploi actuel ?

— J'ai toujours voulu être journaliste, je n'ai pas envie d'en changer.

— C'est un très beau métier ; je suis certaine qu'il y a beaucoup de façon de l'exercer sans forcément dévier complètement de secteur. Pour la prochaine séance, si vous décidez de revenir, je vous propose de faire une liste de tout ce qui aujourd'hui ne vous convient pas dans le poste que vous occupez, ce qui vous attire dans cette activité et quelles catégories d'articles ou de sujets vous aimeriez couvrir.

Elle fait une courte pause puis reprend :

— Si vous avez d'autres visions, il serait intéressant de noter l'état émotionnel dans lequel vous étiez juste avant, la ou les personnes présentes et les pensées qui les ont précédées. Et si vous pouvez le faire également pour quelques incidents de ces dernières semaines, ce serait idéal.

Ah… Je fais le triste constat qu'une seule séance ne suffira pas et que je vais en plus avoir des devoirs à la maison. Mais qu'est-ce que je croyais ? Qu'elle allait me régler mes problèmes d'un coup de baguette magique ? Je suis bien naïve.

— Si je peux me permettre une question : dans combien de temps est-ce que je peux espérer être tirée d'affaire ? C'est compliqué pour moi cette situation.

Encore une fois, elle sourit et ça m'énerve.

— Chaque personne chemine différemment. Je ne peux pas vous dire avec certitude de combien de séances vous aurez besoin. Peut-être que trois ou quatre peuvent suffire dans un premier temps. Et si vous souhaitez vous investir dans un travail de fond, je serai là pour vous accompagner aussi longtemps que nécessaire. C'est vous qui serez actrice de votre évolution et je vous soutiendrai dans votre démarche.

Avant de prendre congé, elle ajoute :

— Une dernière chose : je vous invite à être plus authentique et plus sincère avec vos enfants. Lâchez le masque et la crainte d'être rejetée pour celle que vous êtes. Montrez-vous réellement et observez si cela change leur comportement face à vous. Ce ne sera sans doute pas toujours facile, mais expérimentez par petites touches et voyez ce qui se passe.

J'ai l'impression de revenir de l'école avec des devoirs. J'ai repris rendez-vous pour la fin de semaine prochaine et d'ici là, j'ai du pain sur la planche ! Je ne m'attendais pas du tout à ce que j'ai vécu pendant ces quarante-cinq minutes. Je pensais m'allonger sur un sofa et ne faire que parler, comme dans certains films, mais il faut croire que tout le monde ne travaille pas ainsi ou que la mode a changé. Et tant mieux, car j'aurais été bien incapable de faire un grand monologue face à une inconnue.

80. Axelle - Jeudi

Lorsque je sonne à leur porte, ils sont déjà là tous les deux et ma mère est affairée à la cuisine.

— Tu aurais dû nous dire plus tôt que tu allais passer, j'aurais préparé quelque chose. Tu nous prends au dépourvu. Heureusement que le traiteur d'à côté avait de quoi me dépanner.

Je suis à peine arrivée que j'ai droit à un reproche. En même temps, c'est d'usage chez elle. Je ne relève pas, de toute façon, elle n'attend pas de réaction de ma part.

— Ça s'est décidé un peu au dernier moment et j'ai eu envie de vous voir.

— C'est vrai qu'en étant au chômage, tu as tout ton temps. Ça a un côté pratique !

Et de deux…

— Julien m'a dit de vous embrasser et qu'il aura plaisir à venir dès que l'occasion se présenta.

— C'est gentil de sa part. Il en a du courage d'avoir accepté ce poste. Il travaille dur pour arriver à ses fins, il ira loin. Et toi à ce propos, toujours pas de piste ?

— J'attends des réponses à des candidatures, je suis sure que je vais trouver rapidement.

Je n'en suis pas persuadée, mais qu'importe. Je ne vais pas leur dire que je ne sais pas ce que je veux faire de ma vie et que rien n'avance, sinon je suis bonne pour un sermon d'une heure. Ils ne me croiront probablement pas, mais à minima ils me laisseront tranquille. D'ailleurs, ma mère fait une moue et retourne à ses préparatifs.

Je les aide à mettre la table puis nous nous posons, un verre à la main.

— Et toi papa, comment tu vas ?
— Ça va, tout roule.
— Pas trop de cas bizarres au tribunal en ce moment ?
— Comme toujours, c'est ce qui rend l'aventure intéressante. L'autre jour, j'ai eu un détenu qui a carrément essayé de se faire la malle en pleine audience, il ne doutait vraiment de rien !
— Hein, avec toute la sécurité qui est déployée là-bas ? Il n'a pas dû filer bien loin !
— Tu m'étonnes !

Avant qu'un silence ne s'installe, je continue mon tour de questions.

— Et toi Maman ? Tu as eu les résultats de ton dernier rendez-vous de suivi ?
— Je touche du bois, jusqu'ici tout va bien. Ne croyez pas que vous allez vous débarrasser de moi de sitôt !

Elle a beau le dire en souriant, cela ne m'amuse pas du tout, surtout après ce que je viens de traverser. Je sais qu'elle n'aime pas particulièrement en parler, mais j'ai tellement envie de creuser le sujet que je me jette à l'eau :

— Je me demandais comment tu avais réagi au moment de la découverte de ta tumeur et comment tu avais réussi à surmonter cette épreuve. Au-delà des traitements, tu n'as jamais rien exprimé devant nous, comme s'il ne se passait rien de grave.
— Pourquoi est-ce que tu veux remuer tout ça ? J'ai fait ce qu'il y avait à faire et puis c'est tout. C'était une sale période, elle est derrière moi et je tiens à ce qu'elle y reste.

Son regard trahit son mécontentement, mais je ne laisse pas tomber pour autant :

— Je comprends, pourtant ces derniers temps, je me demandais comment tu avais pu t'adapter à tous ces bouleversements et si cela avait transformé ta façon de voir le monde.

— D'où te viennent ces questions Axelle ? Bien sûr que ça change tout et que c'est tout sauf simple, mais c'est comme ça.

Sur ces mots, elle se relève pour aller chercher les bols et les plats sur le plan de travail, me tournant le dos. Je suis frustrée, je n'arrive à rien. En ce moment précis, je me demande si nous avons déjà réellement communiqué ensemble sur autre chose que des futilités. C'est comme si les émotions et les sentiments étaient tabous dans cette maison. Cela ne m'étonne pas que je sois une handicapée de l'écoute de moi-même.

Avant que je n'aie pu revenir à la charge, c'est elle qui prend le contrôle :

— Mais je peux te dire que le fait d'avoir des enfants change totalement une vie. Ça lui donne un sens complètement différent. Et cela non plus, ce n'est pas facile tous les jours. Tu verras, quand ce sera ton tour.

Et voilà… Il ne lui aura pas fallu longtemps pour remettre la discussion sur le tapis. Je ne sais pas ce que j'espérais en venant ici. Que ma confrontation à la maladie allait tout changer entre nous comme par magie ? Que le fait d'être enceinte et en difficulté avec Julien allait transformer notre relation ? Bien sûr que non. Et ma mère de répéter :

— Tu verras…

C'est la goutte d'eau qui fait déborder le vase :

— Et si je n'en avais pas envie, hein ? Et si moi, je ne voulais pas mettre des enfants au monde pour qu'ils soient malheureux ?

— Tu ne sais pas ce que tu dis ! Tu verras quand tu auras notre âge et que tu seras seule ! Me lance ma mère.

— Ha parce que c'est à ça que je sers ? À m'occuper de vous quand vous serez vieux, quand l'un de vous deux sera mort ? À vous tenir compagnie ? C'est pour cette raison que vous m'avez mise au monde, hein ? C'est ça que je représente, un bâton de vieillesse ?

— Calme-toi voyons, qu'est-ce qui t'arrive ? me demande mon père, des reproches plein les yeux.

— Ce qui m'arrive ? Ce qui m'arrive ? J'en ai marre de recevoir en permanence vos sermons, vos remarques désobligeantes, vos attentes trop lourdes et votre déception par rapport à tout ce que je fais ou ne fais pas ! Je ne suis jamais assez bien pour vous, jamais !

Le silence retombe, pesant et une larme perle le long de ma joue. Je reprends, soudainement calme :

— En fait, je ne sais pas pourquoi je suis venue ici, je ferais mieux de m'en aller.

Mon père tente de me retenir tandis que ma mère ne bouge pas de la table. C'est inutile, cela ne mènera à rien ce soir. J'attrape mes affaires et je quitte la maison direction le métro. Je suis en colère.

81. Sarah - Jeudi

Ce soir, Rémi est particulièrement de mauvaise humeur à son retour de l'école. À mon avis, l'absence d'Axelle n'arrange rien, il serait sans doute passé la voir pour se confier. Mais avec moi il ne sait pas s'ouvrir, il garde tout pour lui. Après avoir pris son gouter tout en me répondant par monosyllabes, histoire de bien me signifier qu'il ne voulait pas parler, il file dans sa chambre et claque la porte derrière lui. Le silence retombe dans l'appartement, me laissant seule face à mon écran qui me supplie de nourrir les pages vierges qu'il m'affiche régulièrement. Je ne réussissais déjà pas à me concentrer avant qu'il n'arrive, alors autant dire que c'est encore pire maintenant. Je rêve d'être une petite souris afin d'aller l'épier.

Peu après, des notes de guitare s'échappent du fond du couloir. Je ferme les yeux pour l'écouter. Je suis contente qu'il ait trouvé un instrument qui lui plaise et lui permette d'exprimer sa sensibilité. J'ai toujours aimé l'entendre, mais le morceau qu'il joue me touche particulièrement, bien qu'il me soit inconnu. D'abord lent et mélancolique, il devient enjoué avant d'inverser à nouveau la tendance, ajoutant de la nostalgie à mon cœur déjà bien agité. La mélodie me transporte vers d'autres cieux, plus doux.

— Maman ?

Je sursaute et ouvre les yeux, je ne me suis pas rendu compte que la musique s'était arrêtée. Rémi a le regard triste.

— Oui ?

— J'ai besoin de ton aide, je me sens trop mal en ce moment.

Je suis scotchée, mais n'en laisse rien paraitre, c'est inespéré.

— C'est en lien avec les derniers évènements au collège ?

— Mmm.

— Tu veux m'en parler ?

— Je ne sais pas comment gérer tout ce qui me tombe dessus. Pourquoi la vie est pas plus simple ?

Je soupire, je suis bien d'accord avec lui ; moi aussi j'aspire à plus de facilité et de douceur dans ce monde de brutes. Au même moment, un bruit sourd détourne mon attention : quelque chose vient de chuter dans sa chambre.

— C'était quoi ça ?

En lui posant la question, je constate qu'il a disparu du salon...

Et merde ! C'était trop beau pour être vrai.

Malgré ma frustration, je devrais sans doute faire le premier pas vers lui et tenter de renouer un contact sincère. Cette vision m'y encourage, elle semble me dire que c'est possible, que tout n'est pas perdu d'avance, que l'espoir est permis. Nous avons besoin tous les deux de nous reconnecter. Et le rendez-vous de ce midi m'a donné un élan d'optimisme. J'imagine Rosa qui m'incite à m'ouvrir à mes enfants, à oser aller vers eux. J'ai déjà réussi une fois avec lui, alors pourquoi pas tenter d'aller plus loin dans la réconciliation ? Je me lève, traverse le couloir et frappe doucement.

— Rémi, je peux rentrer quelques instants ?

Pour toute réponse, la porte s'entrebaille légèrement. J'y vois un bon signe et pénètre dans sa chambre. Je décide de jouer franc jeu, comme me l'a conseillé Rosa.

— Je viens d'avoir une nouvelle vision dans laquelle tu n'allais pas très bien et je suis inquiète.

— T'as toujours des visions ?

— Beaucoup moins, mais j'en ai encore, oui.

— Et quoi, je me taillais les veines à mon tour ?

Je décide de ne pas relever pour ne pas risquer de le braquer, mais il est clairement sur la défensive.

— Non, tu avais simplement le cœur lourd avec ce qui se passe au collège et tu avais envie de te confier.

— Si je t'ai déjà tout dit dans ton trip, alors j'ai plus besoin de rien faire !

— Rémi, je n'ai rien vu de précis, mais je sens bien que tu vis des choses difficiles. Et je suis disponible pour que tu m'en parles.

— À quoi bon ? Y'a plus grand-chose à faire de toute façon.

Il ne faut pas que je fasse de faux pas. Je tergiverse quelques secondes sur ce qui me semble le plus probable.

— Est-ce que tu sais si Ninon a porté plainte ?

— Oui.

— Contre toi ?

— D'après les bruits de couloir, c'est contre Clément, pas contre tous les autres directement.

Je suis sur le point de lui dire que dans ce cas tout va bien et qu'il n'a pas à s'en faire avant de me raviser. Il se sent mal, c'est qu'il y a autre chose à creuser.

— Clément, ton copain ? Je ne suis pas sure de comprendre pourquoi.

— Il m'a avoué qu'il avait pas toujours été sympa avec elle depuis le début de l'année, que plein de fois il l'avait insultée et même menacée. Tu te rends compte, j'avais rien vu alors que c'est mon pote. Mais comme ça se passait en dehors du collège, j'étais pas là. Et tout ce temps, il m'a fait croire que c'était elle qu'était méchante et lui la victime. Comment j'ai pu le soutenir aveuglément ? Je suis vraiment trop nul !

Dans ce genre d'histoire, c'est trop souvent le cas, tout retombe sur le dos de la fille. On fait d'elle la responsable, prétextant qu'elle l'a bien cherché sans se rendre compte de tout ce qu'elle a pu endurer pour en arriver là, combien elle a souffert avant de réagir pour tenter de changer une situation invivable. Je lui épargne mon discours moralisateur, mais n'en pense pas moins :

— Tout n'est pas forcément aussi blanc ou noir que nous l'imaginons. Tu ignorais la réalité.

— J'aurais dû savoir ! me lance-t-il avec les yeux brillants de larmes.

Il est avachi sur son lit, le dos vouté sous le poids du chagrin et je n'ai qu'une envie, m'assoir à ses côtés pour le prendre dans mes bras. L'accepterait-il ? Je n'en suis pas certaine du tout. Je me pose à une distance raisonnable, incapable de faire davantage, par pudeur, à moins que ce ne soit par peur d'être rejetée.

— Personne n'est parfait et je suis bien placée pour te dire ça. Tu as fait de ton mieux avec les informations en ta possession à ce moment-là.

— Comment on fait pour vivre avec toutes nos erreurs ? Je crois que j'y arriverai pas.

— Au départ, ça semble insurmontable. Puis peu à peu, l'émotion s'estompe et la vie reprend son cours comme avant, ou presque. Ça ne sera pas la dernière, il faut juste avoir de la patience et du courage pour faire face aux difficultés. Tu verras, tu trouveras les ressources en toi.

Je lui passe une main dans le dos, maladroitement. Il ne s'écarte pas pour l'éviter et je savoure ce petit pas de plus. J'ajoute :

— Et puis je suis là.
— Merci Maman.

Il pose sa tête contre mon épaule et mon cœur fond. Je le prends dans mes bras et accueille simplement ses larmes, profitant de notre complicité retrouvée. Merci Rosa.

Je reste silencieuse contre lui quelques instants de plus, puis desserre mon étreinte lorsqu'il recommence à bouger.

— Ça va aller ?

Il se mouche avant de me répondre faiblement que oui. Je pose une dernière fois ma main sur son épaule, puis quitte sa chambre. J'ai retrouvé mon fils, au moins pour ce soir et mon cœur de maman est comblé.

82. Axelle - Jeudi

En arrivant à l'appartement de Morgane, je suis totalement démoralisée, au fond du gouffre, ce qui ne lui échappe pas une seconde :

— Ben alors Axelle, tu as eu une grande nouvelle hier et je te retrouve ce soir en larmes et toute déconfite, c'est quand même un comble ! La rencontre avec tes parents s'est aussi mal passée que ton état le laisse supposer ?
Je fais un petit hochement de tête en signe d'approbation.
— Vu l'heure, j'imagine que tu n'as pas mangé, viens, on se prépare quelque chose et tu me racontes.
Elle s'affaire dans la cuisine tandis que je lui explique ma visite expresse qui a tourné au fiasco. Elle m'écoute tout le long sans m'interrompre :
— Comment te sens-tu maintenant ?
— En colère, c'est impossible de parler avec eux, ils sont enfermés dans leur vision étriquée du monde et échanger sur des choses profondes relève d'une utopie. Il n'y a que la pluie, le beau temps et les reproches qui aient leur place dans nos conversations.
— Est-ce seulement de la colère ?
— Je crois que cela me rend triste aussi de ne pas savoir communiquer avec mes parents de façon constructive. Tu te rends compte, je n'ai pas été capable de leur dire que j'ai eu peur d'avoir un cancer à mon tour et que cela ne va pas très bien avec Julien.
— C'est sûr que c'est dommage. Mais tu as tout de même réussi à mettre sur la table des thèmes importants, non ?

Elle a ce sourire encourageant qui me donne des forces. J'aimerais lui ressembler parfois.

— Mmm, c'est vrai, mais...

— Tatata... pas de mais, oui ou non ?

Elle m'énerve à avoir raison... Je ne peux que valider :

— Oui, oui...

— Et pas uniquement un, mais deux sujets délicats d'après ce que j'ai compris. Il y a eu ta non-envie d'enfant et leur façon de se comporter avec toi !

— C'est vrai, je n'ai pas pu me retenir, c'est sorti tout seul.

— Tu avais déjà osé leur parler de la sorte ?

Je m'arrête un instant et fais ce constat surprenant.

— Non, jamais... Même ado, j'étais trop sage.

— Axelle, c'est un pas de géant que tu as fait là, il faut que tu le réalises !

— C'est vrai, pour la première fois je leur ai tenu tête, je leur ai dit ce que j'avais sur le cœur sans chercher à être leur petite fille modèle, docile et soumise.

— Tu t'es positionnée face à eux et tu leur as montré que tu es une adulte, une personne à part entière, indépendante de papa et maman, qui pense par elle-même et qui prend ses propres décisions.

Une chaleur m'envahit la poitrine, une sensation indéfinissable, mais plutôt agréable. Un sourire se dessine timidement sur mon visage et Morgane se joint à moi, l'émotion monte de plus en plus puissante. C'est vrai ça ! Mes larmes pétillent de gratitude, de reconnaissance et un mot me vient : je suis fière : fière de moi, d'avoir retrouvé mon intégrité, et d'avoir acquis ma liberté face à mes parents. Je la prends dans mes bras. Merci, merci d'être celle que tu es, mon amie, merci de m'aider à ouvrir les yeux sur ce que je vis. Lorsque je redescends un peu de mon nuage, je murmure :

— J'espère juste qu'un jour, un véritable dialogue sera possible entre nous.

— Chaque chose en son temps, tu crois que le monde s'est créé en un claquement de doigts ? me lance-t-elle avec un air taquin.

Elle a le chic pour faire des comparaisons farfelues. Je lui souris, j'aimerais bien.

83. Sarah - Vendredi

Me voilà pour la dixième fois de la semaine à la crèche. Oui, j'ai compté le nombre de trajets tellement cela m'angoisse ! Heureusement qu'elle est proche de l'appartement et que le temps a été clément pour alléger quelque peu mon supplice. Même si je sens que la peur s'atténue légèrement, elle continue de rôder autour de moi au moindre ronflement de moteur. Je me maitrise comme je peux, je respire profondément, je serre la main de Robin plus fort que d'ordinaire, comme si ensemble nous avions le pouvoir d'être invincibles, comme s'il allait me protéger.

Malgré cela, je dois bien avouer que les quelques informations grappillées auprès des puéricultrices sur le comportement de Robin me permettent d'être davantage en lien avec lui lorsque nous rentrons à la maison. Hier, il avait beaucoup joué avec une petite fille et c'était adorable de le voir me répondre avec une spontanéité joyeuse concernant Emy, sa nouvelle amoureuse (enfin, c'est moi qui l'appelle comme ça, pas lui). Son attitude n'est pas exemplaire, pourtant, il semble un peu plus serein et cela me fait plaisir. L'autre gros point noir de ces allers-retours se situe dans un bureau au bout du couloir. Par chance, son occupante n'en est jamais sortie au mauvais moment et je prie une fois de plus pour que ce soit le cas. Mais le bon Dieu ne m'a pas écouté ou je ne l'ai pas demandé assez fort aujourd'hui, car au moment où je reviens du coin des grands avec Robin agrippé à ma béquille, elle m'interpelle :

— Madame Rochet ! Je suis ravie de voir que vous vous consacrez davantage à votre fils, une bonne résolution de printemps ? À moins que ce ne soit ce mauvais coup sur la tête lors de votre accident ?

Je n'aime pas son sous-entendu, encore moins sa présence ; je lui ferais bien ravaler son petit sourire en coin. N'attendant aucune réponse de ma part, elle poursuit son monologue acide, telle une pieuvre qui enserre sa proie :

— Vous n'avez donc plus votre aide à domicile ? Comme c'est dommage, ça doit vous manquer.

Mais de quoi je me mêle !

Elle me tapote le bras d'une façon beaucoup trop familière, affichant un air mielleux et pointe du doigt le flyer que j'ai dans la main :

— Pour une fois, si vous preniez la peine de venir : rencontrer d'autres parents vous fera le plus grand bien, cela ouvrira un tant soit peu votre horizon.

Incapable d'en supporter davantage je la coupe net :

— Je verrai ce qui est possible, bonne soirée, dis-je en entrainant Robin vers la sortie et en me mordant la langue pour ne pas lui cracher mon venin en pleine figure devant mon fils. Mais dès que j'ai le dos tourné, je l'entends me lancer :

— T'aurais pu trouver une autre crèche pour ton rejeton au lieu de me narguer en permanence avec tes faux airs de ne pas y toucher ! Salle garce ! J'aurai ta peau un jour, tu payeras pour tout le mal que tu m'as fait !

Je me fige, mon cœur s'arrête de battre et mes doigts se raidissent sur les poignées des béquilles. Mon Dieu ! Ai-je bien entendu ? Me remémorant les conseils de Rosa, je prends une grande inspiration, et constate en me retournant qu'Alice vient de rentrer dans son bureau. Ça alors, c'est incroyable comme ce flash est imprégné de mes émotions vis à vis de cette femme ! Ce serait donc bien moi qui les crée ? Moi et moi seule ?

— On y va Maman ? me demande tranquillement Robin.

Encore sous le choc de cette révélation, j'arrive à lui sourire faiblement et je lui murmure :

— Oui mon chéri, on rentre.

En passant le pas de la porte, une pensée percute mon cerveau, comme si j'avais été touchée par la foudre. C'est elle ! Tout coïncide : sa froideur, son attitude dédaigneuse, son SMS reçu juste avant qu'on me renverse devant la crèche, tout la désigne. Depuis le début, j'avais l'ensemble des cartes en main sans m'en rendre compte. J'ignore comment elle a pu déterrer cette histoire aussi longtemps après, mais j'en suis persuadée, c'est elle la commanditaire de mon accident. Comment vais-je réussir à la confronter et la faire avouer ?

84. Axelle - Vendredi

Après avoir rejoint Morgane pour déjeuner, c'est à contrecœur que je prends le métro en direction de la gare de Lyon. Cette semaine loin de mon quotidien monotone, mes échanges avec elle et les nouvelles médicales rassurantes me donnent un vague à l'âme lorsque je monte dans le train. De plus, la perspective des prochains jours n'est pas fameuse : me positionner face à Sarah, annoncer ma grossesse à Julien et lui faire part de mes doutes concernant notre couple. Autant dire que si je pouvais faire demi-tour et rester ici, je le ferais sans hésiter, mais ce ne serait que reculer pour mieux sauter.

Je crois que l'univers a senti mes freins intérieurs. À la gare du Creusot TGV, nous nous arrêtons beaucoup plus longtemps que prévu. Le commandant de bord nous informe de la présence d'animaux sur les rails et qu'il reviendra vers nous dès qu'il en saura davantage. Au bout de trente minutes, la même annonce nous est faite, nous laissant dans le flou le plus total. J'imagine les agents de la SNCF en train de réquisitionner des chasseurs pour libérer les voies de ses occupants. Cela me fait presque sourire, ce qui n'est pas le cas de la plupart des personnes autour de moi qui commencent à s'impatienter. Ceux qui comptaient arriver à Lyon pour 17h comme prévu initialement n'ont qu'à en faire leur deuil : ce sera déjà miraculeux si nous n'avons qu'une heure de retard.

J'étais loin de la réalité, il est 18h passé lorsque nous repartons pour les quarante dernières minutes de trajet.

Dans le tram T1 qui me ramène chez moi, je repense au Hoya bella. J'espère qu'il n'a pas subi les assauts de Robin et que

Julien n'y verra que du feu, ce serait la première chose qu'il remarquerait en rentrant. Je prie aussi pour que mes haut-le-cœur ne reviennent pas avec, me rendant compte par la même occasion que je n'ai pas vomi de tout mon séjour parisien. Je me sentais parfois un peu nauséeuse, mais rien de comparable avec les violentes remontées du début de semaine. À la simple évocation de son odeur, mon estomac se contracte. C'est invraisemblable que cette plante me fasse un tel effet.

Pourtant, lorsque je passe la porte de l'appartement, rien ne se déroule comme je l'avais imaginé…

85. Sarah - Vendredi

Ça sonne, ça doit être Axelle.

— J'arrive !

Je suis contente de la savoir de retour et je boitille rapidement jusqu'à l'entrée. Mais lorsque j'ouvre la porte, c'est Julien qui se trouve face à moi. À sa façon de me regarder, je comprends que je dois avoir un air ahuri et je referme la bouche.

— Ah, bonjour Julien. Que se passe-t-il, il y a un problème ?

— Bonjour Sarah. Axelle n'est pas encore rentrée et ma nouvelle plante n'est plus à sa place. Est-ce que par hasard, tu saurais où elle est ?

J'ouvre la porte un peu plus largement, lui laissant le loisir de la découvrir dans son environnement de vacances…

Il reste un instant sans réagir en l'apercevant avant de m'interroger avec une intonation dans la voix qui n'a rien de sympathique.

— Tu peux m'expliquer ?

Mince, je ne peux pas lui dire pourquoi Axelle me l'a apportée, officiellement, je ne suis pas au courant de sa grossesse. Surtout, pas de gaffe. Il faut que j'improvise quelque chose qui soit crédible.

— Avant de partir lundi, Axelle m'a demandé si elle pouvait me la laisser en pension. Elle m'a dit que tu y tenais beaucoup, qu'elle était un peu mal en point de la semaine dernière et qu'elle voulait que quelqu'un puisse s'en occuper.

Constatant qu'il n'est pas tout à fait convaincu, je force le trait.

— Tu sais, Rémi a la main verte, il adore parler aux plantes et en prendre soin. D'ailleurs, vois par toi-même, elle s'est bien requinquée ! Je t'en prie, entre !

Rémi n'a jamais montré de telles aptitudes, mais il était si souvent posté à côté que ce n'est jamais qu'une demi-vérité. Julien se détend devant ce dernier argument et avance en direction du Hoya bella.

— Effectivement, elle semble plutôt revigorée, même si ses fleurs ne sont plus très nombreuses.

Je vois de quoi me parlait Axelle, Julien est totalement amoureux de sa plante et cela me fait sourire, c'est un vrai gosse.

— Bon eh bien, merci alors, je vais la redescendre, me lance-t-il en ayant un air tout penaud.

— T'es sûr que tu veux la ramener ? Ce n'est pas que je tienne absolument à la garder, mais son parfum est très fort pour quelqu'un qui est particulièrement sensible aux odeurs.

— Comment ça "pour quelqu'un qui est particulièrement sensible aux odeurs" ?

— Ben Axelle !

— Comment ça, Axelle ?

À cet instant prévis, j'aimerais revenir quelques secondes en arrière ou me rendre compte que je suis dans un de mes flashs et non en train de faire une bourde. Je bafouille :

— Je, je ne sais pas, elle m'a laissé comprendre que les parfums l'incommodaient en début de semaine…

— T'es en train d'insinuer quoi là ? Elle t'a dit quoi exactement Axelle en te l'amenant ?

— Écoute, je crois qu'il est préférable qu'elle t'en parle directement, ce n'est pas à moi de te l'annoncer.

Bravo Sarah, tu viens encore d'aggraver ton cas ! Y'a des jours où je ferais mieux de me la fermer.

Lorsqu'il repart avec sa plante, ses yeux brillent de colère. Je voudrais disparaitre dans un trou de souris, tellement je me sens coupable. Pardon Axelle.

86. Axelle - Vendredi

En poussant la porte de l'appartement, je découvre le Hoya bella qui trône à sa place habituelle et mon sang ne fait qu'un tour : Julien est déjà là ! Alors qu'il n'était jamais revenu avant 20h, quand ce n'était pas 22h passées, pas de bol, il a fallu que cela tombe justement aujourd'hui, et si ça se trouve c'était pour me faire plaisir, en plus.

L'instant d'après, j'aperçois Julien assis sur le canapé, visiblement fâché. J'ai à peine le temps de refermer la porte que je suis assaillie par ses reproches en guise de bienvenue :

— J'aurais préféré que tu m'en parles, plutôt que de le découvrir chez Sarah.

— Je suis désolée, j'ignorais que tu serais déjà rentré, je pensais aller le rechercher moi-même. Je lui avais confié pour qu'elle en prenne soin et…

— Arrête je sais pourquoi tu lui as amené.

J'ai chaud et j'ai froid en même temps. Je maudis Sarah, je maudis ma sensibilité olfactive et cette fichue plante sans laquelle rien de tout cela ne se serait produit.

— Je… je pensais que nous en parlerions ce weekend.

— Quand l'as-tu appris ? Pourquoi m'avoir caché que nous attendions un enfant ?

Parmi toutes les façons d'aborder le sujet avec lui, c'était bien la dernière que je pouvais souhaiter. Je baisse les yeux et je respire profondément pour aller puiser au plus profond de moi l'énergie nécessaire pour lui exposer mes doutes.

— Je ne suis plus sure de rien.

Mes mots le déstabilisent, il tique et fronce les sourcils :

— Plus sure de quoi ? Y'a un souci avec le bébé ?

— Non, enfin, je ne crois pas.

— Alors quoi ?

— Un peu tout, mon désir de maternité, notre couple, je ne sais plus du tout où j'en suis et ça me perturbe énormément.

— Quoi, t'es de nouveau enceinte et c'est justement maintenant que tu choisis de tout remettre en cause ?

— Je ne choisis rien du tout, ça m'est tombé dessus d'un coup. Tu crois que c'est facile pour moi cette situation ?

— Et pour moi alors ? Ce bébé et toi, vous êtes tout pour moi.

Je repense au weekend dernier, un peu amère.

— Pas tout à fait, tu as Zoé maintenant.

— Ha, c'est donc à cause d'elle ? Tu t'imagines que je vais tout plaquer parce qu'elle vient d'apparaitre dans ma vie ? Que plus rien d'autre ne m'intéresse ?

— Tu me reproches mon silence quant à ma grossesse, mais toi, depuis quand étais-tu au courant pour Zoé ? Ne me dis pas que tu as tout découvert de son existence la veille de son passage à Lyon !

Je vois bien qu'il est troublé et qu'il ne s'attendait pas à ce revirement. Il esquive comme il sait si bien le faire. Il n'a pas joué franc jeu, Morgane avait raison.

— Combien de fois faudra-t-il que je te répète que c'était important pour moi de la rencontrer et que cela n'enlève rien à mon amour pour toi et à mon envie de construire une famille ?

— Tu ne m'as pas répondu.

Il n'a pas l'habitude que je campe sur mes positions et ne sait pas comment réagir.

— Œil pour œil, dent pour dent, c'est ça ton principe ? me lance-t-il.

— Alors tu avoues ?

— Qu'est-ce que cela change que je l'aie appris avant ?

— Je pourrais te renvoyer la même chose par rapport à ma grossesse…

— Cela n'a rien à voir, au départ, je n'étais pas du tout certain que ce soit vraiment ma fille.

— Et maintenant, tu en as la preuve ?

— Tout coïncide, les dates, sa mère, notre ressemblance.

Mon cœur se serre en entendant ce dernier mot. Je dois reconnaitre que je suis jalouse d'elle. Mais alors qu'une boule de colère remonte silencieusement dans ma gorge, mon estomac se rebelle et je file aux toilettes, coupant court à la discussion.

Julien s'est rapproché de la porte qui nous sépare :

— Tu es sensible à ce point-là ?

— À ton avis ? lui dis-je avant de replonger la tête dans la cuvette.

— Je suis vraiment désolé.

Je tire la chasse et me dirige vers la salle de bain. Après m'être passé un peu d'eau sur la figure, je prends machinalement le chemin du salon avant de me raviser. Je me tourne vers Julien pour lui lancer :

— Je ne supporte plus cette plante, il va falloir que tu choisisses, c'est elle ou c'est moi ! Mais je ne PEUX PAS cohabiter.

Julien me regarde, aussi surpris de mon audace que désespéré :

— Je ne peux tout de même pas la jeter à la rue !

— Tu fais ce que tu veux, mais je ne vomirai pas à longueur de journée, simplement pour que tu puisses continuer à en profiter.

Je passe dans notre chambre et m'allonge sur le lit. Je suis épuisée, j'ai l'impression d'avoir couru un semi-marathon. Au bout de quelques minutes, Julien me demande à voix basse :

— Tu penses que Sarah accepterait de la garder un peu plus longtemps ?

87. Sarah - Vendredi

Je suis occupée dans la cuisine lorsqu'on sonne de nouveau à la porte.

Rémi, qui doit espérer que ce soit Axelle, se rue dans l'entrée. Mais c'est encore Julien. Décidément, il n'est jamais passé aussi souvent chez nous, tout change ces derniers temps.

— Bonjour Rémi, est-ce que Sarah est là s'il te plait ?
— Elle est dans la cuisine. Axelle est revenue de Paris ?
— Oui, elle vient d'arriver.
— Sa maman, elle va mieux ?
— Sa maman ? Heuuu… Oui, oui, un peu je crois, c'est gentil de t'inquiéter.
— Et Axelle, ça va aussi ?
— Elle est assez fatiguée, il lui faut juste un peu de repos ce weekend.
— Tu lui diras que je lui fais un bisou ?
— Bien sûr.

De loin, j'aperçois Julien mal à l'aise et Rémi qui ne bouge pas. Je souris de les voir tous les deux un peu gauches et décide de leur venir en aide :

— Julien, rentre si tu souhaites me parler, j'ai les mains occupées.

Je lève mon couteau et les carottes en lui faisant signe de s'approcher.

— J'ai entendu pour sa maman, c'est rassurant. Axelle n'avait pas besoin d'une récidive en ce moment.

Je constate qu'il se tortille et qu'il ne veut pas en dire davantage alors je n'insiste pas :

— Qu'est-ce qui me vaut une deuxième visite de ta part aujourd'hui ?

Maintenant, il s'empourpre… Que va-t-il me demander ?

— Eh bien… Tout à l'heure, tu m'as laissé entendre que tu pourrais…. Enfin, est-ce que ta proposition de garder mon Hoya bella un peu plus longtemps tient toujours ?

Il semblerait que la discussion ait vite été engagée ! Je serais curieuse d'en connaitre les détails, mais côté indiscrétions, j'en ai déjà assez fait pour aujourd'hui.

— Bien sûr, pas de soucis, amène-le-moi quand tu veux.

— Merci beaucoup, il est juste là, dans la cage d'escalier. Je ne savais pas quoi faire d'autre.

Il disparait pour revenir deux secondes plus tard avec sa plante dans les bras et la repose là où elle était.

— Merci beaucoup. Quand tu m'as dit qu'elle y était sensible, je pensais pas que c'était à ce point.

— En effet, c'est épidermique ! C'est comme ça que j'ai appris pour le bébé, elle n'avait pas prévu de me le dire, mais les nausées ont parlé pour elle.

— Oui, elle surréagit de façon surprenante.

— Tu sais, il va te falloir de la patience ces prochains mois ; une grossesse, c'est magnifique et en même temps, cela va la faire passer par les montages russes si elle est comme moi. J'ai déjà commencé à sentir qu'elle se comportait différemment ces derniers temps, les hormones doivent la booster.

— Moi aussi, je me demande où a disparu l'ancienne Axelle, cela ne lui était jamais arrivé auparavant.

— Parce qu'elle n'a jamais été enceinte, mais tu verras !

Il passe sa main dans ses cheveux et ne répond rien ; il ne faudrait pas que je lui fasse peur, surtout que c'est la première fois qu'il me parle d'autre chose que de la pluie et du beau temps. Je tente d'adoucir le tableau :

— Ne t'inquiète pas, je suis persuadée que vous saurez traverser cela haut la main tous les deux, même si tu risques de découvrir une nouvelle personne.

— C'est déjà un peu le cas, marmonne-t-il entre ses dents avant de prendre poliment congé.

Les prochains mois ne s'annoncent pas des plus paisibles pour eux.

Dès le départ de Julien, Rémi réapparait tout penaud, il n'a pas dû en louper une miette.

— Axelle est enceinte ?

Ça ne semble pas lui faire plaisir… Mon Dieu, une idée incongrue concernant Rémi et Axelle me traverse l'esprit : je la rejette aussitôt ! Axelle ne ferait jamais ça, ni à moi ni à Julien, enfin je l'espère ! Et puis Rémi est beaucoup trop jeune.

— Tu n'es pas content pour elle ?

— Si si, bien sûr, mais comme ils s'entendaient pas bien tous les deux dernièrement, j'étais loin d'imaginer que…

— Je te l'ai dit, les couples, ça n'est jamais un long fleuve tranquille, il y a des hauts et des bas, c'est normal. Ça t'ennuie qu'elle attende un bébé ?

Il a un air de chien battu qui me fait mal au cœur. Après quelques secondes de silence, il répond d'une petite voix :

— Nan, c'est juste qu'elle ne sera plus disponible. Je vois bien comment t'étais quand Robin est arrivé, t'avais presque plus aucun temps pour moi.

Je replonge dans cette période chargée et ne peux que lui donner raison, à regret. Son frère demandait tellement d'attention et d'énergie que je fuyais l'appartement dès que j'en avais l'occasion.

— Ne t'inquiète pas, tu pourras lui proposer de l'aider.

— Ça sera plus pareil.

Je suis incapable de lui dire le contraire, même pour le réconforter, ce serait lui mentir et j'ai décidé d'être le plus honnête possible.

— Moi, je serai toujours là.

Rémi relève la tête, il a les yeux brillants et les épaules tombantes. Il fixe son regard dans le mien avant de me lancer :

— En parlant de ça, ils t'enlèvent ton attelle lundi, non ? Et après tu repars au travail direct ?

— Je dois revoir le chirurgien pour en discuter, je resterai peut-être quelques jours supplémentaires à la maison, mais tu as raison, je finirai par retourner au bureau. Ce qui ne veut pas dire que je ne serai plus présente pour toi.

Il en doute et je le comprends, mon travail m'absorbe beaucoup plus qu'il ne le devrait et Rémi est le premier à en pâtir avec Robin. Pourtant, cette fois-ci, je désire réellement qu'il en soit autrement. D'autant que la perspective de retourner à l'agence me glace. Jamais je n'ai senti cette appréhension, ce rejet de mon métier. Décidément, cette moto a renversé beaucoup plus que mon corps ; on dirait qu'elle a chamboulé toute ma vie, mes envies et mes priorités.

88. Axelle - Samedi

Après un premier round mouvementé vendredi soir, les choses se sont un peu apaisées. En grande partie grâce à la disparition du Hoya bella. Il y tient énormément, cela n'a pas dû être simple pour lui de se résoudre à s'en séparer et encore moins d'aller demander à Sarah de lui rendre ce service. Symboliquement, il a fait un grand pas vers moi. J'ai même souri quand il m'a questionnée au sujet de la récidive de ma mère. Il a dû se sentir mal de ne pas être au courant, une seconde fois, alors que sur ce coup-là, il n'y avait rien à savoir.

Je ne suis pas sereine pour autant ce matin. La peur du cancer, la grossesse, la perspective du Canada, l'irruption de Zoé et mes doutes, cela me fait trop de choses à gérer en même temps.

Lorsque Julien m'annonce ce midi qu'il a refusé le poste à Québec pour moi, je pressens que cette gamine a également pesé dans la balance et qu'il ne me l'avouera jamais. Alors même si cela fait une galère de moins dans mon sac à dos, je n'arrive pas non plus à le prendre comme un point positif. Avoir fait ce choix lourd de conséquences sans concertation, alors qu'il nous impactait tous les deux et qu'il souhaitait que ce soit un projet de couple me remet face au dysfonctionnement de notre relation. Il propose et décide seul, tout en me donnant vaguement l'impression de me demander mon avis. Si auparavant cela me convenait, aujourd'hui, cela me reste en travers de la gorge. Et moi dans tout ça ? Est-ce que j'ai une place, est-ce que j'ai un mot à dire ?

En écrivant un SMS à Morgane pour lui raconter mon retour, je m'interroge sur cette dégringolade dans ma vie. Parmi la liste de mes emmerdes, je pense que c'est la peur de mourir qui m'a chamboulée plus que tout. Cela me montre l'existence sous un angle nouveau. Il ne m'est plus possible d'être passive et d'attendre, je ressens une urgence à vivre ce qui est bon et juste pour moi. C'est tout de suite que je dois me prendre par la main et Rosa sera présente pour m'y aider, Morgane aussi à sa façon. Ce que j'ignore c'est si je pourrai continuer mon chemin avec Julien, tant les ajustements me semblent insurmontables.

89. Sarah - Lundi

C'est un grand jour pour moi, mon attelle va enfin disparaitre de ma vie ! Le kiné qui venait à la maison m'a assuré que tout était en bonne voie et qu'avec un peu de vigilance, tout rentrerait dans l'ordre prochainement. C'est donc confiante et joyeuse que je finis de me préparer.

Dans le véhicule qui m'emmène à mon rendez-vous, je repense au trajet mouvementé avec Axelle lors de ma dernière visite et j'ai honte. J'avais été désagréable avec elle et mes visions ne m'avaient laissé aucun répit. Je sais qu'on ne peut pas revenir en arrière, pourtant, cela serait parfois bien utile. Aujourd'hui, même si cela me coute cher, j'ai choisi de prendre un taxi. Je n'ai pas osé lui demander. Après ma bourde de vendredi soir, je ne me sentais pas tellement à l'aise. Elle ne m'a d'ailleurs pas contactée depuis son retour. Alors je laisse le temps au temps.

Une heure après, je ressors ravie. Je ne cours pas, je danse encore moins, mais ma jambe est libre ! Je vais enfin reprendre un rythme et un mode de vie normal. Je me projette déjà dans tant de situations anodines à redécouvrir que mon moral est en fête : profiter d'un bain, descendre acheter du pain sans y passer une demi-heure, conduire ma voiture, faire les magasins pour me choisir de nouveaux vêtements, remettre mes chaussures à talons hauts et me sentir à nouveau une femme séduisante et non une handicapée.

Un autre détail m'enchante bien davantage, inscrit sur une feuille de papier blanche et verte pliée dans mon sac : le chirurgien a accepté de prolonger mon arrêt de quinze jours afin de me laisser le temps de poursuivre la rééducation correctement. Ce ne sera pas suffisant, m'a-t-il asséné, vous devrez vous astreindre à des exercices quotidiens durant plus de deux mois pour retrouver toute votre mobilité.

Deux semaines ! Deux semaines salutaires pour penser à ce que je souhaite faire de ma vie, pour trouver une issue de secours à ces articles que je ne veux plus écrire. Mon patron s'est déjà rendu compte que je levais le pied (et pas seulement du fait de mon attelle), ce qui m'a valu un message vocal salé que j'ai soigneusement conservé. S'il me cherche des noises, j'aurai de quoi me défendre, car je suis toujours en arrêt de travail officiellement, même s'il semble l'ignorer royalement.

Et enfin, je dois impérativement mettre un plan à exécution d'ici la fin de semaine : un passage à l'acte vital, mon bien-être et ma santé mentale en dépendent. Certaines choses ne peuvent plus durer, il faut absolument couper court à cette situation, quoi qu'il m'en coute. J'ai déjà bien réfléchi à la façon de procéder, il ne me reste que quelques détails à revoir avant de me lancer et le plus tôt sera le mieux.

90. Axelle - Lundi

Il est 16h10 lorsque des coups légers résonnent à la porte. Je souris : je le reconnais à la douceur du geste, à la manière dont ses doigts touchent le bois.

— Coucou Rémi, entre !

— Je te dérange ?

— Non pas du tout, ça me fait plaisir de te voir. Je fais chauffer de l'eau, tu en veux ?

— Oui, merci Axelle.

Je le sens tout intimidé. Nous n'avons pas beaucoup échangé depuis mon SMS du début de séjour à Paris, je ne sais pas dans quel état d'esprit il se trouve. Pour le détendre, je lui lance sur un ton moqueur :

— Je suis contente de constater que tu as survécu à cette semaine sans moi !

— Ouais, même Maman a réussi le test, c'est pour dire comme on s'est débrouillé !

— Tant mieux ! Sa jambe s'arrange ?

— Oui, elle devait se faire enlever l'attelle aujourd'hui normalement.

Je suis surprise qu'elle ne m'ait rien demandé, mais je m'abstiens de tout commentaire devant lui et enchaine :

— Alors elle ne va bientôt plus avoir besoin de moi.

Je lance cela avec humour, mais le visage de Rémi se ferme instantanément.

— Qu'est-ce que j'ai dit ? Tu sais, c'est pas pour ça que tu vas te débarrasser de ta voisine préférée.

Il esquisse un sourire timide.

— Tu en doutes donc à ce point ?

En guise de réponse, il rebondit avec une autre question :

— Vous vous êtes réconciliés avec Julien ?

Devinant la raison sous-jacente qui le pousse à vouloir des détails, je botte en touche :

— Et toi, tu as fait la paix avec Sarah ?

— Un peu, ouais.

— Super, c'est une grande nouvelle ! Bravo.

— Je sais pas, mais elle est plus sympa en ce moment, elle m'énerve moins quand elle me parle. Pourvu que ça dure.

Je lui souris, je suis rassurée que le dialogue ait pu se renouer entre eux. J'ai envie de le prendre par l'épaule, mais je me retiens, je ne veux pas créer d'ambigüité.

— Est-ce qu'elle a encore ses visions ?

— Elle m'en parle pas, mais j'ai l'impression que ça s'est calmé. Tu crois que ces choses-là, ça peut repartir comme c'est venu ?

— C'est très mystérieux pour moi aussi, tu sais. En tout cas, c'est tout le mal que je lui souhaite, ça ne doit pas être facile à gérer.

— C'est clair.

Je verse l'eau chaude dans deux tasses, lui tend la sienne avant d'attraper un paquet de gâteaux au chocolat, ses préférés, et nous nous installons sur le canapé en silence. À sa façon de triturer son mug, je devine qu'il y a autre chose dont il n'ose pas parler. Si auparavant il me disait tout sans filtre, l'adolescence est passée par là et la pudeur retient désormais beaucoup de paroles dans l'ombre de son cœur inexpérimenté et un peu gauche.

— Au fait, elle vous plaît votre nouvelle plante ?

— Oui, elle me fait penser à toi. J'espère juste que Robin va pas l'abimer, parfois il arrive en courant super près. Je lui ai déjà dit, mais il fait pas attention.

— Ne t'inquiète pas, elle est résistante.

Je souris ; elle a survécu à bien des attaques et je ne serais pas triste qu'elle en subisse d'autres, même si maintenant qu'elle a élu domicile dans un nouveau foyer, j'éprouve moins de rancœur à son égard.

— J'ai entendu Julien et Maman qui disaient que tu attendais un bébé et qu'à cause de ça, t'allais pas bien. C'est parce que t'en voulais pas ?

Mais d'où sort-il une affirmation pareille ? Il a des antennes incroyables et pose ses questions sans détour. Un peu mal à l'aise, je tente une explication rationnelle.

— Tu sais, une grossesse, ça vient bouleverser le corps d'une femme, ce n'est pas un long fleuve tranquille. Mes émotions font le yoyo en permanence et me font douter de presque tout.

— Alors, pourquoi vouloir un bébé si c'est aussi compliqué ?

— C'est une très bonne remarque, dis-je en souriant. Souvent, on ne se pose pas la question, on a juste envie de faire des enfants, parce que c'est la norme, parce que c'est dans l'ordre des choses. Si nous connaissions toutes les répercussions de nos actes, il y a de nombreuses fois où nous nous abstiendrions, tu n'es pas d'accord ?

— Tu parles aussi pour mon histoire à l'école, là ?

Je lui souris, il est intelligent.

— Et maman, tu crois que si elle avait su les conséquences, elle m'aurait pas gardé ?

— Quand la vie nous confronte à ce type de situation, on écoute notre cœur et je pense que le sien lui a dit que tu devais faire partie de son existence, même si elle pressentait que ça ne serait pas simple tous les jours.

— Et le mien il me dit que j'ai envie que tu continues à être mon amie, même si t'as un bébé et que t'auras moins de temps pour moi.

Je crois que son filtre d'adolescent timide a soudain pris un sacré coup dans les dents et une grande bourrasque de tendresse a fait fondre mon cœur en même temps. Je ne peux m'empêcher de lui faire un câlin comme j'en avais l'habitude. Je passe mes bras autour de lui et le sers contre moi. Sa tête vient se poser sur mon épaule, à la manière d'un petit garçon, ses cheveux sentent bon le gel et je sens sous mes mains les muscles de son dos. Il se situe à la frontière entre deux mondes, un savant mélange entre l'enfant qu'il était et l'adulte en devenir. Pourquoi n'aurait-il plus droit à ma tendresse parce qu'il grandit ? Je lui souffle :

— Tu n'auras bientôt plus besoin de moi comme babysitteur, mais c'est essentiel d'être bien entouré. Alors je veux que tu saches que tu pourras toujours compter sur mon amitié.

Dans le silence qui suit mes derniers mots, je l'entends soupirer doucement et son corps se détend. Je souris.

91. Sarah - Mardi

Ce matin, après avoir emmené Robin à la crèche et salué amèrement Alice qui passait au même instant dans le couloir, j'appelle l'université où travaille Sandro, le père de Rémi, pour connaitre son planning et pouvoir lui parler. Une de ses collègues décroche et m'apprend qu'il ne sera pas à son bureau aujourd'hui et qu'il a cours de 14h à 18h. C'est parfait, cela me laisse tout le temps de mener à bien mon projet. Par chance, son adresse est sur les pages jaunes, cela me simplifiera la tâche.

À 11h, un peu vacillante, je me retrouve en bas de chez lui, dans une petite rue perpendiculaire à l'avenue des Frères Lumières, dans le 8e. C'est un bel immeuble ancien, dans un quartier qui a pris beaucoup de valeur au fil des années. Je ne peux m'empêcher de penser au fait que son métier de prof à la fac paye bien. Un sentiment d'injustice pointe le bout de son nez : il pourrait investir ne serait-ce qu'une infime part de son argent dans l'éducation de son fils s'il s'en souciait un tant soit peu. Cela ne le priverait de rien et me soulagerait tellement.

Sortant de mes rêveries, je sonne à l'interphone. Après un long temps, j'entends une voix masculine :

— Oui ?

— Monsieur Sinclair ? J'ai un courrier recommandé pour vous.

— Je vous ouvre, 3e étage.

Bingo ! Je pousse le lourd battant métallique et entreprends de monter lentement les trois marches qui me séparent de l'ascenseur. Je n'en mène pas large entre ces quatre parois qui m'élèvent vers un homme que je n'ai pas revu depuis plus de dix ans. Mes jambes fourmillent tandis je frappe à sa porte.

Lorsqu'il m'aperçoit, je lis la surprise dans ses yeux et sans doute aussi de l'inquiétude. Il m'a reconnue. Il plonge son regard dans le mien, interrogateur.

— Qu'est-ce que tu fais ici ?

Son ton est celui du reproche. Il observe tout autour de moi sur le palier, puis me fixe à nouveau, dans l'attente d'une explication à ma présence.

— Je peux rentrer quelques minutes pour te parler ? À moins que tu préfères un endroit neutre, un bar ou un parc.

Il finit par me laisser entrer, sans doute par peur que quelqu'un nous voie ensemble à l'extérieur. Son appartement est impeccable et bien agencé à ce que j'en devine depuis le couloir où il se campe face à moi. Je n'irai pas plus loin dans l'exploration des lieux et peu m'importe.

— Je t'écoute.

— Je n'avais pas prévu de reprendre contact avec toi, mais…

J'ai déjà beaucoup réfléchi à ce que je dirais lorsque je serais face à lui, j'ai même répété des scénarios dans ma tête maintes et maintes fois durant les dernières nuits ; cela ne m'empêche pas de buter sur les mots et de batailler pour m'exprimer correctement. Malgré les années écoulées, ses larges épaules et ses yeux d'un bleu profond me troublent encore. Je respire pour me recentrer sur l'essentiel et reprends :

— Mais un évènement inattendu m'y a forcé, ou je devrais plutôt dire le comportement d'une personne que tu connais bien : Alice.

— Alice ? Qu'est-ce que ma femme vient faire ici ?

— Elle est au courant pour nous deux et très probablement pour Rémi. C'est toi qui lui en as parlé ?

Il soupire. Ses épaules s'affaissent. Il est tout de suite moins imposant, il me semble presque vieux, fatigué.

— D'où la connais-tu ?

— Elle travaille à la crèche de mon fils, mon deuxième, pas Rémi.

— Avec le nombre de garderies dans la ville, il a fallu que vous soyez toutes les deux dans la même !

— Parce que tu crois que je l'ai fait exprès ? Que ça m'amuse ?

Malgré mon attaque, il ne réagit pas, c'est plutôt étrange.

— Bon... et que s'est-il passé ? souffle-t-il entre ses lèvres fines.

— Je soupçonne très fortement qu'elle ait essayé de me faire renverser. Je sors d'un mois d'immobilisation et son comportement à mon égard continue d'être plus que douteux. Est-ce que tu es au courant de quelque chose ?

— Non, bien sûr que non, tu penses que je l'aurais laissé faire ?

Incroyable, il ne remet nullement mes paroles en question, c'est plutôt louche.

— Attends, ça ne t'étonne même pas que ta femme me menace ?

— C'est pas ça, mais...

— Mais quoi ? Qu'est-ce que tu insinues ?

Je le sens hésitant, il ne me regarde plus dans les yeux et cela me donne davantage de force pour attaquer :

— Qu'est-ce que tu ne veux pas me dire ? Que je ne suis pas la première ?

Il baisse la tête en signe d'approbation.

— Ma… femme… a déjà eu des comportements déplacés avec certaines de mes étudiantes. Il n'y a rien de rationnel, car ces jeunes filles n'avaient absolument rien fait.

Ben voyons…

— Et toi, tu n'avais rien fait peut-être ?

— Parce que tu crois que je n'ai pas retenu la leçon ? Je n'ai jamais recommencé, mais Alice pense que je profite de toutes les élèves qui passent devant moi et ça la rend folle de rage.

Je n'en reviens pas :

— Elle est complètement cinglée ma parole ! Et toi, t'as fait quoi pour éviter que cela se reproduise ?

— C'est mon affaire, ça ne te regarde pas, répond-il d'un air contrit.

— Si, ça me regarde, non seulement TU m'as à peine aidée pendant la grossesse, mais en plus TA femme a failli me tuer, je crois que tu ne te rends pas compte ! Et maintenant, j'ai peur lorsque je sors de chez moi. Elle a déjà commandité quelqu'un pour s'en prendre à moi, qui sait ce qu'elle serait capable de faire à mes enfants. J'ai besoin que tu fasses quelque chose pour me protéger, pour nous protéger, tu dois bien ça à Rémi.

— Sarah…

L'entendre prononcer mon prénom me fige, j'ai une soudaine envie de pleurer qui monte sans prévenir.

— Sarah…

Il faut qu'il arrête de me regarder de cette façon, cela réveille trop de souvenirs, trop d'émotions. À voir ses yeux qui brillent, je devine qu'il est tout aussi bouleversé que moi.

— Je suis désolé, je suis conscient qu'elle a besoin de se faire aider. Elle a déjà consulté, mais c'est plus fort qu'elle, les menaces sont partout lorsqu'elle est dans une phase d'insécurité. Je ne sais plus comment m'y prendre.

Sa détresse est palpable, je vois bien que ce ne sont pas des mots en l'air. Malgré tout, cette situation doit cesser. Après avoir ravalé la boule d'émotion qui était bloquée dans ma gorge, je poursuis, un peu plus douce, mais déterminée :

— Si tu n'arrives pas à la gérer, je serai obligée d'en faire part à la police. Une enquête est en cours au sujet de mon accident, il faudrait bien peu de choses pour qu'ils remontent jusqu'à elle.

— S'il te plait, ne fais pas ça. Je vais m'en occuper, je trouverai une solution. Je te le promets.

Sa voix est faible. Il prend mes mains dans les siennes et un courant électrique me parcourt. Je me sens fiévreuse, je brule de l'intérieur. Je ne suis plus amoureuse de lui, mais tout mon corps a conservé la mémoire de sa présence, de son absence, du plaisir et de la souffrance qui sont intimement liés à notre relation passée. Je lui souris tristement. J'ai envie de croire qu'il va gérer la situation, quitte à la faire interner si nécessaire, qu'il fera tout ce qu'il faut pour nous protéger Rémi et moi.

Il presse plus fort ses doigts sur ma peau et son expression change. Ce n'est plus de la faiblesse, mais de la tendresse qui émane de lui et de son regard profond :

— J'ai conscience que je n'ai pas été présent et que tu m'en veux encore. Je suis désolé de ne pas avoir pu être le père dont tu avais besoin à tes côtés. Pourtant, il n'y a pas un seul 3 novembre qui passe sans que je pense à vous, sans avoir un pincement au cœur pour cet enfant que je n'ai pas vu grandir.

Je respire profondément et je le remercie intérieurement pour ses mots inespérés. Je presse sa paume avant de me risquer à lui murmurer :

— Il n'est jamais trop tard…

Après un silence, je poursuis :

— Il ne cesse de revenir à la charge pour savoir qui tu es. Peut-être pourrais-tu répondre à quelques-unes de ses interrogations ?

— Je ne dis pas non, mais laisse-moi gérer les choses les unes après les autres, d'accord ?

Lorsque je retrouve le ciel bleu dans la rue, j'ai l'impression d'être passée dans une autre dimension. J'y entrevois la promesse d'un futur différent, plus ouvert et riche de possibles.

92. Axelle - Mardi

— Salut Morgane.

— Coucou Axelle. Alors ce weekend ?

Je reviens instantanément quatre jours en arrière et la grisaille m'envahit.

— Bah, j'ai connu des retours de Paris plus sympa, crois-moi.

— J'imagine. Et il est reparti travailler dans quel état d'esprit ? Vu ton message de samedi, ça ne semblait pas non plus la guerre entre vous.

Je visualise notre appartement en champ de bataille : l'image s'efface aussitôt pour être remplacée par un château en ruines, où la désolation et la tristesse ont élu domicile.

— Non, c'est vrai, il a assez vite mis de côté l'annonce tardive de ma grossesse et s'est montré assez doux et compréhensif, même si ce n'était pas très gai.

— Il devait avoir peur de te perdre.

— C'est bien possible. Mais ces deux jours, j'étouffais avec lui, j'étais couvée comme un petit poussin à peine sorti de sa coquille, fragile et sans défense.

Je ressens à nouveau cette sensation désagréable d'être enfermée sous la cloche de verre de ses attentions démesurées et je ne veux plus de ça. Je reprends :

— J'ai bien senti qu'il avait envie de prendre soin de moi, mais c'était pas ce dont j'avais besoin. J'avais plus aucun espace pour faire quoi que ce soit sans qu'il ait son avis à donner. Comme s'il savait davantage que moi ce qui me convenait.

— Tu lui en as parlé ?

— Un peu, à demi-mots, mais il ne comprend décidément pas ce langage. C'était délicat de lui dire directement sans qu'il le prenne mal.

— Parce que tu crois qu'il le prendra mieux quand tu en auras tellement marre que tu ne voudras plus du tout rester avec lui ?

Sa question me crispe. C'est évident qu'il ne l'accueillera jamais bien. Je me rends compte que face à Julien, il y a encore des automatismes dont je devrai apprendre à me libérer pour me respecter davantage.

— Non, tu as raison. D'ailleurs, j'étais soulagée qu'il reparte lundi matin. J'ai besoin de me retrouver seule pour prendre du recul sur les derniers évènements. Mon monde intérieur est totalement chamboulé et il me faut de l'espace pour tout remettre en ordre.

— Quel programme ambitieux, Madame la reine du rangement ! me lance-t-elle en riant.

— Arrête de te moquer de moi, dis-je en souriant, j'ai vraiment envie de trouver un nouvel équilibre.

— Avec ou sans lui ?

Avec ou sans lui… C'est bien la question qui me hante. Je soupire.

— Je sais pas trop. Je rêve parfois de rencontrer quelqu'un d'autre et de tout recommencer à zéro. Mais ai-je vraiment envie de quitter Julien ? Depuis hier, je me demande régulièrement si je suis en train de me faire des films en me disant que je suis totalement différente ou si les choses vont peu à peu redevenir comme avant.

— En tout cas, moi, ce dont je suis certaine, c'est que l'ancienne Axelle a pris un sérieux coup de plomb dans l'aile et à mon avis, tu pourras pas revenir en arrière et faire comme si rien ne s'était passé.

Ses mots me font l'effet d'un uppercut dans le ventre et me coupent le souffle, sonnant le glas de ma relation amoureuse. Je reste silencieuse quelques secondes avant de pouvoir murmurer :

— Donc toi, tu crois que c'est mort avec Julien ?

J'ai déjà les images qui tournent dans ma tête, de larmes, de tristesse et par-dessus tout, de la douceur de Julien dont les câlins sont si réconfortants.

— Et toi ?

— J'en sais rien, mais c'est ce que t'as l'air de laisser entendre.

— Non non, j'ai pas dit ça. Par contre, si vous voulez avoir une chance que ça continue, les règles de votre couple vont devoir être remises à plat pour repartir sur de nouvelles bases. C'est évident que tu n'es plus la même. Ce n'est pas une lubie passagère et tu n'es plus prête aux mêmes concessions qu'avant.

Elle marque un point. Mes envies et mon degré d'acceptation sont très différents.

— C'est vrai, mais je pense parfois à ce qui grandit dans mon ventre et je t'avoue que la perspective d'être mère célibataire ne m'attire pas particulièrement. Quand je vois Sarah qui a dû tout gérer seule…

Avec un léger claquement de langue, elle m'arrête net :

— Hé, t'en es pas encore là, Axelle ! D'ailleurs, t'as décidé quelque chose concernant ta grossesse ? Car cela va forcément avoir son influence sur votre couple.

— Non, toujours pas. Je pense que je vais contacter Rosa pour faire une séance. Quand je parle avec elle, ça m'aide à savoir de quoi j'ai vraiment besoin, où sont mes désirs, à canaliser mes peurs et à démêler tous les nœuds que je me fais dans le cerveau. Je sens bien que toutes ces fausses couches ne sont pas là pour rien dans ma vie, qu'elles pointent du doigt un blocage en moi.

— Excellente idée, promets-moi que tu la contactes en raccrochant !

— Oui Maman !

Je crois qu'elle a entendu la grimace que je faisais à travers le combiné, car elle éclate de rire. Alors j'en rajoute pour la chambrer :

— En plus, t'as vu, j'ai suivi tes recommandations, je t'ai envoyé un message samedi et je t'appelle aujourd'hui, je suis une bonne élève hein ?

— Bravo, ma petite, je te donne 20/20 !

Nous rions de plus belle ensemble. Sa légèreté me fait un bien fou. Elle sait aller à l'essentiel tout en gardant une grande dose d'humour et de douceur. Je bénis le ciel de la compter dans mon cercle d'amis.

— Mais assez parlé de moi, comment vas-tu depuis la semaine dernière ?

93. Sarah - Jeudi

Ce n'est que mon deuxième rendez-vous avec Rosa, cependant je reviens dans une dynamique très différente. Je n'ai plus cette pulsion de faire demi-tour ; au contraire, je suis curieuse de savoir ce qu'elle sera capable de me faire découvrir. Ces derniers jours ont été intenses en émotions et je devine que les prochaines semaines me réservent encore leur lot de surprises.

Je suis fière de mes avancées dans ma relation avec Rémi, d'avoir renoué avec son père et de me dire que je vais enfin pouvoir faire la paix avec cette partie de mon passé. Elle accueille mes propos comme si j'avais réalisé un exploit, ce qui amplifie mon sentiment d'avoir progressé.

Même si mes flashs se sont calmés, c'est tout de même l'un des points que je tiens à remettre sur le tapis. Pourtant, sans prendre le moindre temps pour les analyser, Rosa me ramène directement à mon travail, ce qui m'agace :

— Avez-vous réfléchi à ce qui vous plairait en dehors de votre magazine ?

— Non, cela n'a pas été dans mes priorités, mais…

Je tente de revenir sur la thématique de mes visions, mais elle ne m'en laisse pas l'occasion.

— Je pense que vous devriez vous y pencher sérieusement. Vous m'avez fait part la semaine dernière de votre envie de vous sentir mieux. Lorsque nous sommes sous stress, nous interagissons avec nos proches comme s'ils étaient des ennemis, nous faisant percevoir chacune de leurs actions comme une agression. Par effet boule de neige, cela nous pousse à leur parler mal, à les attaquer au moindre signe. Cet état d'anxiété porte atteinte à notre relation à nous-même, aux autres et au monde environnant.

Sur ce point, elle n'a pas tort, la violence monte en flèche à l'intérieur lorsque je suis sur les nerfs et je peux m'en prendre à n'importe qui sans distinction. La moindre bêtise des enfants me fait exploser au-delà de toute limite raisonnable. Quand un ami renverse un verre sur la table, je ne vais pas lui crier dessus alors que je le fais avec mon fils de trois ans qui n'a pas encore acquis toute la maitrise de son corps. Quelle est la logique ?

Elle poursuit :

— Selon moi, nos paroles et notre mental projettent une réalité, bien au-delà de ce que nous imaginons. Même si nous ne tuons pas physiquement avec des mots ou des idées, nous pouvons tout de même détruire des rêves, des espoirs ou des carrières. Inversement, il est possible d'attirer de belles choses grâce à un état d'esprit positif, car la pensée est créatrice. J'ai l'impression que vous en prenez peu à peu conscience depuis votre accident et que vous ne souhaitez plus participer à cette spirale qui vous tire vers le bas.

Elle laisse un temps de silence qui me permet de cogiter à sa théorie.

— Vous voulez dire que chacun de nous a le pouvoir d'influencer sa vie dans un sens ou dans l'autre, simplement par sa façon de réagir aux évènements ?

— Exactement. Tenez, prenez un exemple facile : si quelqu'un vous fait une queue de poisson sur la route, vous allez avoir envie de le klaxonner ou de l'insulter, vous répondez à ce que vous sentez comme une attaque par de la violence. Cela pourra même vous mettre de mauvaise humeur, d'autant plus si quelqu'un d'autre à un comportement similaire peu après. Par contre, si quelqu'un vous laisse passer en vous faisant un signe de la main ou un sourire, vous aurez probablement un élan de satisfaction, de plaisir, voire de sympathie. Et vous pourrez peut-être en faire profiter une nouvelle personne ou vous accepterez mieux l'écart de conduite d'un autre véhicule. Tout comme le fait d'être ouverte et honnête avec votre fils Rémi lui a permis de se confier à vous.

— En gros vous essayez de me dire que c'est de ma faute si je suis malheureuse ?

— Le but n'est pas de se flageller, l'essentiel réside dans la compréhension des mécanismes qui nous desservent et de privilégier ceux qui nous font du bien.

— Lorsque vous m'en parlez, cela me semble clair et facile, pourtant quand je suis dans mon quotidien, ce n'est pas pareil, les automatismes et les habitudes reprennent le dessus et mes repères sont brouillés.

— C'est tout à fait normal d'avoir cette impression au départ, même si vos progrès prouvent que vous vous en sortez déjà très bien. Vous savez, vous n'allez pas tout révolutionner et mener une existence parfaite, cela n'arrive que dans les films. Mais peu à peu, la saveur de votre vie va changer, elle va vous permettre de respirer différemment, et surtout de profiter des petits et grands plaisirs lorsqu'ils se présenteront.

En ressortant de chez Rosa, quelques-unes des phrases qu'elle a semées durant la séance tournent dans mon esprit et j'espère qu'elles vont y faire leur chemin.

94. Axelle

Je suis allongée sur mon canapé, mon livre à la main, heureuse de suivre les deux protagonistes dans leur course à la vérité et impatiente d'arriver à la fin pour dénouer le mystère qui les entoure. Toute personne extérieure pourrait penser que rien n'a évolué depuis deux mois, que je suis toujours celle qui se prélassait dans son salon en attendant que la vie passe. Pourtant il n'en est rien. Il y a eu énormément de changements.

Ma relation avec Sarah est assez naturellement devenue plus fluide. Je lui rends quelques services sans pour autant que cela me pèse. Nous nous sommes mises d'accord pour que je récupère Robin une fois par semaine et le ramène chez moi pour gouter et jouer. Quant à Rémi, il passe le lundi après l'école, il est heureux d'avoir son temps rien qu'avec moi et me raconte des anecdotes du collège, me parle de ses copains et j'espère bientôt des filles sur lesquelles il a des vues. Je crois qu'il est encore un peu amoureux de moi, mais les choses sont claires désormais, je ne fais plus partie des "potentielles", mon statut de future maman ayant érigé une barrière psychologique infranchissable à ses yeux.

Je n'ai pas la certitude que cette grossesse arrivera à terme, mais suite à mon rendez-vous avec Rosa, j'ai décidé de laisser la vie suivre son cours. Je suis réconciliée avec l'idée d'avoir un enfant, même si je n'en fais plus ma priorité. Mon positionnement face à ma mère m'a permis de prendre de la distance par rapport au modèle familial de mes parents que je ne souhaite pas reproduire. C'est assez étrange et nouveau de ne pas me sentir désespérément suspendue à l'évolution du bébé qui grandit en moi comme je le vivais auparavant. Bon, n'exagérons pas non plus, je ne suis pas totalement sereine : chaque échographie est notée dans mon agenda avec une pierre rouge qui marque le chemin et mon cœur s'emballera au moment de l'examen, en attendant d'écouter les battements de vie d'un petit être en devenir. Pour la première fois, j'ai réellement pris ma propre décision concernant cette grossesse, sans me reposer sur les désirs de Julien ou la pression de mes parents et de la société, et c'est tellement plus juste, plus aligné à l'intérieur.

Le weekend dernier, j'ai eu une longue conversation avec Julien. J'ai réussi à lui exprimer ce qui avait changé en moi, mes besoins qui émergeaient ; et même si j'ai bien senti que cela le chamboulait, je crois qu'il a envie d'essayer. Je n'ai sans doute pas été aussi claire que je l'aurais souhaité, mais c'est un bon début. Rosa m'a offert de nous accompagner sur ce chemin, je pense qu'elle ne sera pas de trop pour nous aider à trouver nos nouveaux repères. Je dois apprendre à être force de proposition, à m'affirmer et lui à accueillir et écouter davantage, à suggérer au lieu de diriger. J'espère sincèrement que nous y arriverons, car ce n'est pas encore gagné.

Je me sens dans un grand mouvement de vie, parfois assez inconfortable, mais tellement plus joyeux. Et mon prochain objectif ? Trouver des idées d'emploi qui me feront vibrer, qui rendront le monde meilleur, plus beau ou plus facile ou à minima qui me donneront l'élan de me lever le matin ! Je rêve en grand tout en me laissant une petite porte de sortie, comme quoi il me reste du chemin à parcourir avant d'être persuadée que tout est possible. Pour l'instant, j'ai simplement envie de croire que tout ira bien.

95. Sarah

C'est à présent une évidence que je ne pouvais pas rester travailler pour ce magazine, à détruire des vies et à critiquer les gens. Je n'ai plus envie de me délecter des travers de chacun et de ce qui fait mal, j'en ai assez de dénoncer la monstruosité ordinaire. Parce que dans ces moments-là, le monstre du coin de la rue, c'est moi. Je ne veux plus être le charognard qui se cache dans les endroits sombres à attendre qu'une proie passe à côté de moi pour m'en repaitre ; cette nourriture-là finirait par me tuer lentement mais surement. J'ai envie de parler de ce qui est beau, de ce qui fait du bien et je veux être fière de mon travail.

J'ai confiance en mon écriture et je suis en train de prospecter auprès d'autres magazines pour trouver une ligne éditoriale et des thématiques qui me correspondent davantage. Et d'ici là, j'ai décidé de ne pas retourner au bureau : avec mes preuves sous le bras, j'ai demandé à mon chef une rupture conventionnelle en échange d'une promesse de ne pas le poursuivre pour intimidation et travail abusif durant mon congé maladie. Dans un premier temps, il s'est mis dans une colère noire au téléphone. Ses propos étaient totalement déplacés, inconvenants et j'étais contente d'avoir pris l'initiative d'enregistrer notre conversation pour être en mesure de le démontrer en cas de besoin. Mais le lendemain, il m'a rappelée tout penaud en m'annonçant qu'il acceptait ma proposition, sans doute sur les conseils des juristes du magazine. Je me suis sentie libérée d'un poids énorme et le sourire ne m'a pas quitté de la journée. Une page se tournait, m'offrant un futur à créer et à conquérir.

Je ne sais pas si je continuerai à être confrontée à mes visions, mais je ne crois plus que ce soit une malédiction, bien au contraire.

J'ai compris à présent qu'elles ne me veulent pas de mal et qu'elles m'en apprennent autant sur les autres que sur mon état d'être du moment. J'ai l'impression d'avoir été en ligne directe avec les émotions de certaines personnes, amplifiées et orientées par les miennes. Je commence à ouvrir les yeux sur des parts de moi que j'ignorais, que j'ai trop longtemps reléguées au fond du tiroir de mon cœur.

Je n'irai sans doute pas jusqu'à dire que c'était un don, car je ne l'ai absolument pas vécu de cette façon sur l'instant, mais je réalise combien cela m'a permis de changer de perspective sur ceux qui m'entourent et sur ma vie. J'étais dans le déni, j'assombrissais mon quotidien et celui des autres. À présent, je redécouvre le plaisir de ralentir mon rythme, l'importance de bien choisir mes priorités, la joie de passer du temps avec mes enfants, même s'ils ne sont pas toujours des anges et qu'ils m'en font parfois voir de toutes les couleurs. Au lieu de me raconter des salades, je cultive l'amour en moi et cela n'a pas de prix.

96. Épilogue

Quinze jours plus tard, Sarah invitait sa voisine au restaurant pour la remercier de son aide durant sa convalescence. Axelle n'était pas habituée à ce genre d'attention de sa part. D'abord surprise par cette proposition, elle avait bien évidemment accepté, non sans s'inquiéter de ce que cela pouvait cacher. Heureusement, elle n'avait eu l'information que le matin même, lui évitant de passer de longues heures à échafauder des théories sur ce qu'elle allait lui devoir en retour.

Comme à son habitude, Sarah s'était mise à parler, sans laisser une réelle place au dialogue. Le contraire eut été surprenant. Cependant, ce début du repas ne se déroulait pas exactement comme Axelle l'avait anticipé. Sarah avait certes la langue bien pendue, mais pour une fois, au lieu de se plaindre et de dépeindre le monde en noir et blanc, elle semblait plus positive, lui posant même quelques questions au sujet de Julien et de la grossesse. Au milieu de tous les sujets abordés, elle donna des nouvelles du Hoya bella qui avait décidé de refaire quelques jeunes pousses grâce aux bons traitements de Rémi. Elle plaisanta en racontant la visite de Julien le weekend précédent pour s'enquérir de la santé de cette exilée qu'il chérissait tant. S'il avait pu serrer la plante dans ses bras, il l'aurait probablement fait, ce qui les fit rire toutes les deux.
    Leurs assiettes de salade étaient presque vides et étrangement, Sarah n'avait toujours pas demandé à Axelle de lui rendre le moindre service.

Durant le plat, l'étonnement d'Axelle continua : Sarah se confia sur ses visions, dont elle avait tellement eu honte au départ et qui étaient devenues des alliées dans son quotidien. Elles n'étaient pas omniprésentes, mais se manifestaient régulièrement sur un temps très court, une seconde tout au plus, pour lui montrer une scène, une orientation à favoriser, un choix plus bénéfique qu'un autre.

Elle lui raconta toute l'évolution, depuis ces visions horribles, en passant par les images positives de ce qu'elle aurait pu faire, pour finalement en arriver à leur forme actuelle. Axelle était totalement captivée. Elle qui avait une représentation de sa voisine tout à fait banale et égocentrique, elle la découvrait sous un jour nouveau :

— Je trouve que cela ressemble à des intuitions, en plus concret. As-tu déjà pensé à exploiter ce don ?

— Un don, un don, je ne suis pas non plus une voyante.

— Qu'est-ce que tu en sais ? lui lança Axelle en souriant.

— Et puis, rien ne prouve que cela ne s'arrêtera pas du jour au lendemain, comme cela m'est tombé dessus.

— Si tu le cultives, je suis persuadée du contraire. D'autant que tu pourrais aider les gens.

Sarah resta silencieuse un instant, hésitant sur la façon dont elle allait poursuivre la conversation. Axelle la regardait, interrogative, avant qu'elle ne se lance :

— Justement, je voulais te dire... Ce matin, en préparant mon café...

Elle fit une pause avant de reprendre :

— J'ai eu pour la première fois une vision qui ne me concernait pas. Elle... elle t'était destinée. Je ne savais pas trop comment l'aborder avec toi, j'avais peur que tu interprètes mal mes propos si je t'en faisais part entre deux portes. C'est tout nouveau pour moi et je ne suis pas très à l'aise avec ça. Si tu préfères que je ne t'en parle pas…

— Sérieusement ? Tu en as trop dit ou pas assez. Alors, vas-y. Je pourrai toujours décider après de ce que j'en fais. Ce n'est pas grave au moins ?

— Non, ne t'inquiète pas, mais cela pourrait avoir un impact sur ton futur.

— Tu me fais peur, c'est en lien avec le bébé ?

— Pas du tout, laisse-moi t'expliquer.

Mais Axelle allait devoir patienter un peu, car le serveur s'approcha pour débarrasser les assiettes et leur tendit la carte des desserts. Sarah se pencha vers elle :

— Je te déconseille la mousse au chocolat.

— Pourquoi ? Parce que tu viens d'avoir un flash qui te montre qu'elle a tourné et qu'elle va me rendre malade ? lui lança Axelle en plaisantant.

— Exactement, répondit Sarah avec une expression grave.

— T'es sérieuse là ??

— Mais non, je te fais marcher ! C'est juste qu'ils ne savent pas la faire, elle est fade et trop liquide. On dirait presque une crème.

Elles sourirent toutes les deux avant de choisir le fondant au chocolat. Axelle était impatiente :

— Alors ??

Sarah respira et se lança :

— Je t'ai vue ne pas répondre au téléphone aujourd'hui et t'en mordre les doigts.

— Quoi, c'est juste ça ? Moi qui m'attendais à une révélation extraordinaire… Si cela peut te faire plaisir, je ne manquerai pas un seul appel.
— Ce ne sera peut-être pas aussi évident que tu l'imagines.
— Pourquoi ?
— Je n'ai pas de détails, mais je sais que ce sera important.

Axelle était perplexe : Sarah était-elle sérieuse ? Rien ne lui laissait penser le contraire, si bien que dans le doute, elle se pencha, fouilla dans son sac et déposa son téléphone sur la table, juste à côté d'un petit morceau de salade verte qui s'était évadé de leur entrée.

— Je commence dès maintenant ! Par contre, tu me promets que tu ne vas pas m'appeler cet après-midi pour me demander un service urgent !

Elles se mirent à rire toutes les deux, conscientes de ce lien qui avait évolué entre elles et qui, aujourd'hui, ressemblait davantage à de l'amitié.

En se quittant, Sarah était rassurée d'avoir pu en parler à sa voisine et Axelle en pleine réflexion sur ce qu'elle venait d'apprendre. Sarah était-elle une illuminée ou une visionnaire ?

L'après-midi d'Axelle fila très rapidement, sans être dérangée par son portable, si ce n'est lorsque la batterie arriva en bout de course. Même si elle y croyait à moitié, elle avait du mal à détourner son attention de ce petit appareil. Vers 19h, au moment précis où elle se trouvait aux toilettes, une sonnerie retentit. Son cœur se mit à battre la chamade. Il fallait forcément que ça tombe à ce moment-là ! Elle se rhabilla à la hâte et courut dans le salon pour prendre l'appel. C'était Julien : il achèterait à manger avant de rentrer demain soir et il l'aimait. En raccrochant, elle se demanda ce que cet appel pouvait avoir d'aussi important. Était-ce une date particulière ? Non, pas qu'elle sache. C'est alors qu'une inquiétude l'envahit : allait-il lui arriver quelque chose sur la route ? Elle frémit à cette idée qu'elle ne parvint pas à chasser tout à fait. Occupée par ces étranges pensées, elle se mit à préparer son diner, un plat de riz et des légumes à la sauce coco. Elle s'installa ensuite devant une série, en songeant que Sarah n'avait plus toute sa tête et qu'elle n'avait probablement aucun don.

En plein cœur du suspense, son téléphone sonna à nouveau : c'était sa mère. Son envie de lui parler était proche de zéro, d'autant que leur dernier appel depuis sa visite à Paris lui avait confirmé qu'elles n'avaient rien à partager. Mais l'avertissement de Sarah la força à décrocher. Passées les premières banalités, le ton changea brutalement :

— Ton père me tanne pour que je fasse un effort avec toi, alors voilà. Faudrait pas que tu penses que nous ne t'aimons pas. Nous avons juste notre façon à nous de dire les choses et de vouloir le meilleur pour toi.

Malgré l'injonction du mari, l'infime tremblement dans sa voix ne laissait aucun doute sur son émotion et sa sincérité. Axelle ne savait pas quoi répondre.

— Je sais Maman…

— Nous avons toujours l'impression que tu es une petite fille fragile. Mais nous ne sommes pas dupes, tu es grande et tu peux de débrouiller sans nous maintenant.

Elle respira bruyamment avant de conclure :

— En tout cas, j'espère que tu resteras plus longtemps à la maison la prochaine fois.

Axelle avait presque envie de lui dire qu'elle l'aimait, mais dans sa famille, cela ne se faisait pas, pas comme ça. Alors elle se contenta d'un :

— Merci Maman.

Deux mots qui avaient le même sens pour elle.

Leur conversation n'avait duré que quelques minutes, mais Axelle mit une éternité à reprendre le cours de sa soirée. Sans l'avertissement de Sarah, elle n'aurait pas répondu, alors que cet appel était précieux. Sa mère avait fait un pas vers elle, un pas de géant pour renouer. Des larmes coulèrent sur ses joues, silencieuses, témoins d'une nouvelle étape sur son chemin de femme. Quand ses trois mois de grossesse seraient dépassés, elle serait heureuse de leur annoncer la bonne nouvelle.

À cet instant, elle ignorait encore qu'un anévrisme emporterait sa maman dans la nuit, et que cet appel avait été leur unique chance de réconciliation.

Après cet évènement, son regard sur Sarah ne fut plus jamais le même. Leur relation évolua vers une amitié sincère, un dialogue ouvert et un respect mutuel qui leur permit à toutes deux de grandir et de se soutenir. Bien sûr, il leur arrivait parfois de retomber dans leurs anciens travers, mais elles avaient assez d'intelligence pour le faire remarquer à l'autre avec une pointe d'humour ou un sourire en coin qui désamorçait la situation.

Axelle était persuadée qu'avec le temps, sa voisine trouverait une voie, professionnelle peut-être, pour utiliser son don plus largement. Ses talents de journaliste et son charisme pourraient l'aider à mettre en lumière l'importance de suivre notre instinct pour faire nos choix, ainsi que l'influence de nos pensées sur qui nous sommes, sur notre vie et notre environnement.

Remerciements

L'aventure incroyable que j'ai vécue avec mon premier roman « L'origine des maux » m'a donné l'élan de poursuivre sur ma lancée et de revenir avec ce deuxième livre.

J'y aborde certaines thématiques qui me touchent de près, comme les fausses couches dont il est rare d'oser parler alors que cela concerne beaucoup plus de femmes que nous l'imaginons. Le fait de libérer la parole permet de sortir de la solitude dans laquelle nous nous enfermons la plupart du temps. L'accompagnement dont j'ai pu bénéficier dans ces moments difficiles m'ont été précieux.

La part du monstre que nous cachons en nous est un autre sujet qui me passionne. J'aime à observer le point de bascule dans certaines situations tendues. Qu'est-ce qui nous permet de rester du "bon côté", dans notre part d'humanité ou nous pousse à succomber à notre part bestiale, nous faisant agir sans réelle conscience, sous le coup de nos pulsions sauvages tapies dans l'ombre ?

Le besoin de se respecter davantage est aussi un thème qui m'est cher, car je sens combien il m'est facile de m'oublier au profit des urgences du quotidien, alors que c'est aujourd'hui que je dois vivre ma vie et en profiter, en me mettant à l'écoute de mes besoins et de mes envies.

Enfin, je redécouvre régulièrement l'impact et les cadeaux que m'apportent le fait d'être authentique et de "parler vrai", même avec des personnes avec qui cela ne semble pas aller de soi au premier abord. Le lien ainsi créé devient pétillant de vie et extrêmement précieux pour moi. Il apporte un rayon de soleil et du sourire à ma journée.

Pour ce nouveau roman, quelques mercis tout particuliers…
À Benjamin, Yliann et Louna pour accepter de me partager encore et toujours avec tant de personnages imaginaires, et pour leur amour qui me donne des ailes,
À Lloydie, ma sister, pour m'avoir suivie et accompagnée dans cette nouvelle histoire, et à Jules, son chéri, qui est toujours de bon conseil,
À mes parents, pour être les précieuses personnes qu'ils sont et pour leurs relectures,
À Elizabeth Echlin, pour son précieux coaching littéraire tout au long de l'aventure, pour son œil avisé et tellement pertinent,
À Nicolle Verchère pour ses nombreuses retouches de style de lectrice aguerrie,
À mon amie Clotilde Mathieu-Demongeot, pour ses avis de porcelaine et suggestions en béton,
À Irène Rives, excellente détectrice de fautes oubliées en toute fin de course,
À Maïtie et Rose-Marie, pour avoir été des sources d'inspiration et de soutien par le passé,
À mon éditeur, David Martin pour son soutien et à ma graphiste au top Scarlett Ecoffet,
À tous ceux que je ne cite pas mais qui sont dans mon cœur,
À toutes les personnes qui me suivent, achètent, lisent mes romans et me font des retours enthousiastes,

À toutes les librairies qui m'accueillent fidèlement pour des séances de dédicaces depuis mon premier roman. Chaque journée, bien que fatigante, me remplit de joie et de gratitude. Quel bonheur, lecteurs de tous âges, de croiser vos sourires bienveillants. Je pourrais écrire tout un livre sur mes rencontres avec vous, mais je me contenterai ici d'un grand MERCI.

Pour retrouver l'autrice :

Facebook : thaliad
Instagram : thalia_darnanville
Et sur son site : www.thaliadarnanville.com

De la même autrice :

L'origine des maux, 2021

Style : *Roman, quête, enquête*

Résumé

Deux personnages voient leurs vies qui s'entremêlent contre leur gré.

L'un se débat avec une mémoire défaillante et l'autre avec une disparition énigmatique. Leur quête de vérité, menée dans une étrange réalité et associée à d'inquiétantes rencontres, les poussera jusqu'aux limites de leur personnalité. Tout en cherchant à démêler les fils de leurs vies, nous partagerons leurs blessures, leurs émotions et leur besoin d'être aimés et reconnus.

Une réflexion sur l'identité, les influences familiales et notre place dans le monde.

Un roman initiatique moderne et original qui se lit comme un roman policier.

© SUDARENES ÉDITIONS
Dépôt légal : second semestre 2023
ISBN : 9782374644882
Directeur de Publication : David Martin
www.sudarenes.com
www.sudarenes.fr

Photo de l'autrice : Graines d'images, Villeurbanne
Graphiste : Ecoffet M.Scarlett Webdesign, www.webdesign83.com